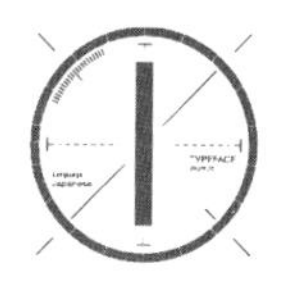

나가츠키 탓페이 지음
오츠카 신이치로 일러스트
정홍식 옮김

표지 · 본문 일러스트
오츠카 신이치로

프롤로그『시작의 여열』

——이건 진짜로 위험하다.

딱딱한 땅바닥의 감촉을 안면으로 맛보고 그는 자신이 앞으로 쓰러졌음을 깨달았다.

온몸에 힘이 들어가지 않고 손끝의 감각은 사라진 지 오래. 그저 '열' 만이 온몸을 지배하고 있었다.

——뜨거워, 뜨거워, 뜨거워, 뜨거워, 뜨거워, 뜨거워, 뜨거워.

기침하며 목으로 치밀어 올라온 생명의 원천을 양껏 토해낸다. 콜록콜록, 입 끝에 피거품이 떠오를 정도의 토혈. 흐릿한 시야에 새빨갛게 물든 지면이 보인다.

——아아, 이거 몽땅 다 내 피냐.

몸 안에 있는 피가 모조리 넘쳐 나온 것 같은 착각에 빠지면서도, 몸을 남김없이 지지는 '열' 의 원인을 찾아 떨리는 손을 뻗는다. 복부의 찢어진 자국을 손끝이 포착하고 이해했다.

뜨겁다고 느낄 만도 했다. '아픔' 을 '열' 이라고 착각하고 있었던 모양이다. 날카로운 열상(裂傷)은 몸통을 거의 두 동강 내어 거죽 한 꺼풀로 가까스로 붙어있는 상태다.

즉, 아무래도 인생의 '외통' 이라는 데에 직면한 듯하다.

이해하자마자 그 즉시 급속하게 의식이 멀어지기 시작한다.
눈앞. 선혈의 융단이 깔린 바닥을 검은 신발이 파문을 만들며 짓밟는다.
누가 있는 것이다. 그리고 필시 그 누군가가 자신을 죽인 것이리라.
그런데도 그 누군가의 얼굴을 배알하자는 생각은 나지 않았다. 그런 건 아무래도 상관없다.
——그저 바란 소원은 그녀가 무사하기를 비는 것뿐이었다.
"——바루?"
방울 소리 같은 목소리가 들린 듯하다. 그 목소리를 듣는 것이, 그 목소리를 들을 수 있는 것이, 가장 큰 구원이었음을 기억하고 있다. 때문에——.
"——윽!"
짧은 비명이 오르고, 피의 융단이 또 누군가를 맞이한다.
쓰러진 몸은 바로 옆에. 그리고 그곳에는 힘없이 쭉 뻗은 자신의 팔이 있었다.
힘없이 떨어진 그 하얀 손과 피로 물든 자신의 손이 살그머니 얽힌다.
희미하게 움직인 손끝이 자신의 손을 맞잡은 듯한 느낌이 들었다.
"……려라."
멀어지는 의식의 목덜미를 잡아채어 억지로 돌아보게 해 시간을 번다.

"내가, 꼭——"

——너를 구해 보이겠어.

다음 순간에 그——나츠키 스바루는 목숨을 잃었다.

제1장 『시작의 끝』

1

——이건 진짜로 꼴이 위험하게 됐어.

한 푼도 없는 상황에 망연자실해하는 그의 심중은 그런 말로 가득 메워져 있었다.

한 푼도 없다고 하면 정확하지는 않다. 주머니 속의 지갑에는 전 재산이 들어가 있으며, 웬만한 쇼핑쯤이야 할 수 있을 것이다. 그런데도 불구하고 무일푼이라고 표현할 수밖에 없는 상황이다.

"역시 통화의 가치관 같은 게 전혀 다르겠지……."

소년은 손 안의 10엔 동전——희귀한 '*톱니10'을 손가락으로 튕기며 깊은 한숨을 내쉬었다.

두드러진 특징이 결여된 소년이다. 짧은 흑발에 크지도 작지도 않은 평균적인 신장. 체격은 운동을 했는지 근육질이어서 싸구려 회색 체육복이 괜스레 어울린다. 삼백안(三白眼)의 날카로운 눈매만이 인상적이지만 지금은 눈꼬리도 힘없이 내려앉

* 톱니10 : 테두리에 톱니바퀴 같은 홈이 새겨진 10엔 동전. 1950년대에만 발행된 동전이어서 희귀하다.

아 패기가 없다.

군중에 섞이면 한순간에 놓칠 법한 범용한 외모. ――하지만 그런 그를 흘끔거리는 사람들의 눈길에는 '진기' 한 것이라도 보는 낌새가 짙다. 당연하다면 당연한 노릇. 여하간 소년을 바라보는 그들 중에는 '흑발' 인 사람이고 '체육복 차림' 의 사람이고 단 한 명조차 없다.

그들의 머리칼은 금발이나 붉은 머리, 갈색 머리를 비롯해 녹색머리부터 파란 머리까지 다양하다. 더 나아가서는 복장도 갑옷이니 무희 풍의 의장이니 검정 일색의 전신 로브니, 그 티가 너무 난다.

거리낌이 없는 시선의 파도에 소년은 팔짱을 끼고 인정할 수밖에 없다.

"즉, 이건 그 왜."

손가락으로 딱 소리를 내고, 자기 쪽을 보는 사람들을 그 손가락으로 가리키며 말한다.

"――이세계 소환물이란 것 같군."

눈앞을, 거대한 도마뱀과 비슷한 생물이 끄는 마차 같은 탈것이 가로질렀다.

2

나츠키 스바루는 태양계 제3행성 지구에서 태어난, 지극히 평범한 중류 가정 출신의 일본 남아였다.

그가 보낸 약 17년의 인생을 간략하게 설명하자면 앞선 문장만으로도 충분하며, 다소 보충하라면 '공립 고교 3학년생이자 등교 거부 경향' 쯤 된다.

진학과 취직. 인생의 기로에 섰을 때 사람은 결단을 강요받는다. 누구에게나 찾아오는 그것을 인생이라고 부르지만, 그는 남보다 조금 더 싫은 일로부터 도망치는 것이 특기였다. 그 결과 어물어물 자의적인 휴교가 늘다가, 정신이 드니 어엿하게 부모님 눈물을 뽑는 등교거부아가 되었고.

"종국에는 이세계 소환되어 고교 중퇴 확정이냐. ……더는 알아먹지도 못하겠군."

덜떨어진 꿈이라도 꾸고 있는 심정이지만 볼을 꼬집어도 벽에 박치기해도 잠에서 깨지는 않는다.

한숨을 내쉬는 스바루. 호기심의 눈길이 쏟아지던 큰 길거리에서 장소를 옮겨 지금은 거리를 하나 건넌 뒷골목, 그 포장된 지면 위에 앉아 있다.

"현 상황이 판타지 이세계라고 가정하고, 문명은 정석대로 중세풍쯤 되나. 딱 봐서는 기계류가 없지만 지면의 포장 작업 수준은 나쁘지 않아. ……돈은 물론 쓸 수 없고."

현지인과의 커뮤니케이션 가능 여부 및 물건의 가치관에 대한 인식에 관해. 이세계 소환되었다고 깨달은 스바루는 신속하게 확인을 시도했었다.

다행히 말은 별 탈 없이 통했고 상거래도 금은동화라는 화폐의 거래라는 사실은 확인할 수 있었다. 맨 처음에 접촉한 과일

가게는 싫은 티를 냈지만.

이렇듯 상황의 이해가 빠른 데에 관해서는 애니메이션 · 게임에 찌든 현대 일본의 젊은이라 다행이라고 진심으로 생각한다. '이세계 소환' 이란 현상은 사춘기 남자에게는 일종의 꿈이라고 해도 과언이 아니다. 그렇다고는 해도.

"조금만 더 복지가 충실하지 않으면, 나 같은 저학력 세대는 납득 못한단 말이다."

마련된 상황과 너무나도 빈궁한 초기 장비를 돌아보고 그런 약한 소리가 새어나온다.

핸드폰(배터리 떨어질 듯), 지갑(비디오 대여점의 회원증 다수), 편의점에서 산 컵라면(사골간장맛), 마찬가지로 스낵 과자(콘수프 맛), 즐겨 착용하는 회색 체육복(미세탁), 오래 신은 운동화(2년째), 이상이다.

"왜 엑스칼리버 한 자루조차 없는 거냐. 완전히 쫑이야. 뭐 어쩌라고."

이세계 소환이 편의점 갔다 오는 길에 일어났으니 별수 없다. 그야말로 눈 깜빡이는 한순간이었다.

유일하게 이세계에서 소용이 될 법한 스낵 과자도 공복에 져서 반쯤 먹어버리고, 귀중한 식량임을 깨달았지만 나중에 후회해 봤자 별무소용이었다.

하다못해 대규모의 일반인 몰래카메라인 데에 한 가닥 희망을 걸어봤음에도, 그 바람을 배신하듯이 길거리를 가로질러가는 도마뱀풍의 마차와 왕래하는 사람들의 외모.

“다들 그냥 무시하고 지적하지 않는단 말은, 도마뱀이나 *아인(亞人)이나 일반적이란 게지.”

툴툴거리는 스바루의 시야 내에 있는 것은 기발한 복장에 컬러풀한 머리카락 색의 사람들. 그리고 무엇보다 스바루에게 이세계 소환의 현실을 들이밀어 대는 게 아인의 존재다.

대강 둘러본 결과, ‘개 귀’ 와 ‘고양이 귀’ 는 발견했다. 별종이라면 ‘리자드맨’ 같은 것도 흘긋 보였다. 그런가 하면 스바루와 다를 바 없는 인간도 있는 것이다.

“아인 예스의 세계관이고, 아마 전쟁이나 모험도 예스. 본 적 있는 동물이 있는지 없는지는 별개지만 마차 끄는 도마뱀도 그렇고 역할 상으로는 변화 없음——, 그쯤일까.”

그만큼만 정리하고 스바루는 한숨과는 다른 긴 숨을 뱉었다. 이게 망상했던 것과 같은 전개라면 스바루는 지금부터 현대 지식을 구사해 이리저리 대활약할 것이다.

——하나 수긍이 가지 않는다.

“사태는 진퇴양난에, 소환의 원인은 완전히 불명. 거울을 통과한 기억도 연못에 빠진 기억도 없지, 애당초 소환물이라면 날 소환한 미소녀 어디 있는데?”

이세계물에 있어서는 아니 될 메인 히로인의 부재. 2차원 세계라면 있을 수 없는 직무태만이다. 소환해 놓고 목적 없이 방치해서야 먹고 버린 거나 마찬가지다.

사실, 상황 확인이 끝난 스바루는 이제 현실도피 외에 할 일이

---

* 아인(亞人) : 인간과 비슷한 용모에 지성이 있지만 별개의 종족을 가리키는 단어. 이종족, 유사인간이라고도 한다.

없다.

"뭐, 그런 얘기하자면 원래 세계에서 방에 처박혀 있을 때와 다를 바 없나."

슬쩍 부모님의 모습이 뇌리를 스쳤지만 향수병을 앓을 여유도 없다. 좌우지간 우선 이 자리를 어떻게 해야만 하겠다고 스바루는 일어나 대로로 발을 돌린다. 그때.

"이크, 죄송합니다."

골목에서 나가려는 순간에 스바루는 마침 그곳을 지나가는 사람과 엇갈린다. 부딪힐 뻔한 상대에게 사과의 말을 던지고 그 옆을 빠져나가려는데.

"——어, 이크크!"

뒤에서 어깨가 세게 붙잡혀 몸이 도로 질질 끌려 돌아갔다. 외다리로 주춤거리며 돌아보니 골목으로 스바루를 던져 넣은 건 위로 쳐다봐야 할 만큼 덩치 큰 남자다. 남자는 배후에 동료를 둘 데리고 있으며, 남자들은 골목을 막듯이 위치를 이동한다.

그 익숙한 움직임에 싫은 예감.

"어어, 음……. 대체 무슨 생각이신지 여쭈어도 될는지요?"

"입장 알고 있나 본데. 뭐, 꺼낼 거 꺼내면 아프게는 안 한다."

"아—, 역시 그런 쪽이세요……. 하긴 그러시겠죠. 하하, 이거 어쩐대요."

모멸과 조롱 섞인 시선. 남자들의 연배는 20대 남짓으로, 내면의 비열한 근성이 지저분한 행색과 얼굴에 그대로 표출되어 있다. 악인 같지는 않지만 선인(善人)일 수도 없다.

이 방면의 전개에서 비교적 흔해빠진 일상적인 위협, 똘마니와의 조우. 즉.

"일 났다. 강제 이벤트 발생이야."

3

스바루는 비릿하게 웃는 남자들 앞에서 비위 맞추는 웃음으로 분위기를 유지하며 사고하기 시작한다.

위기 상황이지만 고래로부터 이세계에 불린 인간은 초상능력을 발휘하는 것이 클리셰. 스바루가 수많은 이세계 진입물과 같은 조건으로 소환되었다면 스바루에게도 뭔가 특수한 힘이 주어졌을 가능성이 높다. 그렇게 생각하자 몸이 가벼운 감이 들기 시작했다.

"왠지 중력이 원래 세계의 10분지 1이라거나 뭐 그런 감이 들기 시작했어. 할 수 있어, 할 수 있다고! 쿠당쿠당 쓸어버려 내 빛나는 미래의 양식으로 삼아주마, 경험치 놈들."

"뭐라뭐라 중얼거리는데, 이놈."

"뭔 소리 하는지 모르겠지만 우리를 우습게 보고 있는 건 알겠군. 쳐 죽여 버린다."

"건 이쪽 대사지……. 후회시켜, 주마!"

말을 끝마치고 스바루는 선두의 덩치 큰 남자에게 혼신의 오른손 스트레이트를 질렀다. 주먹은 콧등에 보기 좋게 직격. 하지만 상대의 앞니가 닿은 주먹에서 피가 나온다.

——처음으로 사람을 때렸어! 생각했던 것보다 친 쪽도 아픈데.

시뮬레이션에 여념이 없었지만 실전은 처음이다. 맞은 남자는 지면에 쓰러진다. 그대로 기세에 맡겨 스바루는 놀라고 있는 다른 남자에게도 달려들었다.

호를 그리는 발끝이 남자의 옆머리를 걷어차 벽에 처박고 두 번째 남자를 까무러치게 만든다.

생각 외로 시작이 호조라 스바루 마음속에서 '이세계 무쌍'이 확신으로 변해가고 있었다.

"역시 이쪽 세계에서 나는 강하단 설정이군! 아드레날린 좔좔 나오지 이건 내 바닥——."

스바루는 용맹하게 돌아보며 마지막 남자를 때려눕히고자 몸을 굽혔다.

하나, 그 마지막 남자의 손 안에서 발견한 것은 번뜩 빛나는 나이프.

그대로 스바루는 땅을 미끄러지듯 무릎을 꿇고, 깨끗하게 상반신을 접어 이마를 땅바닥에 비볐다.

"죄송합니다 제가 전면적으로 잘못했어요 용서해주세요 목숨만은 제발——!"

엎드려 절하기. 그것은 상대에게 최대한의 항복을 표시하는, 최저의 전통.

방금까지 기세등등하던 기분도 어디 갔는지 온몸에서 핏기가 싹 빠지는 소리가 들린다. 스바루는 온정에 기대고자 몸을 오므리고 필사적으로 계속 사과한다.

왜냐면 날붙이는 무리. 찔리면 아무리 단련했어도 끝. 제행무상(諸行無常).

깨닫고 보니 쓰러뜨렸을 두 사람도 부활해 있었다. 코피가 흐르는 얼굴을 누르고 있거나, 머리를 홰홰 젓고 있었지만 모두 뜻밖에도 팔팔해 보였다.

"잉?! 내 일격필살로 그 정도라니 이게 뭐야?! 소환물의 클리셰는?!"

"뭘 못 알아먹을 소리 지껄여! 잘도 해 주셨겠다!"

소환물의 클리셰, 완전하게 착오. 딱히 강해지지 않았었다.

조아리고 있는 안면을 위에서 짓밟히고 땅바닥에 문대어진 얼굴에서 피가 흐른다. 이내 얼굴이 걷어차이고 필사적으로 웅크리는 몸에 잇달아 폭행이 가해졌다.

먼저 손을 댄 쪽은 스바루다. 그 때문에 남자들에게는 용서가 없다.

——일 났네, 엄청 아파. 죽을지도 모르겠다. 아니 진짜로.

원래 세계와 달리 똘마니가 목숨을 빼앗지 않는다는 보증도 없다. 차라리 시달리다가 죽기 전에 깨질 걸 각오하고 반격을——.

"어딜 움직여, 새꺄!"

"아파! 아으아으아, 아파 아파 아프다고!"

남자는 일어서려 하는 스바루의 손을 짓밟으며 나이프를 거꾸로 고쳐 잡는다.

"못 움직이게 만든 다음 있는 거 싹 벗겨주마. 이게 어디서 까불고…….”

“도, 돈 될 물건이 목적이라면 솔직히 말해 헛수고라고. 누가 뭐래도 난 무일푼……!”

“그럼 보기 드문 옷이든 신발이든 뭐든 상관없다고. 뒷골목에서 쥐새끼 밥이나 돼라.”

아, 이쪽 세계에도 쥐가 있구나. 괴물 같이 크거나 하지는 않았으면 좋겠는데.

내리꽂히기 직전의 나이프를 남의 일 같이 바라보며 현실도피.

주마등 같은 건 딱히 보이지 않는다. 세계가 천천히 흘러간다 따위의 현상도 없음.

그냥 ‘뚝’ 하고 실이 끊기듯 끝날 것이리라.

——그때였다.

“야, 비켜 비켜 비켜! 거기 있는 놈들, 진짜로 거치적!”

다급한 소리를 지르며 누군가가 뒷골목으로 뛰어들어 왔다.

흠칫 고개를 드는 남자들과 마찬가지로 스바루 역시 움직이지 않는 몸으로 시선만 들어 올린다.

세미롱의 금발을 찰랑이는 자그마한 소녀가 눈앞을 가로지른다.

의지가 강해 보이는 붉은 눈동자에, 장난기 있게 내비치는 덧니.

맹랑한 인상이 앞서지만 미소 지으면 남들 이상으로 애교 있을 느낌의 이목구비다.

계산한 것만 같은 타이밍이어서 스바루의 눈에 꺼지려던 희망의 불빛이 켜진다.

이 전개를 기다리고 있었다.

오래 입어 지저분한 복장의 소녀는 지금 막 강도 살인이 벌어지는 현장에 마주친 것이다.

흐름상 이 소녀는 의협심 넘치는 성격이고, 당장에라도 덧없이 스러질 스바루의 생명을 구해주는 방향의 전개가——,

"왠지 엄청난 현장이지만 미안하다! 나 바쁘거든! 굳세게 살아다오!"

"어, 에엥?! 진짜로?!"

그렇지만 그런 희망은 간단히 깨졌다.

소녀는 스바루에게 미안하다는 양 손을 들고 달리는 여세를 몰아 그냥 좁은 골목을 빠져나간다. 남자들 뒤를 지나가 막다른 곳일 터인 안쪽으로——그대로 막다른 골목에 기대어져 있던 판자를 박차며 가볍게 벽을 잡더니 어버버 하는 사이에 건물 위로 사라졌다.

소녀의 모습이 없어지고 자연스럽게 장소에 침묵이 내려앉는다.

그야말로 태풍처럼 한 차례 휩쓸고 지나간 소녀. 어안이 벙벙한 것은 이 자리에 있던 전원.

하지만 스바루의 상황이 바뀌지 않은 것 역시 사실이다.

"지금 걸로 맥 빠져서 마음이 바뀌진 않으실까요?!"

"오히려 찬물 끼얹어져서 기분이 상했어. 편하게 저승길 갈 수 있다고는 생각하지 마라."

아직도 몸은 남자들에게 짓밟힌 채라 움직일 수 없다.

남자의 손에 들린 나이프의 번뜩임에, 임박한 '죽음'의 실감이 솟아오른다.

——아니아니, 이게 진짜냐. 설마 이토록 싱겁게.

푸들거리는 웃음을 띠며 누가 이 상황을 부정해주기를 필사적으로 애태우며 기다린다. 그러나 그런 형편 좋은 전개는 찾아오지 않고 칼끝이 다가온다.

체념하는 마음이 가슴속을 지배하고 눈물이 흐르려 하는 것을 알았다.

공포가 아니다. 단지 아무것도 없는 공백인 채로 끝난다는 것, 그 사실이 견디기 어렵다.

그 모든 것에게 버려진 듯한, 압도적인 절망감 가운데——

"——거기서 끝이야, 악당."

그 목소리는 혼잡한 소란이든, 남자들의 야비한 욕설이든, 스바루 자신의 가쁜 호흡이든. 그 전부를 찍어 누르며 세계를 진동시켰다.

4

시간이 멈춘다는 말은 이런 것일까.

골목의 입구에 한 소녀가 서 있다.

아름다운 소녀였다. 벼머리가 들어간, 허리까지 닿는 은빛 머리카락. 이지적인 남보랏빛 눈동자로 이쪽을 응시하고 있다. 부드러운 용모에는 교태와 앳된 면이 동거하고 있어, 왠지 모르게 느껴지는 고귀함이 위험스러운 매력을 낳고 있었다.

키는 스바루보다 머리 하나는 더 작아 160센티미터 가량. 백색 기조의 복장에는 화려한 장식이 없어 심플한 것이 오히려 그 존재감을 두드러지게 한다. 유일하게 눈에 띄는 것은 그녀가 걸친 하얀 코트. '매와 닮은 새'를 본뜬 자수가 새겨져 장엄한 인상을 받는다.

하지만 그 의상조차 소녀라는 존재를 빛내기 위한 곁다리에 지나지 않는다.

"그 이상의 행패는 보고 넘길 수 없어. ——거기서 끝내."

은방울의 음성은 고막을 기분 좋게 두드려 스바루는 지금 상황을 잊는다. 그저 마냥 은발 소녀의 존재감에 압도당한다. 남자들에게도 같은 동요가 퍼졌다.

"아…… 네년은, 대체……."

"지금이라면 용서해주겠어. 내 부주의도 있었는걸. 그러니까, 미련 없이 훔친 걸 돌려줘."

"야, 입고 있는 게 비싸 보이는데. 귀족이라도 되는 것……엉? 훔친 거?"

"부탁해. 그건 소중한 물건이야. 그것 말고 다른 거라면 포기할 수도 있지만 그것만은 절대로 안 돼. 부탁해. 착한 아이니까 얌전히 이리 줘."

애원하는 기미조차 띠고 있는 소녀——.

하지만 현장에는 불가해한 압박감이 높아져 가고 있었다. 말로 하기 어려운 뭔가가 일어나고 있다.

"어, 잠깐! 얘, 얘기가 엇갈리고 있는 것 같은데!"

"……무슨 소리야?"

남자들이 발길질하던 스바루를 가리켰다.

"이, 이놈을 구하러 왔다……는 건 아니고?"

"……이상한 복장의 사람인걸. 한패끼리 다투던 도중인가 봐? 3 대 1이라니 기가 막히지만…… 나와 관계있느냐고 묻는다면 무관계하다고 대답할 수밖에 없지."

얘기를 얼버무렸다고 여겼는지 소녀의 어조에서 희미하게 짜증이 느껴졌다. 소녀의 태도에 조바심을 느낀 남자들은 허둥대는 기색으로 저마다 변명하기 시작한다.

"기다려줘! 이놈이 목적 아니라면 우리는 딴 쪽이야! 방금 그 꼬마 말하는 거잖아!"

"도둑맞았다고 말했었지! 벽이야! 벽 차고 지붕 따라 달아났었어!"

"안쪽이야, 안! 그 건너편! 그 기세라면 도로를 벌써 세 군데는 넘어갔어!"

남자들의 잇따른 말에 소녀의 눈길이 스바루에게 쏠렸다. 남자들이 한 말의 진위를 묻는 시선에 무심코 스바루 또한 끄덕이고 말았다.

"으음…… 거짓말이, 아닌가 보네. 그럼 훔친 아이는 골목 저편? 서둘러야겠다."

스바루에게서 등을 돌리고 소녀의 발이 골목 바깥쪽으로 간다. 남자들의 노골적인 안도. 스바루는 버림받는 현실에 망연

해 하려다——.

"그거야 그렇다 치고, 못 본 체 할 수 있는 상황이 아니지."

돌아보자마자 손바닥을 이쪽으로 돌린 소녀——그 손바닥에서 빛이 난무하며 쏘아졌다.

경구(硬球)가 고기를 때리는 것과 비슷한 소리가 울리고, 남자들이 죽는 소리와 함께 날아간다.

그리고 스바루 옆에 날카로운 소리를 내면서 주먹 크기의 얼음덩어리가 떨어졌다. 계절감 및 물리현상을 무시하며 생긴 얼음덩어리는 곧장 대기에 집어삼켜지듯 무산한다.

"——마법."

지금 현상을 설명하는데 가장 적합한 단어가 순간적으로 입에서 튀어나온다.

영창(詠唱)이고 뭐고 없었지만 그것은 분명히 그녀의 손바닥에 생겨나 발사되었다.

마법——이렇게 실제로 눈앞에서 보고, 비로소 이해한 사항이 있다.

"생각했던 것보다 환상적이란 느낌이 아니군……. 왠지 실망스러운 현실감이야."

빛을 흩뿌린다든지 에너지가 난동을 피운다든지, 그런 이미지였었는데. 실물은 갑자기 투박한 얼음이 생겨서 물리 대미지를 주고 대뜸 사라진다. 정취고 자시고 없다.

"했다…… 이거지."

스바루의 마법에 대한 감상은 제쳐두고, 얼음덩어리의 리얼

한 일격을 받은 남자들이 일어난다.

다리를 휘청거리며 선 것은 두 명뿐이고 맞은 데가 안 좋았던 한 명은 혼절 중. 다만, 동료가 당하는 바람에 되레 남자들의 분노에 기름을 끼얹은 모양이다. 나이프 남자와는 별개의 남자도 곤봉 같은 둔기를 들고 임전 태세에 들어갔다.

"이리되면 상대가 마법사든 귀족이든 간에 알 바냐고. 뒷일 모른다. 길 막고 죽여버려! 2 대 1로 이길 줄 아냐, 아앙!"

한 손으로 코피가 뚝뚝 떨어지는 얼굴을 막는 나이프 남자. 그 욕설에 소녀는 한쪽 눈을 감았다.

"그러게. 2 대 1은 벅찰지 모르겠어."

"——그럼 2 대 2라면 대등한 조건일까?"

소녀의 목소리를 이어받듯이 중성적인 하이톤의 목소리가 새롭게 골목의 공기에 끼어들어왔다.

스바루는 놀라 뒤룩뒤룩 눈을 굴린다. 남자들도 허겁지겁 주위를 둘러보지만 골목의 입구에나, 골목 안에나 목소리 낸 인물로 여겨지는 모습은 없다.

그러자 곤혹해하는 스바루와 남자들에게 과시하듯이 소녀가 왼손을 뻗는다.

위를 보는 손바닥, 그 하얀 손끝 위에 '그것' 은 있었다.

"너무 기대를 담아 보면, 뭐랄까. 쑥스럽다."

그렇게 말하며 수줍음 타듯이 볼록살로 얼굴을 씻는 것은 손바닥 사이즈의 직립한 고양이였다.

회색 털에 늘어진 귀. 스바루가 아는 지식으로는 아메리칸 쇼

트헤어라는 품종의 고양이가 제일 가깝다. 색깔이 분홍빛인 코와 몸길이에 육박하는 길이의 꼬리를 제외하면 말이지만.

그 손바닥 사이즈 고양이의 모습을 보고 나이프 남자가 얼굴에 전율을 띠며 외쳤다.

"——저, 정령술사냐!"

"잘 맞췄어. 지금 즉시 물러선다면 쫓지 않을게. 바로 결단해. 서두르고 있거든."

소녀의 선고에 남자들은 쓰러진 동료를 허겁지겁 짊어지고 골목 밖으로 간다. 도중, 옆을 지날 때에 소녀에게 들리도록 혀를 차며 말했다.

"낯짝 기억했다, 망할 년. 다음에 이 부근에서 걸렸다간 그냥 안 끝난다."

"이 아이에게 무슨 짓 했다간 자자손손 저주할 건데? 그때는 네가 마지막 자손이 되겠지만."

똘마니가 최대로 발악한 공갈이지만, 그에 비해 작은 고양이의 대꾸는 가벼운 어조면서도 신랄했다.

손 위의 고양이는 하롱하롱하는 태도지만 남자들은 여태까지 중 가장 안색이 질려 이번에야말로 말없이 혼잡한 곳으로 달아났다.

똘마니들의 모습이 사라지고, 스바루와 소녀 일행만이 골목에 남았다.

어쨌든 답례의 말을 해야겠다며 스바루가 아픈 몸도 잊고 상반신을 일으키려 하니——.

"——움직이지 마."

은발 소녀가 정을 주지 않는 차가운 목소리로 그렇게 내뱉었다.
소녀의 눈동자에는 경계의 빛이 진하게 보인다. 스바루가 남자들과 별개라고는 이해해도, 그게 마음을 열 이유는 되지 않는다. 그렇게 판단한 눈이다.
그런 눈으로 보고 있는데도 스바루 쪽의 반응은 상황에 비해 엉뚱한 것이었다.
이쪽을 보는 그녀의 남보랏빛 눈동자. 그것은 마치 홀릴 것만 같이 아름답다. 미소녀에 익숙하지 않은 스바루는 응시를 받는 것만으로도 무심코 얼굴을 붉히며 눈을 피해 버린다.
그런 스바루의 행동에 은발 소녀가 기세등등하게 웃었다.
"봐, 찔리는 데 있으니까 눈을 피했지. 내 눈은 틀림없었던 모양이야."
"글쎄다—. 지금 건 남자애다운 반응일 뿐이지, 사악한 느낌은 제로였는데."
"퍽은 가만있어. ——당신, 내게서 휘장(徽章)을 훔친 애를 알고 있지?"
소녀가 새끼 고양이 입을 다물게 하고 스바루에게 물었다. 자신만만한 얼굴도 사랑스럽다. 그러나.
"기대 받는 판국에 미안하지만, 전혀 완전히 눈곱만큼도 몰라."
"엑, 어머, 거짓말?!"
자신감이 얼굴에서 벗겨지자 소녀의 꾸밈없는 맨 얼굴이 슬쩍 엿보였다.
방금까지 보여주던 늠름한 태도도 어디 갔는지, 그녀는 허둥거리다가 손바닥의 고양이와 마주 보며 대화했다.
"어, 어, 어쩌지. 설마, 정말로 그냥 멀리 돌아온 것뿐이야……?"
"그 상태도 시시각각 진행 중이지만. 서두르는 편이 나을걸. 도망치는 발걸음이 엄청 빨랐으니 분명히 그 범인 이상한 가호라도 가지고 있을 거야."
"우. 왜 그렇게 남의 일 같은데, 팩은."
"손으로나 말로나 참견 금지라고 말한 사람은 그쪽이건만. 그리고 저 아이는 어쩔래?"
문득 기억났다는 양 화제의 초점이 돌아와 스바루가 쓰게 웃는다. "앗." 하고 스바루의 존재와 상태에 겨우 생각이 미친 듯한 소녀.
스바루는 그런 그녀에게 허세를 부리며 일어난다.
"도와준 것만으로도 충분해. 서두르고 있다며? 빨리 가는 편이 나아."
――뭣하면 한 몫 거들겠는데, 어떡할래? 아가씨.
라고 머리를 쓸어 올리며 이를 번쩍이면서 말할 계획이었지만――
"어라라?"
별안간 머리가 어질해, 벽을 짚으려다가 헛손질하고 그대로 안면부터 지면에 쓰러진다.
"아―, 억지로 일어나지 않는 편이―. 말하는 게 늦었는걸."
한 발짝 늦게 새끼 고양이의 경고. 아무런 대비 없이 고꾸라진 결과, 날카로운 고통에 스바루의 의식이 저편으로 쓸려간다.

“——해서, 어쩔까.”
“관계, 없잖아. 죽을 정도도 아닌걸. 내버려둘 거야.”
멀어지기 시작하는 의식 저편으로, 그런 둘의 대화가 살짝 들린다.
과연 이세계 판타지. 인정에 관해서도 각박한 관점을 가지고 계신다.
‘이대로 뒷골목에 방치되나.’ 라는 부정적인 사고.
‘뭐, 죽을 뻔했다가 목숨이나마 건졌으니 감지덕지한 게지.’ 라는 긍정적인 사고.
그런 양론을 얻으면서 스바루의 의식은 차츰차츰, 차츰차츰 먼 곳으로——.
“정말로—?”
“정말로!”
의식이 뚝 끊긴 순간에, 붉은 얼굴로 돌아서는 은발 소녀가 보였다.
“——절대로 절대, 도와주진 않을 거라고!”
——화난 얼굴도 무지 귀여운데, 이세계 판타지.
그런 감상을 마지막으로, 이번에야말로 스바루의 의식은 어둠 속으로 떨어지기 시작했다.

5

잠에서 깨는 감각은 물 위로 고개를 내미는 감각과 비슷하다고 스바루는 생각한다.

눈꺼풀을 여니 기울어진 햇빛이 눈동자를 찔러, 눈부심에 얼굴을 찡그리면서 눈을 비빈다. 기상하는 데에는 강한 편이라 한 번 눈을 뜨면 금세 의식이 각성하는 게 스바루의 체질이었다.

"아, 깼어?"

목소리는 바로 위, 자고 있는 스바루의 머리 위에서 들려왔다.

목소리 난 방향으로 고개를 돌리려다가, 스바루는 자기가 땅바닥에 드러누워 뭔가 부드러운 것을 베개 삼고 있다는 사실을 깨닫는다.

"아직 움직이지 마. 머리도 부딪혔으니 안심 못 하거든."

이쪽 몸을 걱정하는 목소리는 자상해, 스바루는 의식을 잃기 직전의 사건을 떠올리며 지금 본인이 사내아이 입장에서 매우 매우 은혜로운 전개에 있지 않나 짐작한다.

무릎베개——그 하늘의 계시에 따라 스바루는 자다가 뒤척이는 척하며 이를 만끽. 원 운동으로 뺨이 더없이 행복한 감촉에 도달하고, 상상 이상으로 몽실몽실한 털이 얼굴을 도로 부드럽게 밀어냈다.

"아후우. 왠지 미소녀란 생각했던 것보다 털이 수북하구나…… 아니 그럴 리 있겠냐!"

시간차 태클을 걸면서 위를 보고, 이번에야말로 돌아온 시력이 또렷하게 세계를 비추기 시작한다.

스바루의 눈앞, 상하가 뒤집힌 시야 내에는 엄청나게 커다란 고양이 얼굴이 있었다.

“적어도 눈을 뜰 때까지 행복하게 보내게 해주려고 하는 세련된 조치지.”

“일단 그 불쾌한 가성 그만둬. 고양이랑 히로인을 오인하다니 그런 게 어디 있어.”

인간 크기의 고양이에게 무릎베개를 받는 전례 없는 시추에이션. 이리 된 김에 그 푹신푹신 모피를 뺨으로 즐기기로 한다.

“일났다, 완전 행복해. 뭐야 이 쾌락. 고양이가 털 다 빠질 때까지 사랑을 주고 싶어지는 심정이 이해돼.”

“이거 참, 이토록 좋아하면 나도 일부러 거대화한 보람이 있는걸. 안 그래?”

쑥스러운 몸짓으로 머리를 긁으면서 동의를 구하듯 윙크하는 거대 고양이. 그 시선이 가는 곳, 골목 입구에 선 사람은 새침한 얼굴로 팔짱을 낀 은발 소녀다.

의식을 잃기 직전, 스바루의 기억과 눈과 사나이 마음에 선명하게 아로새겨진 소녀가 틀림없다.

소녀는 스바루의 각성과 파트너의 눈짓에 자그맣게 한숨짓고 이리로 걸어온다.

“뭔가 미안한걸. 결국 눈이 뜰 때까지 같이 있어준 모양이고…….”

“착각은 말고. 묻고 싶은 게 있어서 어쩔 수 없이 남았을 뿐이니까. 그게 없었으면 당신도 방치했었어. 그래. 했었을 거야. 착각하지 말 것.”

다짐을 받듯이 강한 어조로 미소녀가 말한다. 미소녀 내성이 없는 스바루로서는 맞겨룰 수 없는 여자력. 내용을 도외시하고 끄덕일 수밖에 없는 강제력이었다.

"내가 당신의 몸 상처를 치료해준 것도, 깨어날 때까지 팩을 베개로 제공했던 것도, 나를 위한 거야. 그러니까 그만큼 응답해주겠어?"

"생색내려는 감만 연출하고 있지 단순한 부탁 아냐?"

'*정은 남을 위한 것이 아니다.'를 기본으로 행하는 듯한 논법이다.

스바루의 그 대답에 소녀는 딱딱한 표정 그대로 고개를 가로젓는다.

"그렇지 않아. 일방적인 명령인걸. ――당신, 내 도둑맞은 휘장에 짚이는 데 있지?"

성조를 낮추며 소녀가 그렇게 묻는다. 하지만 그 내용이 들은 기억이 있는 것이어서 스바루는 고개를 갸웃할 수밖에 없다.

정신을 잃기 직전에 분명히 비슷한 대화를 했었다. 휘장이라면 이른바 변호사나 검사 같은 신분을 표시하는 배지를 말하는 것이리라. 짚이는 데는 없다.

"내가 의식이 없는 사이에 머리를 세게 얻어맞기라도 했어?"

"10분 정도지만 그런 일 없었어. 그보다 질문의 대답은?"

"이게 참, 그거라면 짚이는 데가 없달까 싶은데."

모르는 건 모르는 것이다. 스바루의 대답은 아까와 한 치도 다르지 않다.

그러나 소녀는 스바루의 대답에 실망한 기색도 없이 끄덕였다.

* 정은 남을 위한 것이 아니다 : 일본 속담. 타인에게 온정을 베풀면 돌고 돌아 자신의 이득이 된다는 의미다.

“그래. 그럼 어쩔 수 없지. 하지만 당신은 아무것도 모른다는 정보를 내게 가르쳐준 격이니 상처를 치료한 값어치의 이야기는 똑바로 한 셈이야.”

그리고 사기꾼도 깜짝 놀랄 논법으로 자신의 완전 손해를 표명한 것이다.

얼떨떨한 스바루를 내버려두고 소녀는 뭔가 훌훌 털어낸 듯 크게 손뼉을 치며 말하기 시작했다.

“그럼 급하니까 그만 갈게. 상처는 대강 나았을 테고, 엄중히 위협했으니 그 사람들도 이제 상관하지 않겠다 싶지만 이런 인적 없는 골목에 혼자 들어오다니 위험하다고. 아, 이건 걱정이 아니라 충고. 다음에 비슷한 장면을 맞닥뜨려도 내가 당신을 구할 메리트가 없는걸. 그러니까, 기대하면 안 돼.”

소녀는 기관총 같이 빠르게 두두두 쏟아 부었다. 그다음 잠잠한 스바루의 태도를 긍정이라 받아들였는지 “좋아.” 하고 만족스러운 듯 끄덕인 다음 몸을 돌렸다.

긴 은발이 소녀의 행동에 맞추어 찰랑이며, 어두침침한 골목 내에 환상적으로 반짝였다.

넋이 나가 보고 있으려니, 별안간 머리 밑에서 모피의 감촉이 빠져나가 스바루는 허둥지둥 상반신을 일으킨다.

“미안해. 우리 애가 솔직하지 못해서 그래. 이상하게 여기지 말아줘.”

원래 사이즈로 돌아온 고양이가 웃음을 머금은 어조로 두둔하며 소녀의 어깨에 올라탄다. 소녀의 손이 그 감촉을 확인하는 것처럼 등을 어루만지자 고양이의 모습은 은발 안으로 파고들 듯이 사라졌다.

소녀는 이쪽을 거들떠보지도 않으며 산뜻하게 걷기 시작한다. 그 등을 지켜보면서 스바루는 생각한다.

저 새끼 고양이가 말한, 솔직하지 않다는 소녀가 취한 언동의 의도를.

도둑질 당해서 급한 상황인데 스바루를 구해준 것이다. 또 쓰러진 스바루를 치료하고, 지금도 부담감을 느끼지 않도록 형편없는 엄호사격을 하고 떠났다.

솔직하지 않다는 수준이 아니다. 그냥 손해만 뒤집어써서 눈뜨고 못 볼 지경이다.

소녀는 제 목적을 훼방 놓은 스바루를 탓할 수도 있었다. 그런데도 그녀는 군소리 하나 하지 않았고, 스바루에게 사죄나 감사도 요구하지 않았다.

왜냐하면 그녀에게 스바루를 구한 행위란 자기 기준에 따른 꿍꿍이대로 한 일이므로.

"그렇게 살면, 무지막지 손해만 볼 뿐이잖아."

스바루는 말과 함께 일어나 모래먼지로 더럽혀진 자기 체육복을 털고 뛰기 시작한다.

애용하는 체육복에야 때가 묻었으나, 그 안에 있는 육체에서 아픔은 거의 느껴지지 않았다. 그토록 걷어차이고 맞았는데도. 새삼 마법의 비상식적인 위력을 실감했다.

그리고 이만한 은혜를 베풀고서 대가를 받으려고 하지 않는 그녀의 가상한 마음씨도.

"——이봐, 좀 기다려줘!"

골목 입구, 큰 길거리에 인접한 위치에서 갈 곳을 헤매는 소녀. 그 등에다 말을 건다. 그녀는 긴 은발에 손을 올리며 살짝 난처한 얼굴로 돌아본다.

"왜? 말해두겠는데, 이 이상은 나도 조금밖에 어울려주지 못하거든."

"슬쩍 무른 티를 내고 있다만?! 아니 소중한 물건이라며? 나도 돕게 해줘."

스바루의 제의에 소녀는 놀란 눈치로 눈을 깜빡인다.

"하지만 당신은 아무것도 모른다고……."

"확실히 훔친 녀석의 이름도 내력도 지금 어딘지도 모르지만, 적어도 행색 정도는 알아! 덧니가 눈에 띄는 금발의 새끼 고양이 양! 신장은 너보다 작고 가슴도 납작했으니 두세 살 연하! 이와 같은 건 어떨는지요!"

야단나면 주둥이가 빨라져 자신도 무슨 말 하는지 알 수 없어지는 게 스바루의 나쁜 버릇이었다.

이번에도 그 버릇이 힘껏 발휘되어 본인도 제 발언에 완전 식겁할 지경이다.

침묵이 따갑다, 괴롭다. 식은땀으로 등이 축축. 옆구리 땀과 손 땀으로 팔 주변이 끝장이다. 두근거림 호흡곤란 현기증에 빈혈, 코 막힘과 편두통에 화분증이 병발해 사면초가. 하지만.

"——이상한 사람이네."

소녀는 입가에 손을 얹으며, 진귀한 동물이라도 본 것처럼 갸웃하고 있었다.

그녀는 그렇게 입술에 손가락을 댄 채로 값이라도 매기듯 스바루를 빤히 바라보다가 입을 열었다.

"말해두겠지만 아무 답례도 못 해. 이래 보여도 나, 무일푼이어서."

"안심해. 나도 무일푼이나 마찬가지다."

"참고로 나도 빈털터리인데, 이 무리 심각하다."

은발 안에서 직접적인 헤살을 놓는 것을 의식적으로 무시하며 스바루는 제 가슴을 두드렸다.

"그리고 답례 따위 필요 없어. 내가 네게 보답을 하고 싶어. 그러니까 돕고 싶은 거야."

"보답 받을 만한 일 안 했어. 상처 얘기라면 대가는 확실하게 받았다고."

끝까지 양보하지 않는 소녀.

그런 그녀의 완강한 태도에 스바루는 쓰게 웃으며, "그렇다면." 하고 서두를 깐다.

"나도 날 위해서 널 돕겠어. 내 목적은, 그렇지. 음, 일일일선(一日一善)이다!"

"일일일선?"

"그래, 하루에 한 가지 좋은 일을 한다. 그러면 죽은 다음에 천국으로 고고씽이지. 거기선 꿈의 먹고 자고 라이프가 날 기다리고 있다더라. 그러니까 그 사리사욕을 위해서 널 돕겠어."

본인도 뭔 소리 하는 거냐는 분위기여도, 하고 싶은 말은 다 했다.

달성감이 깃든 스바루의 얼굴을 보고 소녀는 고민하는 표정. 하지만 그런 그녀의 볼을 어깨에 올라탄 새끼 고양이가 볼록살로 부드럽게 찌른다.

"나쁜 마음은 느껴지지 않고, 순순히 받아들여도 상관없다고 보는데? 전혀 단서 없이 찾기란 왕도 넓이로 따지면 무모한 짓밖에 안 되지."

"그래도 이런 일에 말려들게 했다간……."

"고집쟁이인 것도 귀엽지만, 고집만 부리다가 목적을 잃어버리는 건 미련하다고 생각해. 나는 내 딸이 미련한 아이라고는 생각하고 싶지 않은걸."

스바루에게 새끼 고양이의 원호가 들어오지만, 그래도 소녀는 주눅 든 태도를 무너뜨리지 않는다. 그런데 새끼 고양이가 별안간 표정을 없애더니 진지하게 말했다.

"그리고 벌써 해도 기울기 시작할 무렵이니까. 밤이 되면 난 도와주지 못하게 돼. 부랑배 정도를 상대한다면 걱정하지 않지만…… 화살받이는 많은 편이 나아."

"불온한 역할이 할당된 감이 있는데! 그런데, 뭐야? 지금 얘기에 따르면 네 고용 조건은 밤에는 나오지 못 한다는 식이라도 돼?"

스바루는 한 발짝 거리를 좁히면서 새끼 고양이에게 묻는다. 고양이는 제 수염을 앞발로 가볍게 튕기며 대답했다.

"나오지 못 한달지, 난 이렇게 귀여운 외모지만 정령이라서. 바

같에 나오기만 해도 마나를 제법 잡아먹어. 때문에 밤에는 내림대인 결정석(結晶石)으로 돌아가 해님이 나와 있을 시간을 준비하는 거야. 뭐, 평균적으로는 아홉 시부터 다섯 시가 이상적일까."

"아홉 시 다섯 시라니 공무원 같아……. 정령의 고용형태도 의외로 심각하군……!"

자연스럽게 정령 관련의 회화를 해내고 있지만, 그 부분은 애니메이션 · 게임에 쩐 현대 오타쿠의 독해력 덕분이다. 국가적인 변태성도 쓸모 있을 때가 있다.

스바루와 새끼 고양이 사이에 대화가 성립 중인 한편, 여전히 소녀의 고뇌는 지속 중. 다만 조금 전의 대화로 저울이 흔들린 모양이라, "아으—." "으응." "하지만!" 하고 애교 있게 고민한 결과.

"——정말, 아무 답례도 못 하니까."

그렇게 말하며 스바루의 제의를 받아주었던 것이다.

6

이세계에서 첫 우호적인 교류——그런 훈훈해지는 대화를 거쳐 약 한 시간.

"——얘, 어떻게 된 거야."

수사는 순조롭게 정체 중이었다.

소녀의 차가운 눈총을 받으면서 스바루는 거북함을 얼버무리듯이 머리를 긁는다.

"설마 이렇게 어려운 사건에 마주칠 줄이야. 내 눈으로도 꿰뚫지 못했지 뭐냐……."

"자기를 엄—청 높이 평가하고 있는 것 같은데, 결과가 수반되지 않았거든. 이젠 이러고저러고 자시고도 못 하잖아."

"이러고저러고라니 요즘 못 듣는 말일세……."

말버릇이 꼬집힌 소녀의 눈총이 날카로워지는 것을 느껴 스바루는 더욱 몸을 움츠렸다.

약 한 시간의 수색을 거쳤음에도, 왠지 변함없이 스바루 일행은 뒷골목 안. 물론 깊은 이유가 있다. 발각된 몇 가지 문제점이 사태를 난항에 빠트린 것이다.

우선, 길눈이 어둡다.

이에 관해서는 이세계 소환된 직후이므로 용납해 주길 바란다고밖에 할 수 없다. 아무래도 소녀 역시 이 주변의 지리에는 서먹한 모양이라, 둘 다 틀림없이 상대방이 해박하리라 믿으며 10분 정도 시간을 낭비한 것도 웃음거리다. 스바루를 보는 소녀의 눈은 웃고 있지 않지만.

그리고 두 번째로, 사방에 적혀 있는 글자——이를 전혀 읽을 수 없는 것이다.

대화가 통해서 방심하고 있었지만, 재차 주위를 보면 여기저기 손 글씨로 쓴 상형문자 같은 것이 존재했다. '항간에 유행 중인 귀신 쫓는 주문' 따위라도 아닌 이상, 아마도 저게 이 세계의 표준 문자일 것이다. 스바루는 안내판도 읽지 못한다.

즉, 소환물의 클리셰, '왠지 그냥 통하는 말과 문자' 는 한쪽에만 적용. 말도 통하지 않았더라면 객사가 확실했을 거란 점을 감안하면 불운이라 치기는 어렵겠지만.

"그래도 그렇지 난이도가 의미도 없이 너무 폭등하잖아……. 세계가 야박해."

사전 준비가 빈틈없이 철저하기는커녕, 이곳저곳 미진한 데가 눈에 띄는 엉성한 꼴이다.

'어허허.' 하고 여태까지 좋은 데라곤 없는 족적을 돌아보며 낙담하는 스바루. 그때, 그런 그를 아랑곳하지 않고 외따로 동행하고 있던 소녀가 벽 옆에 멈춰 서서 눈을 감고 있는 모습을 눈치챈다. 그 작은 입술이 뭔가 중얼거리는 것을 보고 스바루는 고개를 모로 꼰다.

"또 뭘 하고 있대……."

"저건 말이지, 미정령(微精靈)과 대화하고 있는 중이야."

별안간 눈앞에 출현한 회색 새끼 고양이의 말에 스바루는 움찔 눈썹을 치켜든다.

"안 보인다 싶었는데, 바로 퇴근하지 않고 꼬박 있었냐."

"정시까지 아직 조금 남아서. 난 흔해빠진 미정령과 다르게 업무는 착실하게 해."

"직업의식이 높아서 나무랄 데 없으셔. ……그 미정령이란 게 뭔데?"

문면으로 보아 정령보다 한 랭크 떨어지는 입장일까.

스바루의 상상을 뒷받침하듯이, 새끼 고양이는 부유한 채로 긴 꼬리를 흔들며 말했다.

"미정령이란 정령이 되기 전의 슬기로워지기 시작한 존재쯤 될까. 이게 조금만 더 시간을 거쳐 힘과 자의식이 싹트면 나 같은 정령이 돼."

끄덕이면서 설명을 듣고 있으려니, 차차 희미하게 소녀 주위에 어슴푸레한 빛이 떠오르는 것을 알아차렸다. 은발 소녀의 주위를 마치 반딧불 같이 덧없는 광채가 에워싸기 시작한다.

사람 손을 타는 것을 무심코 주저할 것만 같은 정경. 초자연적인 존재에게 허락받은 이만이 머무를 수 있는 성역. 그런 풍경에 스바루는──.

"끝내주네, 이거. 이 잔뜩 둥실거리는 게 다 정령이야?"

"──꺅."

자못 넉살좋게 침입해 환상적인 장면을 폭삭 깨트리며 소녀에게 말을 걸었다.

놀라 소리를 지르는 소녀의 눈에는 반사적으로 솟은 눈물방울이 빛나고 있다. 그리고 소녀를 에워싸고 있던 광채들에게도 동요가 전염된다.

"오─, 당황한다, 당황한다."

무수한 빛이 어찌할 바를 모르고 이리저리 흔들리며 도망치려고 우왕좌왕하다가, 곧 안개가 흩어지듯 대기 안에 녹아 버린다.

"──아."

둘이 동시에 입을 벙 벌리며 사라져 버린 미정령의 모습을 찾는다. 그렇지만 당황한 소녀가 방금과 같은 절차를 밟아도 그 부름에 그들이 반응하는 기색이 없다.

"아—! 다 가 버렸잖아! 어쩔 거야?!"

"으아으, 미안! 그 뭐냐, 난 정령 보고 그러는 게 처음이라 좀 들떠 버려서 말이야. 느낌 보니 위험하게는 보이지 않기에."

"제어 하에 있으니 괜찮을 뿐이라고. 미숙한 정령술사에게 지금 같은 짓을 하면 큰일 난단 말이야. 최악의 경우, 정령의 폭주를 불러서…… 펑, 터져."

"펑이라니."

소녀가 경솔한 스바루를 나무랐지만, 나온 말이란 게 '펑' 이다.

"무슨 과장스럽게. 이렇게 반짝반짝한 게 위험하다니, 그럴 리가 있겠어?"

"글쎄다. 예를 들어 난 이렇게 귀엽지만…… 2초면 너를 가루로 만들 수 있지."

"정령 무서——!!"

새끼 고양이의 한가로운 말살 선언에 전율한 스바루가 소녀를 본다.

"설마 진심으로 화가 나셔서 그 냥이를 부추겨 덤벼들게 하진……."

"그런 짓에 팩을 부리진 않아. 폭력에 호소할 거면 스스로 할 거야. ……안 되겠다. 역시 더 이상 대답해 주지 않을 것 같아."

미정령과의 재접촉에 실패해 시무룩한 소녀가 힘없이 고개를 가로젓는다.

"그 정령이 사라진 다음에 묻기도 뭐하지만, 뭘 하려고 했었던 거야?"

"찾는 물건에 관해 짚이는 걸 들을 수 없을까 했거든. 그 전에 사라져 버렸지만."

"으에?!"

상상 이상의 자기 과실에 목이 턱 막히는 스바루. 그 모습을 본 소녀가 "아." 하고 소리를 높이며 말을 이었다.

"하, 하지만 왜, 시간이 좀 지나 버렸으니까, 미정령 아이들은 제대로 된 정령만큼 의식도 또렷하지 않으니 별 기대는 없었어……라고 하면 거짓말이 되네."

솔직한 성격이 화가 되어 끝까지 두둔하지 못하고 갈등하는 소녀. 소녀의 고뇌에 스바루는 새삼 자기가 얼마나 미련했는지 의식했다. 이대로 있으면 처음부터 끝까지 소녀의 발목만 잡고 끝나 버린다.

"은의라는 의미로든 다른 세계에서의 귀중한 동아줄이라는 의미로든 그것만은 위험해. 이 관계, 무슨 수로든 엉겨 붙어서 놓치지 않겠다……!"

"못된 생각 하고 있는 얼굴인데, 뭔가 생각이 났어? 어, 저……."

자못 이기적인 결의를 굳히는 스바루 앞에서 망설이는 소녀. 살짝 눈살을 좁히는 그녀의 태도에 스바루는 고개를 갸웃거리지만, 회색 고양이가 그 뜻을 헤아렸다.

"아, 그러고 보면 아직 이름도 듣지 못했지. 자기소개, 해둘래?"

"오, 그러고 보니 그렇군. 그럼 여기선 나부터 이름을 대도록 하마!"

실수를 얼버무리고자 객기를 부리며 스바루는 하늘로 손가락을 가리키며 포즈를 잡는다.
"내 이름은 나츠키 스바루! 무지몽매하며 천하불멸의 알거지! 잘 부탁한다!"
"그 말만 들으면 이미 절체절명이구나. 응, 그리고 나는 팩. 잘 부탁해—."
우호적으로 내민 손에 팩이 몸째로 뛰어들어 다이나믹 악수. 옆에서 보면 스바루가 팩을 쥐어 터트리고 있는 것처럼 보인다. 그 대담한 접촉에 소녀가 눈을 깜빡인다.
"정령과 이렇게 선뜻 접하는 사람은 정말 드문데. ……드물다고 하면 이름도 그렇지만. 검은 머리와 눈동자 색도. 어디서 온 거야?"
"훗, 언젠가 누가 물을 줄은 알았다고. 뭐, 패턴으로 따지면 동쪽의 조그만 나라겠지!"
이세계 소재라면 헐어빠진 패턴. 세계의 동쪽에 존재하는 지팡구 비슷한 비경.
타국과의 교역이 적어 그곳에서 표착했단 말을 들으면 누구나 다 납득해주는 마법처럼 편리한 클리셰. 그러나.
"루그니카는 대륙도(大陸圖)로 봐서 제일 동쪽 나라니까…… 이 나라보다 동쪽은 없는데."
"거짓말, 진짜로?! 동쪽 끝?! 그럼 이곳이 동경 속의 지팡구?!"
"지금 자기가 있는 장소를 모르고 있지, 돈도 없지, 글씨를 읽을 수도 없고, 의지할 사람도 없어. 이 애, 혹시 나보다 더 위험한 입장이 아닌가……."

예상외의 전개에 기겁하는 스바루를 보며 소녀 역시 안절부절 심란한 태도를 보이기 시작한다.

행동 이모저모에서 돌봐주기 좋아하는 성격이 배어나오는 소녀다. 무방비라기보다 완전 노 가드인 스바루의 인생에 마음이 놓이질 않는 것이리라.

그녀가 새삼 꼼꼼하게 스바루의 모습을 위에서 아래까지 차분히 뜯어본다.

"이렇게 보면, 꽤 몸 단련하고 있는 것 같네. 어, 저…… 스바루는."

"오? 오오, 예스, 내 이름."

주저주저 부르는 이름에 스바루도 신선한 감동을 받아 대답하는 목소리가 뒤집힌다. 그 동요를 얼버무리려고 스바루가 헛기침하며 가볍게 팔에 알통을 만든다.

"매일, 근육 트레이닝만은 하지. 반쯤 은둔형 외톨이였으니요 정도는 해둬야지."

"그, 은둔형 외톨이라는 건 잘 모르겠지만 스바루는 꽤 좋은 집안 출신이지? 무술이라도 배웠던 거 아니야?"

"아니, 난 진짜 보통 중류 가정 출신인데…… 내가 명문가 출신이라니 어디 정보인데? 고귀한 집안 같이 이상적인 분위기가 넘쳐 나왔었어?"

"이상하다는 느낌은 조금 나네."

스바루가 절묘한 말씀을 다 하신다며 두 손을 들어 넉살을 부린다.

그때, 소녀가 그 들어 올린 스바루의 양손을 재빠르게 붙잡았다. 뜻하지 않은 기세로 여자애가 손가락을 만지는 바람에 스바루의 목이 "아으." 하고 얼어붙는다.

"이 손가락도 그렇지만 피부랑 머리카락의 상태가 이유야. 서민과는 생활이 완전 다른 손인걸. 근육 붙은 방식도 노동하다 붙은 느낌이 아니고."

손바닥으로 주물주물 농락당해 얼굴이 빨개지면서도 스바루는 수긍. 단순한 이방인으로만은 넘어갈 수 없는 외모 부문이 거론되어, 스바루는 그녀의 관찰력에 감탄한다. 그 사이에 소녀가 추측을 읊는다.

"흑발흑안. 남방의 유민에 많은 특징이라던데, 루그니카에서 그 상태란 건 고급한 생활을 할 수 있다는 증거. 본 적 없는 이 옷도 만듦새는 훌륭하고……. 어때, 정답이지?"

침묵을 지키는 스바루에게 승리를 뽐내는 소녀의 미소. 그 아름다운 외모에 걸맞게 요염한 분위기에 동하는 느낌을 받으면서, 스바루는 내용을 곱씹은 다음 마뜩잖은 표정을 지으며 말했다.

"틀리다 맞다로 따지면 완전 틀렸는데, 어떻게 말하면 상처를 안 받겠어?"

"틀리면 틀렸다고 똑바로 말해주지 않으면 나만 망신살 뻗칠 뿐이잖아!"

방금까지 드러내던 자신감을 그대로 수치심으로 바꾸어 얼굴을 붉게 물들인 소녀. 스바루는 의기소침하는 그녀를 바라보면서 자신의 내력을 어떻게 설명해야 할지 골머리를 썩인다.

순순히 "이세계에 소환된 밥벌레입다."라고 발언해도 상관이야 없지만, 이 방면의 소환물에서 그 발언은 '머리가 돈 사람' 인증을 받는 등용문 같은 행위다.

지금까지의 자기 발언을 돌아보며, 스바루는 정직하게 설명할 때의 위험부담에 골머리를 썩인다.

"그렇게 고민하지 않아도 되는데. 말할 수 없다면 꼬치꼬치 캐묻진 않으니까."

말을 머뭇거리는 스바루에게 그녀 쪽이 먼저 자기 자신을 납득시켜 추궁의 손길을 풀어 주었다. 또다시 비호 받았다는 한심함에 스바루는 얼굴을 찡그리나, 그녀는 "하지만." 하고 중얼거리고.

"역시, 꽤 힘겨울지도 모르겠다."

여태까지 내지 않던 나약한 목소리로 그 눈을 흐렸다.

"————."

그 미처 감추지 못한 약한 소리를 보고 스바루의 마음에 자그맣게 어설픈 불이 켜진다.

"바보냐, 나는. 아니 바보지, 나는. 난 진짜 뭐 하고 있냐……."

눈앞의 소녀에겐 생명을 구원받은 은의가 있는 것이다. 은의를 갚기 위해서 조력하겠다고 제의하지 않았던가. 그럴진대 지금까지 보여주던 꼬락서니는 대체 무엇인가.

"스바루?"

표정을 바꾸어 침묵에 잠긴 스바루를 보고 소녀가 이상하다는 양 고개를 갸우뚱한다. 은빛 머리카락이 그 움직임에 어깨부터 흘러내리는 모습을 곁눈으로 보며 스바루는 눈이 팽팽 돌도록 머리를 회전시킨다.

뒷골목에서 걷어차이면서 쳐다본 도둑의 모습을 회상한다. 한순간의 경치를 오려 내어 뭔가 하나라도 기댈 만한 것을 찾아내야만 하는데――.

"잠깐 몇 가지 확인하고 싶은 게 있는데, 괜찮겠어?"

"어, 응, 저…… 그, 얼마든지."

"땡큐. 몇 번쯤 주워들었지만, 이곳은 왕도……란 곳이 맞겠지? 임금님의 성이 있는 마을로, 무지 큰 장소라 보면 되고."

종종 소녀가 그 단어를 입에 담았음을 떠올린 스바루의 질문. 그 내용이 이상한 것임을 이해하면서도 그녀는 그 부분을 추궁하지 않으며 "응." 하고 주억인다.

"그런 큰 도시에서, 소매치기로 밥벌이 하는 여자애가 있다. 복장으로 보아 번듯한 생활을 못하고 있는 건 틀림없어……. 당연하지만 그런 녀석들이 사는 장소가 있을 터."

"…………."

"치안 나쁜 장소거나, 혹은 슬럼가 같은 데가 있나……? 훔친 물건을 돈으로 바꾸려면 연줄 없이는 힘들 테고, 가능성은 충분하겠지."

스바루는 기억에 새겨진 도둑 소녀――그녀의 모습을 머리에서 발끝까지 분석하고, 보유한 판타지 지식까지 총동원해서 추론을 세운다.

"그런 이유로, 무작정 찾아다니는 것보다는 가능성 높다고 생각하는데…… 왜 그래?"

"좀 놀랐어. 스바루는 엄―청 머리가 잘 도는구나."

"아니, 비교적 논리적인 귀결이랄까 중세 판타지의 정석이라고나 할까. 요 정도로 다시 봐도 실점 만회하려면 한참 남았지만……."

감탄하는 소녀의 말에 그렇게 응답하면서도, 싫지만은 않은 스바루.

머리를 긁어 쑥스러운 마음을 얼버무리려 하는 스바루를 제쳐두고, 소녀는 몇 번이나 끄덕이며 말했다.

"그 노선으로 생각해 보자. 그거라면 도로로 나가 잘 알 만한 사람에게 얘기를 들어야지."

"안 그래도 멀리 돌아가고 있었으니 말이지. 빨리 감기로 가자."

서로 얼굴을 마주 보고 합의에 이르자, 우선은 골목을 나와 큰길거리에 나가기로 한다. 그렇게 해서 왕래가 많은 장소로 뛰어간다. 그 직전에, 문득 스바루는 깨달았다.

"그러고 보면, 기르는 고양이의 이름은 들었지만 네 이름은 듣지 못했다― 싶은데."

기껏 일어난 기세를 꺾는 발언. 그런데 소녀는 희미하게 놀란 듯이 눈을 크게 떴다. 그 뒤에 소녀는 눈을 감으며 몇 초 간 침묵한 다음, 중얼거렸다.

"――사테라."

"오?"

침묵에 섣부른 발언을 저주하고 있던 스바루는 그 작은 목소리에 반응이 늦었다. 그걸 보고 소녀는 스바루로부터 얼굴을 돌리며 말한다.

"가명(家名)은 없어. 사테라라고, 그렇게 부르면 돼."

무감정한 음성. 이름을 대어 놓고서, 그렇게 불리기를 거절하는 듯한 태도였다.

사테라——그렇게 자칭한 소녀의, 여태껏 보인 적 없는 거리가 느껴지는 태도.

가능하면 부르기 쉬운 성씨 쪽을 가르쳐 주길 바랐던 스바루는 분명하게 그 이름을 부르지도 못하고 잠잠해진다. 일단은 2인칭으로 불러 보자며 칠칠맞게 결단.

그런 두 사람의 대화를 바라보면서 은발에 파고든 팩이 불쑥 한마디.

"——취미가 못 됐어."

그리 중얼거린 소리는 스바루는커녕 소녀에게조차 닿지 않았다.

7

떠들썩한 소리를 의지해 인적 없는 골목을 빠져나와 두 사람이 큰 길거리에 도착했을 때는 10분 뒤였다.

두리번두리번 시선을 오락가락하며 우선은 누구에게 말을 붙여야 할지 스바루는 망설인다. 그때, 스바루의 소매를 불현듯 옆에 선 사테라가 잡아당겼다.

"저기, 스바루."

부르는 말에 그쪽을 보니 사테라는 도로 건너편으로 시선을 보내고 있었다. 그 시선을 좇은 스바루도 그녀가 보고 있던 것을 눈치챘다.

——나쁜 예감이 든다.

그런 스바루의 예감을 뒷받침하듯이, 사테라가 심각한 얼굴로 말했다.

"——저 아이, 미아가 된 것 같지 않아?"

발각된 몇 가지 문제점 중, 마지막 하나가 불쑥 고개를 들이밀고 있었다.

"……아—."

이곳에 이를 때까지 오는 길에서 이해한 점이긴 한데, 스바루 옆에 선 은발 미소녀는 아주 그냥 답이 없을 정도의 호인인 것이다.

무슨 저주라도 되는지 본인은 고집스럽게 그 사실을 인정하려고 하지 않지만.

스바루는 크게 한숨을 흘린다.

"침착하자고."

"그런 말하는 사이에, 저 아이가 어디로 가버리면 어떡해. 빨리 말을 걸어줘야……."

"그 자상한 마음은 최강 미덕이고, 그 점에 도움받은 내가 말하기도 지나치게 너무해서 말 꺼내고 싶진 않은데, 지금 놓인 상황은 알고나 있어?"

시선 끝, 도로를 사이에 두고 건너편 건물 옆에 선 어린 소녀 한 명. 나이 또래는 열 살 안팎쯤, 어깻죽지에서 가지런히 다듬은 갈색 머리가 사랑스럽다. 웃으면 주위에까지 그 감정을 나누어줄 법한 애교 있는 얼굴이지만, 불안스러운 눈동자와 당장에라도 울 것 같은 표정이 이를 망치고 있다.

십중팔구, 그녀의 견해는 옳다. 옳겠지만.

"내 삽질도 있어서 너한테 물건을 훔친 녀석과는 차이가 벌어지기만 할 뿐이야. 여기서 시간을 또 잡아먹으면, 정말 팔아 치워져서 수중에 못 돌아오게 될지도 모른다고."

"그건, 그럴지도 몰라……. 하지만."

"알잖아, 그럼."

저 아이가 확실히 가엾기는 해도 이만큼 사람이 있으면 다른 누가 손길을 뻗칠 가능성이 높다. 한편, 이쪽은 절박한 사정으로 한참 물건을 찾고 있는 도중인 것이다.

아무리 따져 봐도 저 어린 소녀보다 이쪽이 더 우선도가 높다. 그런데도.

"하지만 저 아이는, 지금 울고 있어. 그렇잖아? 스바루."

"________."

"더는 같이 못 있겠다고 할 거면 그래도 상관없어. 지금까지 고마워, 스바루. 나머지는 스스로 어떻게든 해 볼게……. 저 아이를 어떻게 해준 다음에."

입을 다무는 스바루를 보고 사테라는 이쪽과 결별할 의사를 굳힌 모양이다.

그건 벽창호 스바루에게 정이 떨어졌다기보다, 자신의 생떼에 더 이상 스바루를 어울리게 할 수 없다는 배려가 느껴지는 말투였다.

은발을 찰랑이며 사테라가 종종걸음으로 도로를 가로질러 소녀 쪽으로. 울 것 같은 얼굴로 바닥을 보고 있던 아이는 별안간 누가 자기 앞에 선 것을 깨달아 고개를 든다. 소녀의 눈에 희망의 빛이 있던 건 찾는 사람이 자기를 발견해 주었다고 여겼기 때문일지도 모른다.

"그 찾던 상대가 아니어서, 미안해."

사테라가 허리를 굽혀 소녀에게 그렇게 말을 건다. 놀라서 눈을 크게 뜨는 소녀. 그 눈동자에 떠오르는 건 안도……가 아니라 겁먹은 감정이다. 낯선 타인이 말을 걸어 소녀의 마음이 위축된 것을 옆에서만 봐도 알 수 있다.

"쓸데없는 오지랖일지도 모르지만 아빠나 엄마는? 같이 없니?"

사테라도 소녀가 겁먹은 것을 깨달았는지 말하는 목소리가 지금까지의 어느 것보다 더 부드럽다. 그러나 사테라의 배려도 보호자를 잃어 불안감에 떠는 어린 아이에게는 전해지지 않는다.

"어, 응, 그, 울지 말래? 언니는 네게 아무 짓 안 하거든."

소녀의 닫히려는 마음을 어떻게든 풀어주려고 시도하지만, 결과는 부진해서 어린 아이는 고개를 젓기만 할 뿐. 차츰 그 눈에 굵은 눈물이 고이기 시작해, 당장에라도 넘치려――.

"여기에 꺼낸 것은, 한 닢의 톱니10이옵니다―."

"엑?"

느닷없이 끼어든 말소리에, 사테라가 어안이 벙벙한 소리를 낸다. 시선을 올린 그녀의 옆에 회색 체육복을 입은 소년이 서 있었다.

스바루는 사테라의 반응에 쓴웃음 지으며, 그 뒤에 웃는 얼굴을 그녀가 아니라 어린 소녀에게로 돌린다. 사테라와 마찬가지로 갑작스러운 난입자에 놀라는 여아. 스바루는 그 아이에게 불쑥 오른손을 뻗는다.

"자아, 이 오른손에 동전이 있는 게 보이는지? 보이는군. 좋아, 그러면 이걸 손으로 꼭 쥐어 없애버리겠습니다. 꾹꾹꾹, 하고요."

"잠깐, 스바루…… 무슨 짓을."

"그러니, 어이쿠 신기해라!"

스바루는 사테라가 부르는 말에 상관하지 않고 톱니10을 쥔 주먹을 활짝 두 사람에게 보여주듯이 펼친다. 그러자 그곳에 쥐고 있었을 터인 동전이 사라져 있었다.

"이럴 수가, 쥐고 있던 동전이 사라져버렸습니다. 어디로 갔을까요—."

눈을 깜빡이는 어린 소녀는 스바루의 오른손을 말끄러미 둘러본다. 하지만 손바닥을 봐도 손등을 봐도 바라는 것은 나오지 않는다. 소녀의 반응에 스바루는 기분 좋아진 얼굴로 끄덕이고, 이번엔 살그머니 왼손을 뻗어 그 여자애의 갈색 머리카락을 자상하게 쓰다듬고서 말했다.

"자, 숨은 동전은 이런 곳에 있었습니다."

머리카락을 쓰다듬었던 왼손 손가락 끝에 동전이 끼워져 있는 것을 보고 소녀가 경탄. 사테라도 그 수법을 몰라 눈을 휘둥그레 뜨고 있다. 그런 두 사람 앞에서 스바루가 우아하게 묵례하고는 손에 들고 있던 톱니10을 소녀의 손안에 떨어뜨린다.

"선물하리다. 귀중품이니 소중하게 여기렴."

소녀가 건네받은 동전을 소중한 듯 껴안으며 고개를 세로로 훽훽 흔드는 것을 흐뭇하게 지켜본다. 그때, 그런 스바루의 옆구리가 옆에서 찔렸다.

"잠깐, 스바루……."

"아니아니, 그렇게 매서운 눈으로 노려보지 말라고. 그야, 아까 내 말투가 나빴던 건 인정하지마는……."

"지금 거 어떻게 한 거야?"

"아, 그쪽? 행동의 참뜻이 아니라 마술의 트릭 쪽?"

흥미진진해하는 사테라에게는 나중에 트릭을 밝히겠다고 약속하고, 스바루는 다시 소녀 쪽으로 돌아선다. 소녀는 신기하다는 듯이 10엔 동전을 바라보고 있었다. 아무래도 불안한 마음도 지금의 초능력 마술로 가라앉혀준 모양이다. 허리를 굽히는 스바루의 질문에도 또랑또랑 대답해준다.

"오호라, 역시 엄마를 놓쳐버렸나. 뭘, 괜찮아, 괜찮아. 오빠랑 언니에게 맡겨만 둬. 그음방 뚝딱 찾아줄 테니."

한 번 더 머리를 쓰다듬어준 다음 손을 뗀자 소녀의 손이 쭈뼛쭈뼛 스바루의 손에 얽혔다. 그 모습을 보던 사테라가 눈을 동그랗게 떴다.

"엄—청 노련하네. 스바루는 애들 길들이는 일해?"

"그 부분만 떼어내면 남이 듣고 엄청 오해할 소리다! 그리고 난 무직인데."

정확히는 학생이라는 편리한 신분. 하기야 요사이의 등교 거부하는 꼴을 감안하면 그것도 수상쩍은 판국이다. 이렇게 이세계 소환된 지금으로선 박탈당한 것이나 마찬가지라고 생각 중이다.

단지, 어쨌든.

"불안해하고 있는 여자애 손을 잡아주지그래? 언니."

한쪽 눈을 감으며 스바루가 느끼하게 말한다. 소녀가 스바루와 이어진 손과 반대쪽 손을 사테라 쪽에 내밀고 있었다. 사테라는 딱 한순간 놀란 얼굴로 숨을 멈췄지만, 곧장 작은 날숨과 함께 그 자그마한 손바닥을 잡는다.

"응, 언니에게 맡겨봐. 꼭 엄마를 찾아줄게."

미소를 지으며 가만히 끄덕이는 소녀의 손을 둘이 함께 잡고 걷기 시작한다. 어린 아이를 사이에 두고 걷는 세 사람. 그대로 큰 길거리의 인파에 섞여 걸어간다.

"이러고 있으면, 아무것도 모르는 사람들로부터 젊은 부부와 그 자식 같이 보일 것 같지 않아? 쑥스럽다, 야!"

"……? 에누리해서 봐도 스바루랑 이 아이가 남매로밖에 보이지 않을 거라 생각하는데……."

"드라이한 의견인지 4차원 발언인지 판단이 안 선다, 이거!"

오가는 대화 중에, 두 손에 잡힌 어린 소녀의 웃음이 작게 터지고 있었다.

8

다행히 두 사람의 겉모습이 눈에 띈 덕분인지 미아 소녀의 보호자는 금세 발견되었다. 이 경우, 눈에 띈 건 스바루뿐만 아니라 은발에 여느 사람과 동떨어진 미모의 사테라도 마찬가지다.

"정말로 감사합니다."

자기 자식과 무사히 합류한 어머니는 한바탕 재회를 기뻐한 다음, 별일 아니라고 웃는 스바루와 사테라에게 몇 번이나 그렇게 인사를 하고 떠났다.

헤어질 적, 안 보일 때까지 이쪽에다 손을 흔들고 있던 소녀에게 스바루는 손을 마주 흔들어주면서 옆에 선 사테라를 본다. 모녀를 배웅하는 그 표정은 밝았다.

"그래서? 꽤 멀리 돈 것 같은데, 그 부분은 언니 입장에선 어떤 메리트가 있었다고 주장하실는지, 요!"

손가락을 튕기며 스바루는 소녀의 사람 좋은 행동거지를 그렇게 야유해 본다. 그렇다고는 해도 그건 비아냥이라기보다는 반쯤 놀려대는 말투다. 스바루를 구할 때에 그토록 에두른 변명을 해 보였던 사테라다. 필시 들어볼 맛이 나는 답이 있으리라 기대한다.

"……간단해."

그런 짓궂은 속셈의 스바루 앞에서 사테라는 그 뺨을 부드럽게 풀고서 말했다.

"이걸로 우리는 기분 좋게, 다시 물건을 찾을 수 있잖아?"

"…………."

"휘장을 되찾았다고 해도 저 아이를 내버려 뒀다가는 분명히 후회했을걸. 저 아이도 구해주고, 찾는 물건도 무사히 되찾는다……. 그렇지? 그게 제일 좋잖아?"

허세고 뭐고 아니라, 사테라는 상쾌할 정도의 표정으로 그렇게 단언한다.

그런 말까지 하면 스바루는 이미 속수무책이다. 그리고 한 가지 생각을 고친다.

이 소녀는 손해만 보는 호인일 뿐만 아니라, 터무니없는 욕심쟁이인 것이다.

"그래, 어. 그 말이 맞아. 확실히 이 파인 플레이 덕분에 『미아가 되어 불안과 외로움에 울려는 조그만 여자애를 버리고 왔지만, 휘장은 무사히 되찾아 만사 잘 끝났군!』이라고 말하지 않아도 되니까!"

"어쩐지 그거, 엄—청 싫은 말투네."

극단적인 스바루에게 입술을 비죽거리던 사테라는 그 뒤에 기억이 난 것처럼 이쪽을 게슴츠레한 눈으로 노려본다.

"그보다…… 어째서 도와준 거야? 스바루, 반대했었는데."

"마술을 자랑하고 싶었다……라고 하면 거짓말이군. 말했잖아? 네 휘장 찾기를 도와서, 나는 일일일선해 천국에 갈 거라고."

"여자애를 도와줄 수 있었으니까, 그걸로 일선은 행한 거 아니니?"

"완전 정론의 반격! 아니, 왜, 좋은 일은 하루에 몇 번 해도 되잖아. 내일 몫을 미리 한 거지! 이번 주 할당량을 먼저 소화해 버릴 속셈이라고!"

일일일선의 본래 의미로부터 어긋난 감이 들지만 억지로 앞뒤를 맞추는 스바루. 그런 스바루를 보며 사테라는 참 기가 막힌다는 표정을 지었다.

"스바루는…… 엄—청 손해 보는 성격이구나."

"다른 누구도 아닌 네게만은 그런 말 듣고 싶지 않아!"

고스란히 그대로 되돌려주고 싶다며 언성을 높이지만 사테라는 어리둥절한 얼굴로 살짝 고개를 갸웃한다. 아무래도 진심으로 자각이 없는가 보다.

"나쁜 애는, 아니로구나……."

"이따금 나오는 그 연하 취급이 신경 쓰이는걸. 동양인이 동안 취급받는 전개는 흔하지만, 아무리 그래도 나랑 넌 그렇게까지 나이차는 안 난다고 보거든?"

대강 본 바로, 스바루는 사테라의 연령을 열일곱, 여덟이라 추측하고 있다. 생일이 빨라 열일곱인 스바루가 보면 손아래일 가능성마저 있을 것이다.

그러나 사테라는 그런 스바루의 말씨에 아주 약간만 남보랏빛 눈을 가늘게 좁혔다.

"그 예상, 믿을 게 못 될 거야. ……나, 하프엘프니까."

"————."

무심결에 스바루는 말을 잃고 침묵에 빠져버린다. 그 모습을 본 사테라의 두 눈에 복잡한 감정이 스쳤다. 사테라의 눈에 떠오르는 감정은 체념과 실망이 뒤섞인 정체 모를 것이다.

"그랬구나. 어쩐지 귀엽다 했어. 엘프가 미인인 건 정석이니."

"……어?"

직후에 나온 스바루의 수긍했다는 끄덕임에 사테라는 예상이 빗나간 얼굴로 눈을 깜빡인다.

"응? 왜 또?"

"왜라기보다…… 저, 왜, 나 하프엘프……."

"들었는데?"

사테라가 뭘 문제 삼고 있는지 영 전해지지 않아 스바루는 그렇게 답할 수밖에 없다. 그러나 그 스바루의 답을 들은 사테라의 반응은 극적이었다.

"————아."

희미하게 목청이 떨리나 싶더니, 사테라는 스바루로부터 확 얼굴을 돌려 뒤를 쳐다본다. 그리고 벽 옆에 쪼그려 앉아 은발에 손을 넣으며 머리를 부둥켜안고 말았다.

그 기행에 스바루는 할 말을 잃는다.

"에잇."

"아얏! 아니, 갑자기 뭔 짓이야?!"

신출귀몰(神出鬼沒)의 회색 새끼 고양이가 스바루의 볼을 그 볼록살로 팬시하게 때렸다.

팩은 그 때린 손으로 자기 수염을 매만지면서 "음—." 하고 가르랑거린다.

"왠지 모르게, 버티기 어려울 만큼 좀이 쑤시는 기분을 구체화하고 싶어서."

"그런 이유론 맞는 쪽은 수긍 못 해. 말랑말랑했으니까 용서하지만."

"나도 딱히 화가 나 때린 건 아니야. 굳이 따지면, 반대지."

"반대?" 하고 눈살을 좁히는 스바루에게 팩은 "그래, 반대." 하고 끄덕여서 긍정. 그 속뜻을 캐묻기보다 먼저, 이야기를 중단시켰던 사테라가 돌아온다.

사테라는 긴 은발 끄트머리를 손가락으로 뒤얽으면서 스바루를 치켜뜬 눈으로 노려보았다.

"……아유, 스바루는 미련통이."

"미련퉁이라니 요즘 못 듣는 말일세. 그리고 어이해 내가 욕먹는 거야?"

"흥이다. 몰라. 그보다 수색 작업을 재개해야지."

부조리한 처우를 한 마디로 넘어가 스바루는 못마땅한 표정을 짓는다. 하지만 그것도 더욱 친밀해진 사테라의 태도 앞에서 금세 사라졌다. 사테라의 태도 변화의 계기는 감이 오질 않지만.

"근데 아까 미아 사건으로 통감했지만 이 마을은 물건 찾기에는 너무 넓지 않아?"

"루그니카 왕국의 왕도인걸. 가장 크고, 가장 사람이 많이 살고 있는 장소야. 어디, 응, 살고 있는 사람은 분명…… 30만 명 정도 되고, 사람의 출입도 극심한 장소거든."

스바루의 의문에 사테라는 왠지 자랑스러운 표정으로 술술 응답한다.

"호오호오, 30만이라. 역시 꽤 넓은데……. 그리고 책으로 막 얻은 참이라는 티가 나는 정보와 제공 방법 고맙다."

"우……." 하고 정곡이 찔린 눈치의 소녀는 제쳐두고, 스바루는 엿들은 대답을 바탕으로 루그니카의 도시 상을 머릿속에 그린다. 인구 30만씩이나 되면 중세 풍 판타지 세계의 도시 인구 치고는 상당한 규모다. 당연히 그 숫자는 도시에 사는 사람들만을 센 결과이며, 드나드는 모험자 및 장사꾼을 포함하면 더욱더 부풀어 오를 것이다.

길옆에서 오가는 사람들을 바라보고 스바루는 그 다종다양함과 밀도에 숨이 막힌다. 수인(獸人)과 아인, 인간이 어지럽게 섞인 이 장소는 진정한 의미로 이인종(異人種)의 도가니다.

뒷골목에서 약 한 시간 헤맨 일 또한 단순한 웃음거리라고 치부할 게 아니다. 너무 넓어서, 너무 복잡해서, 진정으로 큰 길거리에 나가는 길을 잃었던 것이다.

"즉, 지금의 우리에게는 이제 실수는 용납되지 않아. 벌써 꽤 우세를 허용했고, 다음에 헤맸다간 아웃이라 봐도 돼. 신중한 선택을 하자."

"신중한 선택……이라면?"

"계획 없이 돌아다닌들 좋은 결과는 따르지 않는다는 소리지. 예를 들어 그 휘장을 도둑맞았을 때의 장소로 돌아가 보면, 더 자세한 정보가 들어올지 몰라. 보고 있었던 사람이 있거나 하진 않았어?"

"아…… 있거나 했을지도 몰라."

짚이는 데가 있는지 사테라가 입에 손을 대고 짐작 가는 얘기를 입에 올린다.

사테라에 따르면, 날치기 당한 것은 한낮의 대로 한복판이었던 모양이다. 대담무쌍한 범행이지만, 지금의 혼잡한 도로를 보면 잘못된 판단은 아닐 것이다.

사람이 많다는 말은 그만큼 끼어들 장소도 많다는 뜻이다.

"어느 부근에서 도둑맞았는지 기억할 수 있어?"

"응, 어. 아마, 이쪽……이었을 거야."

사테라의 안내에 따라 거리를 빠져나간다. 스바루는 다인종으로 북적이는 큰 길거리의 난잡함이 뒷골목 미궁과 막상막하로 사람에게서 거리감과 방향 감각을 빼앗는 것이라고 체감한다.

자기 자신이 어디를 걷고 있는지 알 수 없어지는 듯한 착각. 분명히 모를 장소인데도 한 번 본 적이 있는 장소를 걷고 있는 듯한 이해 못 할 감각이 들러붙어 떨어지지 않아——.

"아니, 이건 정말로 한 번 본 적 있는 장소다."

사테라에게 안내받은 장소를 보고 스바루는 뺨을 긁으면서 애매하게 웃었다.

사테라가 휘장을 도둑맞았다고 안내한 길거리——그곳은 다름 아니라 스바루가 소환된 큰 길거리의 한구석이었다.

"이곳에서 어쩔 줄 몰라 하다가, 머리 좀 식히려고 인기척 없는 곳에 덜렁 들어가서 똘마니 ABC와 조우전이 일어났던가."

스바루는 두 시간쯤 전의 사건을 회상하며 생각지 못한 우연도 다 있었다고 감개무량한 기분에 젖는다.

어쨌든 사건 현장이 이 장소였다면 얘기가 빠르다. 다행히 이곳이라면 말 걸어볼 상대에 짚이는 데가 있는 것이다.

"그런 까닭에 내게 맡기라고 떳떳하게 선언하고 찾아왔습니다, 과일가게."

가게 앞에서 빙글 몸을 돌려 스바루가 손으로 가리킨 곳은 대로에 점포를 세운 한 채의 과일가게다. 각양각색의 과일이 상품 선반에 진열되어 있어 그 싱싱함은 보고 있기만 해도 꿀꺽하는 소리가 나온다. 그리고 그 과일들을 취급하는 가게주인은 어떠냐면.

"……뭐야. 손님인 줄 알았더니 또 너냐, 무일푼."

도저히 접객업을 하는 입장이라고는 여겨지지 않을 만큼 팍 식은 눈으로 스바루에게 그렇게 내뱉었다.

머리띠를 두르고 근골이 우람한 남성이다. 우악스러운 얼굴에 낮게 으름장 놓는 목소리. 급기야는 얼굴 왼쪽을 세로로 지르는 하얀 칼자국까지, 아무리 봐도 여염집 사람이 아니다.

그런 사람이 어인 영문인지 과일 가게의 카운터에 자리 잡고 있으니 놀랄 지경이다.

"그렇게 차갑게 굴지 말자, 아찌. 아까는 여러모로 친절하게 대해줬잖아."

"그건 네가 아직 손님인 줄 알았기 때문이야. 처음부터 돈 없는 걸 알았으면 당연히 후딱 쫓아내지. 지금처럼."

허물없이 구는 스바루에게 주인장의 태도는 철저히 드라이하다. 벌레라도 쫓는 손짓으로 멀리하는 액션을 받고서 스바루는 "이봐, 이봐." 하고 어깨를 으쓱인다.

"태도가 그래도 되겠어? 아까의 나랑 다른 점을 눈치채지 못했나?"

"뭐여?"

스바루가 우쭐거리며 콧구멍을 벌름거리자 주인장은 곤혹한 얼굴. 그 주인장 눈에 보이도록 스바루가 옆으로 한 걸음 피하고는 뒤에 서 있던 사테라를 두 손으로 가리켰다.

"어떠냐. 동행이라고, 동행! 도중에 무일푼이 발각된 내게는 태도가 싹 바뀌었지만, 이렇게 또 한 명 단골손님 후보를 데리고 온 지금은 어때!"

"저기, 스바루……. 이상하게 기대해 주고 있지만, 나도 돈 없거든?"

"엥. 어, 진짜?! 그럼 뭐야, 빈털터리와 무일푼끼리 대도시를 돌고 있었어?!"

알거지 두 사람을 보며 주인장은 한숨을 쉰다.

"그래서? 무일푼이 두 사람으로 늘기만 했을 상황에서, 형씨는 무슨 말을 하고 싶으셨나."

"실은 뭘 찾고 있는데, 이야기 좀 들려줄 수 있을까— 이런 말?"

"알거지랑 상관 못 하겠다고 빈정거린 거야! 이해 못 하겠냐!"

고함소리를 뒤집어써 스바루의 고막에 통렬한 대미지.

"여, 역시 미안한 일 아닐까."

어깨를 움츠린 사테라도 스바루의 소매를 당기면서 엉거주춤한다.

확실히 물건도 사지 않고 질문만 하겠다는 건 그야말로 이기적인 꼼수다. 그렇다고 해서 우선 필요한 것부터 없단 현실은 변함이 없다. 그 생각에 이 자리에서의 정보 수집을 포기하려

할 때였다.

"어머? 두 분은…… 아까 그?"

불현듯 옆쪽에서 누가 말을 걸어 스바루와 사테라가 돌아본다. 시선 앞에 서 있던 사람은 갈색의 긴 머리카락을 찰랑이는 부인으로, 두 사람 역시 본 기억이 있는 인물이었다. 어쨌든 그 여성의 손에는 조그만 손바닥이, 두 사람을 기쁘게 쳐다보는 어린 소녀가 이어져 있었으니까.

"아주머니야말로 왜 또 이런 곳에? 여기에는 속 좁고 험한 낯짝밖에 없는데요?"

"후훗. 남편의 가게라서 잠깐 들른 거예요."

"남편?"

생각 못한 회답에 얼굴을 마주하는 스바루와 사테라. 두 사람은 천천히 가게 쪽을 돌아봐 팔짱 끼고 으스대는 스카 페이스를 확인한다.

"아찌……. 설마 이 가게, 이 아주머니의 남편 분을 죽이고 빼앗았어?"

"침착한 얼굴로 뭔 개소리야. 명실상부, 내 가게에 내 마누라다!"

고개를 돌려, 난감한 얼굴로 미소 짓는 부인을 보고 스바루는 경악. 선이 가는, 온화한 이목구비의 미인이다. 이런 부인의 남편이 이런 얼굴 험악한 남자. 무슨 착오가 아닐까.

설마 위협받고 있는 것은 아닌가 불안해하는 스바루. 무례한 스바루 옆을 어머니 손에서 떨어진 소녀가 뛰어가 흉터 얼굴——아버지에게로 가서 안겨 올라탔다.

"오—, 그래그래, 건강하기도 하지……. 그보다 여보, 이 알거지 두 사람이랑 아는 사이야?"

"여보. 알거지라니, 그런 무례한 말은 하지 마세요."

가시 돋은 주인장의 말투에 부인이 눈썹을 치켜뜨며 쓴소리를 한다. 그다음에 부인은 스바루 일행과 소녀와의 관계를 설명했다. 지금까지의 경위를 들은 가게 주인은 딸을 내려놓았다.

"그건 미안하군. 은인에게 주둥이가 고약했어. 용서해 주게."

"아뇨, 무슨. 우리가 돈이 없는 건 사실이니까요……."

"누가 아니라냐! 좀 반성해주지 않으면 난감하단…… 어라, 잠깐, 귀여운 얼굴이 무서운데요?"

우쭐대며 까불거리려던 스바루의 입을 눈초리로 막는 사테라. 그러자 아버지의 팔에서 내려온 소녀가 사테라에게 손을 뻗었다. 그 조그만 손바닥에 잡혀 있는 건 붉은 꽃을 본뜬 장식물이다.

사테라는 숨소리를 죽이고, 소녀와 꽃 장식을 번갈아 쳐다보며 난처하단 반응을 보인다.

"받아주세요. 우리 딸 딴에 보답을 하고 싶다는 것 같아서요."

부인이 당혹스러워하는 사테라의 등을 민다. 그 말을 들은 사테라는 자그맣게 주억이며, 소녀의 손끝에서 꽃 장식을 받았다. 그리고 사테라는 꽃 장식을 자기 오른쪽 가슴, 하얀 코트 위에 달고서 소녀가 보기 쉽도록 무릎을 굽혀 눈높이를 맞춘다.

"고마워. 엄—청 기뻐."

사테라가 지은 극상의 미소에, 그 모습을 곁눈으로 보던 스바루는 자기도 모르게 넋을 잃었다. 소녀도 그 웃음 앞에 쑥스러운 듯이 얼굴을 피하고, 주인장은 그런 사테라에게 한 번 헛기침을 넣는다.

"딸의 은인이잖아. 답례를 하고 싶어. 뭐든 물어봐줘."

험한 얼굴의 주인장이 힘주어 끄덕이고, 최선을 다해 우호적인 웃음을 띤 얼굴로 그렇게 말해주었다.

그 말은 들은 사테라는 놀란 다음 이번엔 스바루를 본다. 그리고 사테라는 앞선 극상의 미소와 다른, 마치 으스대는 듯한 웃음을 띠었다.

"거 봐. 제대로 돌고 돌아서, 우리를 위한 게 됐잖아."

그렇게, 기막힌 우연을 제 공훈인 양 자랑했다.

9

——그곳은 도로를 하나 건너왔을 뿐인데도 불구하고, 매우 음울한 공기가 맴도는 장소였다.

쥐 죽은 듯 고요한 샛길. 사람의 기척이, 생물의 기척이 멀다.

그토록 많은 사람들로 떠들썩하던 큰 길거리와 그리 거리가 먼 것도 아니다. 그런데도 불구하고 그 소란이 마치 꿈 속 저편만 같다.

"장물을 처리한다면 빈민가란 얘기였는데……."

스바루는 중얼거리면서 큰 길거리로 통하는 샛길로부터 소문의 빈민가로 이어지는 골목에 고개를 들이민다.

"공기랑 분위기, 그리고 아마 살고 있는 인간의 성격도 나빠. 정말로 갈 거야?"

"여기일 거라고 스바루가 말을 꺼냈었잖아. 그리고 아까 가게 주인분도 여기일 거라고 말했었고……."

"그다음에, 가능하면 포기하는 편이 낫다고 말했던 것도 잊지 않는 편이 나을걸?"

과일가게에서 나눈 대화를 되새긴 스바루는 떨떠름한 표정을 짓는다.

과일가게에서의 우연한 재회와 궁지로부터의 역전을 거쳐 약 30분——두 사람은 지금, 왕도의 장물 대다수가 반입된다는 소문의 빈민가 입구로 도착해 있었다.

귀여운 딸의 은인이라며, 험한 얼굴의 주인장은 친절해져서 스바루 일행의 얘기를 들어주었다. 그 결과 빈민가의 정보를 얻을 수는 있었으나, 갈까 말까 망설이고 있는 중이다.

"늦은 감은 있지만 사람 부르는 편이 확실하지 않아? 경찰…… 이쪽이면 경비병인가? 그런 사람들에게 부탁해 수색해달라든지. 인해전술을 쓸 수 있으면 단박에 끝난다고?"

"그럴 수 없어."

그러나 스바루의 제안은 딱 잘렸다. 그 단언에 스바루가 눈을 휘둥그레 뜬다.

"미안해. 하지만 그럴 수가 없어. 이런 사소한 도난에 경비병이 움직여줄 거란 생각은 안 들고…… 애당초 경비병에게는 기댈 수 없는 사정이 있어서."

사테라는 입술을 꽉 다물며 "이유는 말할 수 없지만." 하고 매달리듯 스바루를 보았다.

사정에 대해 질문 받고 싶지 않은 것이겠거니 싶어 스바루는 그 눈길에 가볍게 손을 들어 응답한다.

"자, 그럼 어쩔래? 둘이서 인해전술 해?"

"두 사람과, 한 마리지."

낙심시키지 않도록 일부러 가벼운 투로 묻는 스바루에게 새끼 고양이가 맞춘다.

갑자기 사테라의 어깨에 출현한 팩은 그 손으로 얼굴을 씻으면서 두 사람을 둘러보고 말한다.

"그렇긴 한데 잡담하고 있을 시간은 슬슬 없어. 두 사람과 한 마리로 인해전술 하고 싶어도, 나도 앞으로 한 시간 정도면 마감 시간이니까."

하늘을 쳐다보는 팩을 따라 위를 보니, 건물 사이로 엿보이는 하늘의 대부분에 오렌지색이 드리우고 있음을 알아차린다. 빈민가의 분위기가 어두운 것 또한 습하고 시큼한 냄새만이 원인이 아니다. 일몰이 다가오고 있다. 그리고 그건 팩의 제한 시간을 의미하기도 한다.

"앞으로 가든 물러서든, 결단은 빨리 해."

"인해전술은 모르겠지만, 당연히 앞으로 나가야지. 어차피 이때를 놓쳐 손이 닿지 않는 곳에 가버리게 둘 수는 없는걸."

팩의 요구에 그렇게 응수하고, 그다음 그녀는 스바루를 재차 돌아본다.

"그럼, 갈 건데……. 이 앞의 골목은 여태까지보다 더 경계해줘. 험한 데 익숙한 사람들도 사는 장소일 테고, 만약 무서우면 여기서 기다려줘도 상관없으니까."

"여기서 대기라니 나 얼마나 치킨인데! 갈 거야! 배후령처럼 밀착해서!"

"앞으로 나서는 선택지는 없구나. 그 편이 엄—청 고맙지만."

위세 있는 겁보 발언에 사테라가 벌써 몇 번째인지 모를 한숨을 내쉰다.

만난 뒤로 사테라의 표정을 어둡게만 한다고 스바루는 생각했다. 가끔 미소를 보여주는 이유도, 스바루 외의 요인뿐이다. 마이너스 감정의 발로로도 이만큼 귀여우니 스바루 쪽에게 웃어주면 최고일 텐데.

"좋아. 이쯤에서 슬슬 멋진 모습 한 번 보여주실까."

"갑자기 왜 그래? 그렇게 콧김 씩씩거리고."

"결의의 장면이 엉망이 되는 표현 고맙다!"

기세가 다소 꺾였으면서도 스바루는 앞을 가는 등에 처지지 않도록 발을 재게 놀렸다.

목적을 향해 나아가는 소녀에게 버려지지 않도록, 지금은 비어 있는 손을 크게 흔들면서.

10

그래서, 재개된 수색은 다음 스테이지인 빈민가로 돌입해 변함없는 난항의 조짐을 보인다――고 생각했더니, 여기에 와서 뜻밖의 인물이 쓸모를 드러냈다.

"누구? 그래, 바로 나! 왠지 부자연스러울 만큼 빈민가의 사람들이 자상해. 웬 대박 모드가 터진 거지……. 설마, 이 타이밍에서 내 매력치에 조정 들어갔나! 유치원 이후 처음으로!"

어릴 적의 스바루는 정말이지 참 귀염성 있는 용모로, 머리가 길었던 까닭도 있어 자주 여자애로 오해받기도 했다. ――그게 십여 년 지나자 이 지경이니 참담하다.

"어디 조금 전이랑 달라진 점 있나? 내 얼굴에 뭐라도 붙었어?"

"눈매 사나운 눈이랑 짧은 귀랑 낮은 코가 붙어 있는데……."

"눈매랑 낮다는 주석 필요 없는 거 맞지?!"

고개 떨구는 스바루에게 사테라는 "으음." 하고 고민스러운 듯 입술에 손가락을 대며 말했다.

"아마, 차림새가 원인일지도 모르겠어. 흙먼지로 더럽혀져 있고 살짝 핏자국도 묻어 있는걸. 이곳 사람들도 고생하고 있는 모양이니까, 가련한 스바루를 보다 못한 게 아닐까……."

"지금 제일 가련할 만큼 마음이 헤집어졌다마는! 하지만 납득했습니다 빌어먹을!"

동병상련이라는 것이다. 빈민가에서의 스바루 호감도가 뜻밖의 이유로 높은 것은 수확이지만, 반대로 사테라 호감도는 예상과 달리 낮다. 그 원인 또한 그녀의 차림새에 있는 것이리라.

"그 똘마니들도 그 생각했던 모양이지만, 복장이 깨끗하고 반듯하게 빠졌으니 말이지."

"역시 눈에 띄나 봐……?"

그녀는 자기가 걸친 하얀 코트의 소매를 당기며 불안한 듯 스바루에게 그렇게 묻는다. 하지만 그녀는 아무래도 복장만을 문제시하고 있지 본인의 반듯한 용모에는 무관심한 모양이다.

"저, 잠깐 묻고 싶은 게 있는데요……."

"아앙? 예쁘장한 옷 입고 이런 데 얼쩡거리는 게 아니라고."

지금도 역시 대화 시도가 쌀쌀맞게 내쳐지는 사테라. 그 낮은 성공률은 용모×복장으로 두 배는커녕 2승이다. 그렇다고 지저분한 복장을 권유할 수도 없다.

"하다못해 그 코트만 벗어도 다를지도 모르지만……."

"……응, 알고는 있는데."

사테라는 두 손으로 코트의 어깨를 잡았지만 코트를 벗어 던지려고 하지는 않는다. 스바루는 그 태도에 이해 못할 느낌을 받으면서도 구태여 캐묻지는 않았다.

고개 숙인 사테라의 손끝이 진정되지 않는 듯 왼쪽 가슴의 붉은 꽃 장식을 건드린다. 그 손끝의 감촉에 안도를 얻는 모습이 왠지 흐뭇해 스바루는 오히려 의욕을 북돋는다.

그녀의 손이 못 미치는 장면에서 스바루의 꾀죄죄한 꼴이 보탬이 된다면 바라마지 않는 바다. 뒷골목에서 똘마니에게 몰매 맞은 보람도 있다는 얘기다.

"뭐, 그렇다면 그런대로 내게 맡겨주면 되지. 그보다 내 공적으로 서서히 궁지에 몰아넣고 있는 범인의 행방을 쫓자. 내, 공적으로, 몰아넣고 있는, 범인의, 행방을!"

"도움이 됐다고 신난 건 알겠지만, 가득 힘주고 강조하는 거 엄—청 꼴사나워."

한 토막마다 포즈를 잡았는데, 자기 공 자랑하는 소인배처럼 되고 말았다.

다시 보려다가 말았다는 얼굴의 사테라와 쓰게 웃는 스바루. 고작 두 시간 만에 쏙 친숙해진 대화. 다만, 이번엔 그 끝이 다르다.

"미안, 나 이제 한계야."

팩이 그렇게 말하며 사테라의 목에 힘없이 기댄다. 그 잿빛 털은 어렴풋이 희미한 빛을 띠어 당장에라도 사라져 버릴 것만 같이 형상이 뿌옇다.

"왠지 죽을 것 같은 식으로 사라지는데."

"하나뿐인 딸을 눈매 사나운 남자로부터 지키려고 무리했거든. 한계까지 몸을 혹사해서 사라질 때는 안개처럼 흩어져."

"이게 웬 변이래. 좋아, 네가 사라진 다음은 내게 맡겨둬. 위험한 남자 따위 접근하게 안 놔두마."

"그거, 내가 사라지기 전에 널 없애도 된다는 소리지?"

"되긴 뭘?!"

스바루가 제 몸을 그러안으며 물러서자 팩은 "농담이야." 하고 자그맣게 웃음을 터트린다. 그 뒤에 팩이 사테라에게 눈짓하니 그녀는 가슴 속에서 녹색으로 빛나는 결정을 꺼냈다.

"무리시켜서 미안해, 팩. 뒷일은 힘내볼 테니 천천히 쉬어."

사테라의 손바닥 위에서 녹색 결정은 희미한 빛을 내고 있다. 보석이라 부르기에는 뉘앙스가 조금 다르다. 스바루의 지식으로는 크리스털이라고 부르는 게 제일 와 닿을까.

팩은 사테라의 어깨로부터 팔을 타고 크리스털에 이르러, 작은 몸을 힘껏 뻗어서 그것을 껴안는다. 그리고 마지막으로 사테라를 돌아보며 말한다.

"알고 있으리라 생각하지만, 아무쪼록 무턱대고 나서진 말도록 해. 여차하면 오드를 사용해서라도 날 불러내는 거야."

"알아. 애도 아니고 자기 일 정도 착실히 할 수 있는걸."

"모르지—. 내 딸은 그 주변이 좀 미심쩍어서. 믿을게, 스바루."

부모가 자식을 보는 자애의 시선. 그 눈길을 받고 있는 사테라는 쑥스러워하면서도 불만스러운 눈치다. 그 흐름에서 자신에게 떠보는 말이 돌아와 스바루는 힘주어 자기 가슴을 친다.

"오케이, 맡기시라. 내 식스센스에 기대하라고. 위험이 위태로운 데인저! 라고 판단하면 즉각 빠지마."

"왠지 반쯤은 무슨 말 하는지 모르겠지만, 부탁해. ——그럼, 좋은 밤. 조심해."

마지막으로 사테라를 한 번 돌아보고, 이번에야말로 팩의 모습이 세계에서 소실한다.

팩의 조그마한 몸은 빛의 입자가 되어 세계에 녹아들듯이 사라졌다. 말하는 고양이라는 부분 말고 처음으로 정령다운 환상을 목격해, 불식간에 스바루의 가슴속에 감동 비슷한 정서가 솟아 몸이 떨렸다.

스바루가 남몰래 감동하는 동안, 사테라는 손바닥의 크리스털을 소중하게 어루만지고 자기 품속에 단단히 갈무리했다.

이야기의 흐름상, 현재는 팩의 정신체 비슷한 게 그 안에 있으리라.

"단둘이 됐지만…… 이상한 생각하면 못 써. 마법은 쓸 수 있으니까."

그런 스바루에게 앞선 팩의 발언을 진지하게 받은 것 같은 사테라의 경계.

"이봐, 이봐. 여자애와 단둘이라니 초등학생 이후의 첫 시추에이션이거든. 도저히 아무것도 못 한다고. 여태까지의 내 인간력을 보지 않았었어?"

"왠지 엄—청 볼품없는데 엄—청 설득력 있다. ……응, 좋아. 앞으로 가자. 단, 팩이 없으니까 여태까지보다 더 신중하게."

사테라는 당당하게 패기가 없는 스바루에게 맥이 탁 풀렸는지 걸친 로브 앞을 다잡으며 앞으로 나선다.

"내가 전위고, 스바루가 후방 경계. 무슨 일 있으면 곧장 날 불러. 직접 어떻게 하겠다고 생각하면 안 돼. 스바루에게 별로 상처 주고 싶진 않지만…… 약하잖아."

"그 서두를 까니까 미워할 수 없더라……."

내쳐버릴 심산이 있다면, "약하잖아."의 앞부분은 불필요하다.

속마음을 숨길 수 없는 부분을 보아 역시 그녀는 본성이 무르다. 흐물거릴 만큼.

이의를 제기하고 싶어 하는 얼굴의 사테라를 재촉해 둘만의 수색을 재개한다.

그렇다고는 해도 하는 일은 딱히 변함없다. 빈민가의 주민을 찾아서는 용의자의 특징을 전해 짚이는 데가 없는지 묻고 다니는 견실한 탐문 작업.

탐문 역의 스바루도 경험을 쌓은 만큼 익숙해지기 시작해 템포도 빨라진다.

"혹시 펠트 녀석일지도 모르겠군. 금발의 잽싼 계집애 맞지?"

유력정보와 맞닥뜨린 건 둘만의 탐문을 시작하고 약 한 시간이 됐을 즈음이었다.

상대는 스바루가 허물없이 "여어, 형제. 요새는 좀 어때."라고 말을 붙인 남자다.

"만약 펠트 녀석이라면 훔친 물건은 장물 창고 안일걸. 표시해놔서 그 창고에 맡기고, 나중에 한꺼번에 창고주 영감님이 딴 지방 시장에서 처리하고 오는 거지."

"괴상한 시스템이군……. 그 창고주란 놈이 한꺼번에 들고 나른다는 걱정은 안 해?"

"그걸 하지 않는다고 신용이 있으니까 창고주야. 다만 뭐, 도둑맞은 거라고 해도 '네, 그러세요.' 하고 돌려주진 않겠지. 잘 교섭해서 되사라고."

도둑맞은 쪽이 얼간이니까. 남자는 당연한 말을 한 것처럼 웃었다.

예의 장물 창고가 있는 장소는 알아냈으므로 목적지에는 곧 도착할 수 있을 것이다.

단, 대신에 다른 문제가 부상했다. 즉, 둘 모두 무일푼이란 현실이다.

"사라고 해도 원. 어쩔래? 우리한테 약점이 있는 이상, 꽤 바가지 쓸 전개의 냄새가 풀풀 나는데."

"도둑맞은 물건을 돌려받는데, 왜 돈을 내야만 하는 거람……."

문제가 자금난 방향으로 기울자 사테라가 난감한 얼굴을 하기 시작했다.

사테라가 중얼거린 말은 지나치게 정론일 만큼 정론이지만, 그 말이 상대에게 통하리라는 생각은 접는 편이 낫다. 온건하게, 더욱이 확실하게 끝내려면 남자의 조언에 따르는 쪽이 현명할 것이다. 그렇긴 하지만.

"또다시 때늦은 질문인데, 그 도둑맞은 휘장은 딱 보기에도 비싸 보이기라도 해? 바가지 씌운다고 해도 시세를 몰라서야 교섭 이전의 문제라고."

"……한복판에 작긴 해도 보석이 박혀 있어. 나도 돈으로 어느 정도 가치가 될지 모르지만, 싼 물건이 아님은 확실할 거야."

"보석이라아……. 거 까다롭군."

지식이 없는 패거리라도 단박에 고급품이라고 알아보는 편리 아이템, 보석. 이미테이션 같은 모조품을 만드는 기술이 이쪽 세계에 있을 것 같지는 않으니, 보석으로 보이는 것은 전부 보석으로 생각해도 틀림없을 것이다. 즉, 저절로 비싼 값이 붙는다는 얘기가 된다.

낙관할 수 있는 요소가 아무것도 없는 한편으로, 스바루는 사테라의 발언에 위화감을 느꼈다. 사테라는 자기 소지품인 휘장, 그 가치를 모른다고 말한 것이다.

남에게서 얻은 물건일 가능성도 있지만 다소 걸리는 기분도 느껴진다.

"일단 장물 창고란 곳에 간 다음 생각하자. 우리 교섭에 따라선 좀 나은 가격으로 양도해 줄지도 모르니……."

최악의 경우, 스바루에게는 심하게 손해지만 자금을 마련할 수 있는 수단은 있다. 그 최종 수단에 관해서는 직전까지 사테라에게 알리고 싶지 않다.

이러자느니 저러자느니 휘장의 반환에 관해 승강이하며 합의를 보지 못한 채 걷기를 10분.

——두 사람은 장물 창고라고 불리는 건물 앞에 도착해 얼굴을 마주 보고 있었다.

"왠지 생각한 것 이상으로 큼지막한데. 도둑이 매를 드는 데에도 정도가 있지."

"장물 가게가 아니라 창고라고 불리는 이름의 이유를 알겠어. 이 안이 전부 훔친 것뿐이라면…… 아무리 그래도 참담한데."

물론 정기적으로 처분하고 있다니 장물로 빼곡할 일은 없겠지만.

장물 창고는 그 천박한 속칭에 걸맞지 않은 위용으로 육중하게 자리 잡고 있다. 단층집이지만 건물의 평수는 웬만한 집합주택급이다. 높은 방벽을 등지고서 빈민가의 가장 안쪽에 지어져 있다.

"저곳에 보이는 높은 벽이면……."

"왕도의 방벽일 거야. 어느 새 왕도 한복판에서 끝에까지 와

버렸나 봐.”

사테라의 말에 스바루는 어렴풋이 머릿속으로 왕도의 지도를 떠올린다.

아마도 사방을 이런 식의 방벽으로 가린 직사각형의 입지일 것이다. 그 안쪽, 중심이나 최북단 중 어느 곳에 성이 있고, 그곳에서 먼 위치에 이 빈민가가 위치하고 있다.

수색이 시작되고 서너 시간이 경과했음을 고려하면 왕도의 넓이는 스바루가 상정한 것보다 조금 더 넓은 듯하다.

“자, 들은 얘기가 맞으면 안에 장물 그러모으는 창고주란 사람이 있으리라 보는데…… 이쪽 입장으로서는 어떤 느낌으로 가는 느낌?”

“정직하게 갈 거야. 도둑맞은 게 있으니까, 안에 찾아서 발견되면 돌려 달라고.”

그 정론은 통하지 않는다고 주장했었지만 사테라는 들은 척도 하지 않는다.

기본적으로 천성이 너무 올곧은 것이다. 삐뚤어진 것을 삐뚤어진 채로 놔두지 못하는 성품. 그런 사테라이기 때문에 그 장면에서 스바루를 구해준 것이라고 할 수 있겠지만.

“아—, 알았어. 그럼, 이 자리는 내게 맡겨줘.”

악화될 가능성이 너무나도 높은 판국이라 별수 없이 스바루는 자청하고 나선다.

마지막 수단——차례가 너무 일러서 히든카드 같지 않지만, 꺼낼 타이밍을 놓쳐 사태가 번거로워지는 것 또한 문제다. 이런 결단에서 스바루는 망설이지 않는다.

스바루의 제의에 어리둥절한 표정을 짓는 쪽은 사테라다. 스바루는 그 꾸밈없는 표정이 귀엽다고 생각하면서 곧바로 사테라가 입에 올릴 근심에 변명을 짜내려고——,

"알았어. 스바루에게 맡겨볼게."

"그야 간단히 수긍할 수 없겠지. 여태껏 보여준 내 모습으로 네 신뢰를 따냈다고 생각할 만큼 바보가 아니니까. 하지만 생각한 게 있으니까 믿어달…… 에에엑?!"

"왜, 왜 그렇게 놀라?"

"그렇지만 지금 흐름은 완전히 한번쯤 옥신각신하는 패턴이잖아? '여태까지 쓸모없었던 이산화탄소 발생 장치에게 맡기라고? 배꼽이 빠지고 코웃음이 폭발하겠어. 개 쪽이 훨씬 낫지.' 같은 발언에 내가 상처받으면서도 결의를 새롭게 하는 전개를 몽상했었다고?!"

"나 그렇게 심한 말 안 해!"

스바루가 배출한 과대 피해망상에 사테라는 노여워하신다. 그러나 사테라는 한 번 헛기침하더니 그 자수정빛 두 눈으로 스바루를 빤히 바라본다.

"확실히 스바루에게 발목 잡히지 않았다고 하면 거짓말이 돼버려. 진지한 얼굴이다 싶더니 금세 기운 쪽 빠질 소리나 하고."

"기운 쪽 빠진다니 요즘 못 듣는 말일세."

스바루는 헤살을 부리면서도 반론할 수 없는 평가에 어깨를 떨굴 수밖에 없다.

"하지만, 그런 식으로 장난질도 치지만, 그 여자애를 울리지 않고 끝난 건 스바루 덕분이니 생각이 없다고도 거짓말할 사람이라고도 여기지 않아."

그녀는 여기 올 때까지 약간 돌아오는 길이 많았던 도정을 돌아보며, "그러니까." 하고 호흡을 이으면서 말했다.

"스바루를 믿어볼게. ……잘 풀리면 득본 셈이란 정도의 마음으로."

"그럴 거라면 이쪽을 올려다보면서 '날 위해서 힘내.' 라고 뒤에다 덧붙이는 편이 의욕 나거든?"

"그렇게 무리해달라곤 말할 수 없는걸. 하지만, 힘내."

여러 가지 의미로, 거짓말을 못 하는 소녀인 것이다.

"——응, 힘낼게."

스바루는 활짝 웃으며 사테라의 말에 대답하고 장물 창고 입구로 간다.

사테라에게 설명하지 않았던 히든카드——현대 세계로부터 반입한 스바루의 유일하다고 부를 수 있는 재산. 이 세계에 존재하지 않을 그것이라면, 물물교환이 성립할 가능성이 있었다.

스바루에게는 심각한 손해가 되지만, 이 세계에서 사테라의 도둑맞은 휘장에 휴대전화 이상의 희소가치가 있다고는 생각하기 어렵다. 이 세계에서는 이런 기회에서나 뽑을 수 있는 카드였다.

"어디— 어, 누구 집에 계신가요—. ……엇, 열렸네."

시큼한 향이 감도는 장물 창고 입구. 스바루는 그 목조의 문을 노크하려다가 살짝 벌어진 틈새로 문이 잠겨 있지 않단 사실을 알아차렸다. 흘끗 안을 엿보자 몹시 어둡다.

"가로등이 없으면 이렇게 불편하군……. 장물 창고 안도, 건물의 존재 이유를 감안하면 당연하지만 떳떳치 못한 데에 비례해서 어두운걸."

머리를 처박고 안을 살피지만, 달빛도 닿지 않는 빈민가 가장 깊은 오지의 어둠은 정말이지 한 치 앞도 보이지 않는다. 스바루는 안에 들어갈 각오를 굳히고, '그 전에.' 라며 사테라를 돌아보고 말했다.

"대답이 없는데, 내가 먼저 들어갈 테니 너는 밖에서 망 봐줄 수 있어?"

"괜찮아? 내가 안에 들어가는 편이 낫지 않을까……."

"만에 하나, 기습이라도 받았을 때에 네가 맨 먼저 당하면 전멸 확정. 내가 당했을 때 너라면 회복도 반격도 자유. 이치에 맞은 역할 분담. 믿음, 부탁, 플리즈."

스바루의 말에 고민하는 티를 내는 사테라. 사테라는 잠시간의 묵고 뒤에, 품속에 손을 집어넣더니 하얀 결정을 꺼내어 벽을 때렸다. 돌연 하얀 빛이 넘치기 시작했다.

"적어도 등불은 들고 가. 아무도 없어도, 누가 있어도 불러줘."

"알아. 팩에게도 말 들었으니 신중하게 가잔 거잖아. 이거, 편리한 돌이구나."

"라그마이트 광석이야 아무데나 다 있는데, 엄—청 무식하구나, 스바루는."

어이없음을 드러낸 어조로 말하고 그녀는 그 라그마이트 광석을 스바루에게 넘긴다. 어렴풋이 열을 띤 결정은 희미하게 빛나 양초 정도의 광원은 확보해주고 있었다.

"오케. 그럼 잠깐 보고 올게. 오는 길이 늦지는 않겠지만 먼저 밥 먹어도 돼."

"말도 안 되는 소리 하지 말고. 조심해."

"넵넵. 사테라도, 내가 부를 때까지 들어오면 안 된다?"

안에 발을 들이기 위한 용기가 아주 살짝 스바루의 등을 밀어 그녀의 이름을 부를 수 있게 했다.

여태껏 멋쩍은 기분이 제자리걸음시켜서 목소리로 내지 못하던 사테라의 이름. 막힘없이 그 단어를 소리로 지어내는데 성공해 주먹을 쥐고 흘끗 사테라의 얼굴을 엿본다.

"……왜 그래?"

그의 상상과 다르게, 사테라는 스바루의 부름에 눈을 동그랗게 뜨고 경직되어 있었다. 예상 중 어느 것과도 다른 반응에 스바루가 고개를 갸우뚱하자, 그녀는 조금 뒤늦게 고개를 가로젓는다.

"으응……. 아무것도 아냐. 휘장을 되찾으면 똑바로 사과할게."

"뭘 사과해줄 생각인지 모르겠지만, 미안해보다 고마워 쪽이 기분 좋아. 덤으로 미소가 붙는다면 최고지."

"바보."

짧은 두 문자로 배웅하는 사테라의 입가에 미소가 떠오르는 모습을 눈에 새겼다. 스바루의 재미없는 농담으로도 이렇게 그녀를 웃게 해줄 수 있다.

만사 완벽하게 교섭을 마쳤을 때에는 그 웃음을 밝은 장소에서 좀 더 보고 싶다.

"자, 보자. 악마가 나오려나 뱀이 나오려나. 판타지라면 양쪽 다 농담으로 끝나지 않겠어."

넉살과 함께 라그마이트를 한 손에 들고 조심조심 안으로 발을 디딘다.

어슴푸레한 조명 속, 입구를 지나자 눈에 들어온 건 카운터였다. 원래 여인숙이나 뭐였던 것이리라. 건물의 1층은 술집이었던 공간을 그대로 유용하고 있는 모양이다.

접수처 역할을 맡고 있는 것 같은 카운터 위, 그리고 그 건너편에 비좁도록 다양한 물품들이 줄지어 있는 것을 알아차렸다.

작은 상자와 항아리, 도검류 및 싸구려 귀금속까지 그야말로 다종다양하게 있다. 물품 각각에 작은 나무패가 달려 있는 걸 보고 이것들이 전부 장물임을 판단할 수 있었다.

"나무패 회수해서 경비병에게 넘기면 왠지 일제 검거라도 할 수 있을 듯한 시스템이군."

하긴 이 바닥의 생업은 나라의 부패한 암부(暗部)와 어둠 속에서 연결되어 있는 게 정석이다. 여기서 팔아넘긴 장물이 가는 행선지도 의심스러운 노릇이다.

그런 생각을 하며 스바루는 목적한 것을 찾아 안으로—— 그때였다.

"응?"

별안간 신발 밑창에 생긴 위화감에 스바루는 멈춰 섰다.

뭔가 단단한 것을 밟았다는 식의 위화감이 아니다. 오히려 그것과는 반대로, 밟은 지면에 발이 끌리는 듯——점착성의 뭔가를 신발 바닥으로 느낀 것이다.

발을 들어 올려 운동화 바닥을 손끝으로 만지자 그곳에는 끈끈하게 액체가 묻어 있었다. 묘하게 끈적이는 그것은 손끝에서 가볍게 늘어나 본능적인 불쾌감을 자극하고 있다.

"뭐야, 이거."

손가락에 코를 가져다대어 냄새를 맡지만, 애초에 옥내 공기가 탁한 탓에 확실하게 맡을 수 없다. 당연하게도 혀로 확인해볼 용기 또한 없다.

꺼림칙한 감촉의 그 뭔가를 벽에 문지르고, 스바루는 불쾌감에 떠밀리듯이 라그마이트 광석을 앞으로 내민다. 그 진행방향 앞쪽에서, 스바루는 원인을 발견한다.

"……아?"

무심코 얼빠진 소리가 나오고 스바루는 그제야 '그것'을 인식했다.

희미한 빛의 범위에서 처음으로 보인 것은 지면에 힘없이 구르는 '팔'이다. 무엇인가를 바라듯 손가락을 벌린 그 팔에는 이상하게도 팔꿈치부터 이어져야 할 몸이 존재하지 않는다.

그 연결 부위를 찾듯이 빛을 움직여 더 안쪽에 내던져진 발을 찾아낸다. 발은 똑바로 몸통에 이어져 있으며, 몸통에는 다른 있어야 할 부품도 부속되어 있었다.

——목이 크게 찢겨지고 한 팔을 잃은 덩치 큰 노인의 시체가.

"히."

그 시체를 눈치챈 순간, 스바루의 입에서는 의미 없는 공기가 새어 나오고 있었다.

이 순간, 스바루의 뇌리는 완전한 공백에 지배되었다. 사고는 새하얀 저편으로 날아가 손발이 얼어붙은 것처럼 움직일 수 없다. 그저 오로지 무위한 공백. 그리고.

"——아아, 발견되고 말았구나. 그럼 어쩔 수 없지. 그래, 어쩔 수 없는 거야."

여자……의 목소리였던 것 같다.

낮고 냉담하며, 왠지 모르게 즐거워하는 여자의 목소리가 난 것 같았다.

"꺽——!"

돌아볼 겨를은 없었다.

목소리 난 쪽으로 고개를 돌리려고 한순간 스바루의 몸이 충격으로 날아간다. 벽에 등이 내동댕이쳐지고 라그마이트가 손에서 튕겨나가 시야가 어둠으로 물들었다.

하지만 스바루의 의식은 그런 쪽으로는 쏠려 있지 않다. 그의 의식을 지배한 것은——.

"끄으으으…… 뜨, 뜨거."

——온몸을 지배하는, 압도적인 '열'이 나츠키 스바루를 지지고 있었다.

——이건 진짜로 위험하다.

딱딱한 땅바닥의 감촉을 안면으로 맛보고 스바루는 자신이 앞으로 쓰러졌다고 깨달았다.

온몸에 힘이 들어가지 않고 손끝의 감각은 사라진 지 오래. 그저 '열' 만이 온몸을 지배하고 있었다.

기침하며 목으로 치밀어 올라온 생명의 원천을 양껏 토해낸다. 콜록콜록, 입 끝에 피거품이 떠오를 정도의 토혈. 흐릿한 시야에 새빨갛게 물든 지면이 보인다.

——아아, 이거 몽땅 다 내 피냐.

몸 안에 있는 피가 모조리 넘쳐 나온 것만 같은 착각에 빠지면서도, 몸을 남김없이 지지는 '열' 의 원인을 찾아 떨리는 손을 뻗는다. 복부의 찢어진 자국을 손끝이 포착하고 이해했다.

뜨겁다고 느낄 만도 했다. '아픔' 을 '열' 이라고 착각하고 있었던 모양이다. 날카로운 열상은 몸통을 거의 두 동강 내어 거죽 한 꺼풀로 가까스로 붙어있는 상태다.

즉, 아무래도 인생의 '외통' 이라는 데에 직면한 듯하다.

이해하자마자 그 즉시 급속하게 의식이 멀어지기 시작한다.

방금까지 몸부림치며 뒹굴기를 강요하던 '열' 조차 어딘가로 떠나고, 불쾌한 피의 감촉이든 내장에 닿는 손의 감촉이든, 모든 것이 멀어져가는 의식을 시중들고자 끌려간다.

따돌림 받은 것은 '영혼' 과의 동행을 거부당한 육체뿐이다.

눈앞. 선혈의 융단이 깔린 바닥을 검은 신발이 파문을 만들며 짓밟는다.

누가 있는 것이다. 그리고 필시 그 누군가가 자신을 죽인 것이리라.

그런데도 그 누군가의 얼굴을 배알하자는 생각은 나지 않았다. 그런 건 아무래도 상관없다.

——그저 바란 소원은 그녀가 무사하기를 비는 것뿐이었다.

"——바루?"

방울 소리 같은 목소리가 들린 듯하다. 그 목소리를 듣는 것이, 그 목소리를 들을 수 있는 것이, 가장 큰 구원이었음을 기억하고 있다. 때문에——.

"——윽!"

짧은 비명이 오르고, 피의 융단이 또 누군가를 맞이한다.

쓰러진 몸은 바로 옆에. 그리고 그곳에는 힘없이 쭉 뻗은 자신의 팔이 있었다.

힘없이 떨어진 그 하얀 손과 피로 물든 자신의 손이 살그머니 얽힌다.

희미하게 움직인 손끝이 자신의 손을 맞잡은 듯한 느낌이 들었다.

"……려라."

멀어지는 의식의 목덜미를 잡아채어 억지로 돌아보게 해 시간을 번다.

'아픔' 이나 '열' 이나 모든 것은 아득하며, 헛된 발버둥이나 치는 꼬리만 개가 짖는 소리다.

하지만, 그래도——.

"내가, 꼭——"

——너를 구해 보이겠어.

다음 순간에 나츠키 스바루는 목숨을 잃었다.

제2장 『너무 늦은 저항』

1

"——무슨 일이야, 형씨. 갑자기 멍한 얼굴 하고."

"허——?"

우락부락한 얼굴, 하얀 칼자국이 눈에 띄는 남자가 말을 걸어 무심코 얼빠진 반응이 나오고 만다.

이쪽 반응에 남자는 그 상처 자국을 야단스럽게 일그러뜨린다.

"그—러—니—까, 결국 어쩔 건데. 삼과, 살 거야 말 거야."

"허——?"

"삼과 말이야! 먹고 싶은 거지? 자기 입으로 그렇게 말 붙여두고서, 갑자기 눈이 맛 가버려서 쫄았다고. ……그래서, 어쩔 거야."

우람한 근골의 스카 페이스가 그 손바닥에 덩그러니 귀엽게 붉은 열매를 올려놓고 있다. 내밀고 있는 사과와 매우 닮은 과일. 그것과 중년의 얼굴을 비교하다가 입을 연다.

"아니 그러니까 나, 천마불멸(天魔不滅)의 알거지라니까."

"아, 뭐냐! 그럼 단순한 눈요기꾼이잖아. 그럼 가라 가! 이 집 장사하는 중이야. 보기만 하는 놈하고 못 놀아."

성의 없는 손짓에 그 자리에서 밀려나 비틀비틀 가게 옆 방향으로 빠진다.

그리고 그——나츠키 스바루는 주위를 둘러보면서,

"어? 어? ——어떻게 된 거야?"

의문과 당혹에, 누구에게 던지는 것도 아닌 물음을 뱉어내는 게 한계였다.

2

큰 길거리는 변함없이 사람으로 북적이고 있으며, 가끔 도마뱀 마차가 지나가는 것 외에는 항상 도로 폭 가득 보행자가 퍼져 있다.

아직 햇빛이 밝은 시간이다. 높다고 할 만큼의 기온도 아니지만 눈앞을 지나가는 늑대 인간 같은 인종의 모피 따위를 보면, "우와, 덥겠다."라는 감상이 멍하니 떠오른다.

"아니 그, 상경한 촌뜨기처럼 훈훈한 감상이나 할 상황이 아니라고?!"

머리를 움켜쥐며 허리를 트위스트. 그 자리에서 혼신의 힘을 담은 고뇌의 포즈를 선보이는 스바루에게, 진귀한 복장도 한 몫해 주위로부터 호기심의 시선이 집중된다. 하지만 지금은 그 눈을 신경 쓸 여유도 없다.

"왜냐면…… 방금까지 밤……이었지?"

해가 높게 떠있는, 것이다. 적어도 스바루의 인식으로는 밤을 맞이했을 터였는데.

밤에서 낮으로의 순간적인 역전——그것은 스바루에게 이세계로 소환됐을 때를 떠올리게 했다. 하지만 그때와 이번에는 명확하게 다른 조건이 있다.

"배의 상처…… 없군."

스바루는 체육복 옷자락을 들쳐 복부를 확인한다.

분명히 대형 날붙이로 보이는 흉기로 찢겨, 죽음을 모면할 수 없을 만큼 대량으로 출혈을 일으켰을 것이다. 그런데 복부에는 상처 자국은커녕 피의 흔적조차 찾을 수 없다.

그뿐만 아니라 애용하는 체육복에는 흙먼지나 진흙으로 묻은 때도 눈에 띄지 않았다.

손안의 편의점 봉지는 건재하고, 바지 주머니에는 각각 휴대전화와 지갑이 들어 있는 상황인 것도 변함없다. 온갖 의미로 만전의 초기 상태.

——머리가 돌아버릴 것만 같았다.

기억이 혼탁하다고 자각해 스바루는 의식을 잃기 직전의 상황을 열심히 떠올린다.

그렇다. 배를 찢겨 죽을 뻔했던 것이다. 여자의 목소리……가 들렸었던 것 같다.

장물 창고에서 시체를 발견해, 그 시체의 인물을 죽였다고 여겨지는 상대에게 스바루 자신도 습격당했다. 그리고 죽을 지경에 처한 상황 하에서——

"……맞아, 사테라!"

스바루를 걱정해 장물 창고로 들어오고 만 사테라 또한 흉인(凶刃)의 먹잇감이 된 것이다.

그 생각에 미친 순간, 스바루의 창자가 쥐어 짜이는 듯한 아픔을 느낀다. 그 고통은 자기가 상처 입은 사실을 의식했을 때보다 훨씬 엄하게 자신의 죄를 자각시켰다.

"나, 사테라를 부탁한다는 말…… 들었잖아."

사라지기 직전, 스바루를 보고 그렇게 전한 팩의 모습을 떠올린다.

새끼 고양이와 나눈 약속, 그것은 결코 가벼운 말이 아니었다. 그런데도 스바루는 거듭거듭한 충고에도 단순한 실수로 그 약속을 어겼다.

사테라의 당부――무슨 일이 있으면 소리를 지르는 것. 그런 지시에 따르는 것조차 게을리 했다.

"바보냐……. 아니 바보지, 나는. 고개 떨굴 새가 어디에 있어. 좌우지간 사테라랑 팩을 찾아야 해……."

둘 다 죽어 있을지도 모른다. 그런 상상을 스바루는 머리를 저어 쫓아낸다.

아무 장점도 없고 손톱만큼도 도움이 되지 않는다. 말하자면 엑스트라 캐릭터나 환성 지르기 담당에 속하는 자신조차 목숨을 건진 것이다.

그렇다면 그, 마법을 쓸 수 있고 남 보살피기 좋아하는 호인이며 솔직하지 않지만 몹시 올곧은 미소녀와, 표표해 종잡을 수 없는 괴짜 정령이 죽었다고는 여겨지지 않는다.

——아니, 죽기를 바라지 않는 것이다.
"좌우지간 지금은 장물 창고로 가봐야……."
그 장소가 의식의 종착점이라면 힌트는 그곳에 있을 것 같다.
생각나자마자 즉각 행동. 여기서도 스바루의 빠른 결단력이 빛난다. 원래 세계에서는 "오늘은 학교 가는 거 관두자."라고 포기하는 경우에만 집중됐지만, 지금의 스바루에게는 망설임을 끊어낸다는 의미로 큰 의미가 있다.
하지만 단단히 벼른 스바루의 그 결단은——,
"여어, 형씨. 잠깐 우리랑 놀고 가셔."
골목을 막듯이 버텨서는 세 남자에게 방해받는 쓰라림을 겪게 됐다.
스바루는 목소리 들린 쪽을 보고 어처구니없어 무심코 입을 벌리고 만다.
"어이, 이봐. 왜 멍 때린 낯짝하고 그래."
"상황을 이해 못하는 거지. 가르쳐주면 되지 않겠어?"
세 남자들이 천박한 웃음을 띠며 스바루를 비웃는다. 스바루는 그 남자들의 모습을 빤히 바라보며 마치 익살맞은 연극을 목도한 듯한 심경 속이었다.
남자의 숫자는 세 명. 빈말로도 단정하다고는 할 수 없는 차림새에, 못된 교육과 성격이 배어나올 듯한 전형적인 똘마니 낯짝.
그 전부에, 스바루는 답이 없을 만큼 또렷한 기억이 있었다.
"너희…… 혹시 내가 모르는 곳에서 머리라도 부딪혔냐?"
바로 몇 시간 전에 스바루가 사테라 일행과 만나는 계기를 만든 패거리였으니까.

엑스트라적인 위치에는 틀림없겠지만 아무리 그래도 닮은 얼굴의 3인조가 모두 같은 범행에 이르고 있다고는 생각하기 어렵다.

"그렇단 말은, 내가 혼자라고 보고 아까의 보복……인가? 약할 때 노리고 싶어지는 마음은 알지만, 귀신들린 것처럼 나쁜 타이밍이라고, 너희……."

"뭔 소리를 하는 거야, 너. 머리 돈 거 아냐?"

온건하게 대화로 수습하고 싶은 스바루를 남자들은 조롱. 그 태도에 천하의 스바루도 뒷골 땡기는 것이 있었다. 온건하게 끝마치자는 말은 어디까지나 상황적으로 서두르고 있기 때문이지, 본래의 스바루는 꽤 성질 급한 인간이다.

"됐어, 형씨. 일단 소지품 전부 두고 가. 그걸로 봐줄 테니까."

"아아, 네, 네. 소지품 전부 말이지. 급해서 그러니 그걸로 됐어, 진짜."

"그리고 개 흉내 내! 네 발로 기며 개 흉내 내며 살려주세요—라고 울어."

"까불지 마셔, 짜샤——!"

남자들로부터 너무나도 까부는 발언이 날아오는 바람에 벌써 인내심의 한계를 맞이한다.

갑작스럽게 폭발한 스바루의 움직임에 남자들이 동요. 스바루는 그 멍청해진 남자들 가운데 깡마른 남자를 겨냥한다. 아까 다투다가 패인이 된, 나이프를 소지한 남자다.

"우선은 너다! 생명의 소중함을 모르는 놈 따위 뒈져버려!"

혼신의 장저(掌底)로 남자의 턱을 쳐올리고, 바로 텅 빈 몸통에 주먹을 꽂아 넣는다. 남자는 벽에 나뒹굴며 굉침. 스바루는 즉각 다음 남자에게 발 후리기를 건다.

돌연한 사태에 반응하지 못하고 걷어차인 남자가 넘어진다. 그 틈에 스바루는 마지막 한 명에게 돌진. 저공으로 넣은 태클로 남자의 몸을 걸머져 몸째로 벽에 처박는다. 등을 얻어맞아 신음하는 남자에게 발을 내리찍어 마무리. 스바루는 넘어진 남자에게 손짓해 도발한다.

"자, 맨투맨이다! 정정당당하게 덤비시지!"

"이렇게 기습해놓고서 정정당당이고 지랄이고 있겠냐! 망할 꼬마놈이!"

아드레날린 좔좔 흐르는 상태라 기세등등한 스바루에게 분노로 얼굴이 새빨개진 남자가 덤벼든다. 멱살을 잡은 남자는 기세를 살려 그대로 스바루를 벽에다 밀어붙이려고 했으나.

"초절, 어설퍼!"

스바루가 어깨를 잡은 남자의 양 손목을 틀어쥐고 남자의 완력을 웃도는 완력으로 잡아뗐다.

뚜렷한 동요가 퍼지는 남자의 얼굴을 보고 스바루는 그 눈매 사나운 얼굴을 흉악하게 일그러뜨린다.

"등교 거부아의 남아도는 시간 얕잡아보지 마. 매일 딱히 이유도 없이 목도 휘두르며 운동한 내 악력은 70킬로그램 오버다. 벤치 프레스도 80킬로그램까지라면 가능하다고!"

손목이 으스러지는 아픔에 남자가 절규. 자세가 무너진 순간에 스바루의 무릎이 남자를 찍는다. 까무러치는 똘마니. 그 배후로 재빠르게 돌아간 스바루는 상대의 허리에 손을 두른다.

"죽어도 원망하지 마라. 한 번 해 보고 싶었지, 맨바닥 위의 누우면서던지기!"

백드롭의 요령으로 상대를 들어 올려, 그 도중에 냅다 던진다. 남자는 속수무책으로 벽에 머리부터 부딪히고 지면에 떨어져 꿈쩍도 하지 않는다.

남자 둘의 침묵을 확인한 다음, 스바루는 마지막으로 제일 최초로 처리한 나이프 남자 쪽으로.

비교적 대미지가 적은 나이프 남자는 비지땀을 흘리면서 스바루의 접근에 순간적으로 품속 나이프를 뽑으려고 한다. 뽑으려고 했기에 스바루는 가차 없이 안면을 찼다. 굉침.

"――쉭. 식은 죽 먹기! 이 세상에 악이 성공한 예 없노라!"

승리의 포즈를 잡으며 홀로 그 자리에서 승리를 축하하는 나츠키 스바루.

남자들 세 명이 죽지 않은 것만 확인하고, 스바루는 총총히 골목을 뒤로한다.

"상황은 아무것도 변하지 않았지만 말이지. 좌우지간 장물 창고로 서둘러야지."

길에서 상처 없이 나온 스바루를 보고 미묘하게 "오오." 하며 통행인들로부터 예상 밖이라는 투의 목소리가 들린 것이 신경 쓰이는데, 노상강도를 눈치챘으면 신고하라 설교하고 싶다.

물론 시간이 아까운 판국이니 지금은 잔달음질로 그곳을 벗어날 수밖에 없었지만.

3

뒷골목에서의 설욕전을 달성하고 스바루가 빈민가의 가장 깊숙한 곳——장물 창고 앞에 도착했을 때는 이미 해도 크게 기운 저녁이 되고 난 다음이었다.

“겨, 겨우 찾았다. ……된통 시간 걸렸어, 빌어먹을.”

이러니저러니 동분서주하는 바람에 이곳에 오기까지 두 시간 가깝게 낭비하고 말았다.

“아까 막 왔던 곳이니 헤매지 않고 갈 수 있을 줄 알았는데 원…….”

역시 안내판의 글자를 읽을 수 없다는 점이 스바루에게 큰 장해였다. 그렇다고 빈민가 밖에서 대놓고 장물 창고의 이름을 꺼낼 수도 없어 기억을 의지해 여기까지 온 것이다.

“저번은 사테라랑 대화하다 넋 놓고 보기도 하다 그랬었으니. 그야 길도 어렴풋하지 않겠냐.”

땀범벅 된 상태에서도 넉살을 부리는 스바루.

——하지만 결코 눈을 피할 수 없는 스바루의 가장 큰 죄가 있는 현장이 지금 눈앞에 있다.

경박한 혼잣말로 얼버무리려고 해도, 자기 자신의 내심을 끝까지 속일 수는 없다. 심장이 세게 뛰어 속도가 높아진 박동이 스바루의 손끝을 무겁게 만들기 시작한다. 타액이 메말라 혀가 얼얼

하고, 지독한 이명(耳鳴)이 쉴 새 없이 머릿속을 때리고 있었다.

이 장물 창고 안에 스바루가 찾고 있는 답이 있는 것이다.

순간, 눈꺼풀 안쪽에 이 안에서 목격한 광경이 플래시백 한다. 노인의 시체, 찢겨진 자신의 배와, 자기 탓에 말려든 사테라의 끔찍한 모습이.

"쫄지 마, 쫄지 마, 왜 쫄고 그래, 나. 바보냐……. 아니 바보지, 나는. 예까지 와서 답을 보지 않고 돌아갈 수 있겠냐고."

애당초 돌아갈 장소라곤 아무데도 없다. 기댈 곳은 지금 단 하나밖에 없는 것이다.

결심하고 앞을 보며 걷기 시작하려다가 무릎이 후들거리는 것을 스바루는 깨달았다. 그 떨리는 발을 때려 진정시키고, 이번에야말로 심호흡과 함께 스바루는 나아간다.

오렌지색의 햇살 속에서 장물 창고의 투박한 문은 말없이 스바루를 거절하고 있는 것 같았다.

"누구, 없나요."

그 자신의 약한 마음에 따른 착각을 눌러 담고, 스바루는 문을 두드리면서 말을 건다.

둔중한 소리가 나지만 응답은 없다. 가만히 있기 부담스러운 침묵만이 답례일 뿐. 스바루는 그 고요함이 두려워져 거듭해서 문을 주먹으로 두드린다.

"누가…… 누가 있는 거지! 부탁해, 대답해줘……. 부탁해."

덧없는 희망에 매달리듯이. 목격한 광경이 착오였다고 믿게 해 주길 원해서.

스바루의 격정을 다 받아내지 못하고 문이 삐걱대며 경첩이 변형되기 시작한다. 그리고――.

"――시끄럽구마아! 신호와 암호도 모르면서 문을 때려 부술 작정이냐!!"

눈앞의 문이 힘차게 열려 쓰러질 듯이 몸무게를 싣고 있던 스바루가 날아간다.

장물 창고 입구에서 5미터 가까이 뒤로 날아가 지면에 꼴사납게 구른 스바루가 눈을 휘둥그레 뜨며 고개를 들었다. 경악한 시선 앞에 얼굴이 붉어진 대머리 노인이 서 있다.

지저분한 넝마로 단련된 거체를 감싸고, 매끈하게 닦인 대머리가 석양의 붉은 빛을 반사한다. 요컨대, 덩치 큰 대머리의 엄청 건강해 보이는 할아범이 서 있었다.

"무어냐 넌! 본 적 없는 낯짝 매달고 뭐 하러 온 게야! 어떻게 여기를 알고! 이곳에 도착했냐! 누구 소개더냐!"

할아범이 무시무시한 기세로 거리를 좁혀 스바루의 목덜미를 가볍게 잡아 올렸다.

두 발이 뜨는 감각을 맛보며 스바루는 제 분수를 분별했다. 어지간한 상대가 아니면 지지 않는다고 생각했었지만, 어지간한 상대가 상대라면 이 꼴이다.

신장이 2미터 이상 되는 할아범 손에 들리는 바람에 스바루는 저항할 기력조차 완전히 잃었다.

"……내 이름은 나츠키 스바루. 응접불가(應接不暇)의 나그네…… 일단, 내려주셔요?"

땅에 발붙이고 대화하자고, 에둘러서 청하는 것이 한계였다.

4

인상 한 번 맹렬하게 나쁜 만남이었지만, 스바루는 무사히 장물 창고 안으로 안내되었다.

장물 창고의 정보를 제공해준 남자의 풍모를 전하고, 그 소개라고 설명한 덕분이다.

들어가자마자 곧장 보이는 카운터, 그곳에 비치된 손님용 고정의자에 앉아 불편한 듯 엉덩이 위치를 고친다. 시트 부분이 잘게 튼 바람에 엉덩이에 꼬치꼬치 날카로운 자극이 오는 것이다. 항문이 폭발 직전이라면 방아쇠가 될지도 모르는 위험성이다.

"뭐냐 아까부터 꿈지럭대고. 불알 위치가 그렇게 신경 쓰이는 게냐."

"주니어의 포지션 신경 쓰고 있는 게 아니라고. 아니, 하반신부터 얘기 들어가지 마."

장신이라기보다 거대라는 말이 딱 들어맞는 노인이 비좁은 듯 허리를 굽힌다. 노인은 카운터 밑 선반에서 술병을 꺼내고는 내용물을 술잔에 따라 입가로 날랐다.

"소란스럽게 남의 저녁 반주를 훼방 놓기는. 이래 가지고 시시한 용건이라면 각오혀."

"아직 해가 저물기 시작한 직후건만 술은 웬 술이야, 일찍 죽는다."

미움 살 소리 떠들면서 스바루는 턱을 괴고 장물 창고 안을 대강 둘러본다.

저녁의 장물 창고——그곳에 스바루가 맛본 참극의 흔적은 일절 눈에 띄지 않았다. 통일감이 없는, 장물 같은 물품이 어수선하게 줄지어서 어지럽혀졌는지 정리된 건지 판별 불능.

그런 스바루의 시선을 깨달았는지 눈앞에서 노인이 의미심장하게 눈을 가늘게 좁힌다.

"왜, 애송이. ——장물에 관심이 있어?"

이 말로 이쪽의 핵심을 찔러왔다.

덩치 큰 노인——롬 영감이라고 이름을 댄 인물과의 교섭은 스바루 쪽이 먼저 이름을 댄 것이 주효했는지 의외로 원활하게 진행됐다.

카운터 건너에서 롬 영감은 지저분한 유리잔에 추가로 술을 따르면서 슬쩍 웃는다.

"뭐, 예 오는 것들 목적이야 둘 중 하나지. 장물을 가지고 오거나, 장물 자체에 용무가 있거나."

"……확실히 목적 중 한쪽은 그거야."

"한쪽이라. 허면 다른 용건도 있단 말이 되렷다?"

스바루의 조건부 긍정에 롬 영감의 한쪽 눈썹이 올라간다. 스바루는 끄덕인 다음, 주저주저하다가 조롱받을 각오를 하고 물었다.

"어처구니없는 얘기지만…… 영감님, 요새 죽은 적 없어?"

'목과 오른팔을 썰려서' 라고 덧붙이는 것은 그만두었다. 롬 영감은 잠깐 잿빛이 도는 두 눈을 부릅뜬다. 하지만 불현듯 시간이 움직이기 시작한 것처럼 활짝 웃었다.

"와하하하! 뭔 소리 하나 했더니. 말마따나 다 죽어가는 늙은이인 건 인정하지만 공교롭게도 죽은 경험은 아직 없다. 이 나이가 되면 그리 먼 이야기도 아니다 싶다만."

통쾌한 조크라도 들은 것처럼 웃은 롬 영감은 "마시겠냐?" 라고 유리잔을 이쪽에도 권한다. 스바루는 알코올을 손짓으로 거부하며 "미안해." 라고 짧게 사과한다.

사과는 했지만 스바루 안에서 위화감은 부풀기만 했다.

장물 창고에서 본 시체――그건 틀림없이 눈앞에 있는 노인이었던 것이다.

암흑 속에다, 또 처음으로 시체를 보고 놀라서 평정을 지킬 수 있었다고는 말할 수 없다. 그래도 잘못 보기 어려울 만큼 특징적인 노인이다. 하지만 그는 지금도 이렇게 팔팔하다.

반대로 스바루에게도 할 수 있는 지적이다. 치명상을 입은 건 본인도 마찬가지였으므로.

백일몽이라도 꾼 게 아닐까 싶어 스바루는 자기 머리의 내용물을 신용할 수 없어졌다.

"그 감각이 전부 꿈이었단 건가……? 그렇다면 어디부터 어디까지가 꿈이고, 난 왜 이런 세계에 있는 건데."

지지는 듯한 아픔도, 살짝 닿은 소녀의 온기도, 분에 못 이겨 죽을 것만 같은 자책의 마음마저도 몽환 속의 미련에 불과하다면 왜 나는 이곳에 있는 것일까.

기왕이면 이세계 소환부터 전부 다 꿈이란 소리를 듣는 편이 낫다.

"롬 영감님, 여기서 은발의 여자애를 보지 못했어?"

"은발……? 아니, 못 봤으이. 은발이야 나쁜 의미로 눈에 띄는 특징이고. 아무리 내 머리가 부실해지기 시작했어도 썩 간단히 잊지 못할 테지."

롬 영감은 와하하 호방하게 웃어넘기지만 그 반응을 받는 스바루의 표정은 좋지 않다.

그 태도에 심각함을 감지했는지, 롬 영감은 웃음을 뚝 그치고.

"마셔."

다시 스바루 앞에 유리잔을 슥 내밀고 있었다.

빈 유리잔에 술병을 기울여 찰랑찰랑 호박색 액체를 따른다. 그것을 가만히 지켜보는 스바루에게 롬 영감은 또 한 번 "마셔."라고 짧게 말했다.

"미안한데 그럴 기분이 아냐. 그리고 술 마셔서 불량한 척 할 만큼 애도 아니라고."

"멍청한 것. 술 마시고 불량한 척하지 않는 걸 두고 애라 하는 게야. 꿀꺽 마시고, 배 안쪽을 태워봐. 뜨거움에 못 견뎌 이거저거 죄 토해낼 수 있느니라."

"그러니까 마셔."라고 롬 영감은 거듭 유리잔을 스바루 쪽으로 밀어붙인다.

그 강경한 태도에 밀린 듯이 유리잔을 손에 들고 호박색 액체를 코에 댄다. 콧구멍을 날카롭게 때리는 농후한 알코올 냄새에 무심코 숨이 막힐 뻔해 스바루는 떫은 얼굴.

하지만 그렇게 부정하는 태도를 취하는 한편으로, 롬 영감의 말에 따라버리고 싶은 충동에도 쫓기고 있다. 술로 도망치다니, 꼴사나운 어른의 대표격이라 여기고 있었는데.

"에라이…… 될 대로 돼라!"

유리잔을 기울여 술을 단번에 목에다 붓는다. 그 즉시, 술 지나가는 길이 된 내장이 타는 듯이 절규하고 기세 그대로 카운터에 유리잔을 내리치며 외친다.

"푸하아! 꺼어! 맛없어! 뜨거워! 열라 맛없어! 흠아아, 맛없어!"

"몇 번씩이나 말하지 마, 죄 받을 것아! 술맛 모르는 놈은 인생의 절반을 손해 보고 있는 게다!"

롬 영감은 치밀어 오르는 열을 토해내는 스바루에게 호통치면서도 똑같이 술을 입에 댄다. 호쾌하게 술병을 뒤집어 병나발을 분다.

스바루가 마신 양의 족히 세 배 이상을 목에 넣고, 거친 트림을 하고서 노인이 웃는다.

"허나, 마시는 모습은 좋더군! 좀 토해낼 것 같은 기분이 들더냐?"

"……아아! 쬐금이지마는! 영감님, 또 하나의 목적 쪽을 달성하겠어."

스바루는 노인의 웃음을 못된 웃음으로 받고, 흘린 술을 소매로 닦으면서 창고 안쪽을 가리킨다. 장물 창고의 안쪽, 아무래도 값어치 있는 상품은 그쪽에 정리되어 있는 듯하다.

롬 영감의 얼굴이 진지함을 띠기 시작하자 스바루도 딱 부러지게 말했다.

"보석이 박힌 휘장을 찾고 있어. ——그걸 양도 받고 싶다."

당초의 목적——사테라의 안부 확인과는 별도로 이곳을 방문했던 본래 이유다.

사테라가 도둑맞은 보석 박힌 휘장. 자세한 사정이야 듣지 못했지만 그녀에게는 위험을 무릅쓰고서라도 되찾을 필요가 있는 물건.

그녀의 안부는 불명확한 상황이어도, 적어도 휘장의 존재가 확실하다면 단서는 된다.

그렇게 매달리는 듯한 마음을 담은 스바루의 요구에 롬 영감은 마뜩잖은 얼굴로 말한다.

"보석이 박힌 휘장…… 아니, 미안한데 그런 물품은 반입되지 않았다."

"……정말로? 잘 기억해 보라고. 치매 온 거 아냐? 부실해져서."

"술 들어가서 상태 끝내주는 지금 기억나지 않는다면 모른다고밖에 못 혀. 허나."

롬 영감은 마지막 소망이 끊길 것만 같은 스바루에게 의미심장하게 히죽 웃으며 뒤이었다.

"오늘은 이 뒤에, 아직 반입의 약속이 있단 말이렷다. 더구나 사전에 상등품이라 들었지. ——형씨가 찾는 물건일 가능성은 충분히 있을 게야."

"반입하는 사람은 혹시…… 펠트란 애인가?"

"그 말이 맞는데…… 무어야, 훔친 상대의 이름까지 알고 있었어?"

스바루는 무심코 승리의 포즈를 잡는다.

뚝 끊어진 줄 알았던 선이 여기에 와서 이어졌다.

휘장을 훔친 걸로 여겨지는 소녀, 펠트의 이름이 여기서 나온 것이다. 그렇다면 당연히 휘장을 훔친 사테라라는 소녀의 실존을 증명하는 것 또한 가능하다.

적어도 그 은발 소녀가 스바루의 망상이 낳은 편리한 이벤트 캐릭터라는 가능성은 없어졌다고 생각해도 될 것이다.

"내 은발 히로인 애호가 반영된 줄 알고 초조했지 뭐야……."

"이상한 걸로 안심하고 있는 판에 미안하다만, 반입되는 물건을 형씨가 살 수 있을지 없을지는 또 별개의 얘기라고? 보석 딸린 물건이 되면 딴에는 값이 붙을 테니."

"핫! 아무리 약점 잡으려 해 봤자 헛수고셔. 누가 뭐래도 난 만부부당(萬夫不當)의 알거지!"

"말 붙여볼 여지도 없잖느냐!"

골탕을 먹었다는 양 롬 영감이 고함친다. 하지만 스바루는 그런 롬 영감에게 손가락을 세우고 좌우로 흔들어 보인다.

"쯧쯧쯧. 확실히 난 돈은 없어. 그 · 러 · 나! 세상사, 물건을 얻는 수단은 돈뿐만이이— 아닙니다. 물물교환이란 원시적인 수단이 있잖아?"

롬 영감에게서 반론은 없다. 스바루는 다음 말을 재촉하는 침묵에 끄덕임으로 응수하며 바지 주머니를 뒤적거렸다. 그리고 뽑아낸 그 손이 잡고 있던 것은.

"……무어야, 이거 처음 보는구먼."

"여기 꺼낸 것은 만물의 시간을 동결시키는 마기(魔器) '핸드폰' 이다!"

콤팩트 사이즈의 하얀 슬림형 휴대전화. 처음으로 보는 수수께끼의 물체에 눈을 휘둥그레 뜨는 롬 영감에게, 스바루는 재빠르게 조작을 입력하고—— 그 직후, 어둑한 가게 안을 하얀 빛이 갈랐다.

찰칵, 촬영음이 울려 퍼지고 빛과 소리의 연쇄에 놀란 롬 영감이 카운터 너머로 굴러간다. 너무나도 과장스러운 반응에 스바루는 웃지만 롬 영감은 진노.

"메야 지금 건! 죽일 생각이냐! 수상쩍은 짓거리 해대고, 늙은이 얕보지 마라!"

"잠깐, 잠깐. 진정하고 심호흡하며 가볍게 춤춘 다음 이걸 봐 보라고."

술과는 다른 원인으로 얼굴을 붉히는 롬 영감 앞에 휴대전화의 화면을 들이민다. 그러자 수상쩍다는 눈매로 그 말에 따른 노인의 눈이 크게 벌어진다.

"이건…… 내 얼굴이로구먼. 어인 재주냐?"

"말했잖아? 이건 시간을 잘라내어 동결시키는 신비 아이템. 이 도구로 조금 전 롬 영감님의 시간을 잘라내어 이 안에 가둬 넣었다는 거지."

말과 함께 카메라의 방향을 바꾸어 이번엔 스바루 본인을 촬영. 다시 롬 영감에게 화면을 보여주니 브이 사인을 잡은 스바루의 정지 사진이 뜨고 있다.

"이런 식으로 시간을 잘라낸단 말이지. 어때, 진귀하지 않아?"

"이 겉멋 든 얼굴과 자세는 김빠지지만, 확실히 이건, 으음……."

스바루의 포즈에는 감점을 때리면서도 롬 영감의 눈길과 흥미는 휴대전화에 못 박혔다. 상정 이상으로 혹한 기색에 스바루는 반응이 있다고 주먹을 쥔다.

"처음 보지만…… 이게 소문으로 듣던 '미티어' 라는 겐가."

" '미티어' ?"

'아뇨, *갈라파고스 폰인데요.' 라고 대답할 뻔한 스바루에게 롬 영감이 "음." 하고 고개를 끄덕인다.

"마법사처럼 게이트가 열리지 않은 사람이라도 마법을 쓰게 할 수 있다는 도구의 총칭이야. 원래는 뜬금없이 내려온 선물 비슷한 의미라 하더구먼."

마법계 아이템의 명칭은 '미티어' . 기이하게도 귀에 친숙한 단어에 스바루가 끄덕인다. 롬 영감은 손 안에서 찬찬히 보고 있던 휴대전화를 카운터에 다시 놓았다.

"요놈의 가치는 확실히 헤아릴 수 없으이. 나도 오랫동안 장물 창고 밥 먹었지만, '미티어' 에 관련된 장사 얘기라곤 처음이니까. ……비싼 값이 매겨지는 건 틀림없다."

---

* 갈라파고스 폰: 세계의 추세와는 별도로 고립된 진화, 즉 '갈라파고스화' 한 일본 특유의 휴대전화 기기를 가리킨다. 피처폰의 일종.

희귀한 상품을 다루면서 솜씨 자랑하고 싶은 건, 뒤쪽 사업이라 한들 마찬가지인가 보다. 흥분 때문에 약간 말이 빨라진 롬 영감은 턱에 손을 대면서 스바루를 내려다본다.

"그런 이상 보석이 든 일품이라고는 해도 단순한 장식품과 이걸 교환하면 형씨에게 좀 손해가 커. 이거라면 더 비싸게, 아니 이런 장물 나부랭이랑 엮어서 취급할 필요도 없지."

장물을 금전으로 바꾸는 소악당치고는 묘하게 이쪽에게 친절한 충고였다.

노인의 매력적인 충고를 앞에 두고 스바루는 쓰게 웃는다. 확실히 옆에서 보면 자신의 행위는 꽤 미련하게 보일 것이다. 그래도 상관없다.

"아아, 그냥 됐어. 이 '미티어' 는 펠트란 애가 반입하는 휘장과 교환하겠어."

"왜 그렇게까지 하지? 이 '미티어' 보다 값이 나가나? 아니면, 돈으로 바꿀 수 없는 값어치가 있다는 말이라도 할 작정이더냐?"

어이없단 눈치로 내뱉는 롬 영감의 말. 스바루 본인도 제3자라면 노인과 같은 판단을 했을 거라고 생각한다.

"아뉴. 솔직히 말해 난 그 현물을 본 적도 없어. 돈으로 바꿔도 이 휴대전화보다 비쌀 일은 없을 테고, 틀림없이 내가 크게 손해겠지."

"게까지 알고 있다면, 왜 그런 짓을 하남?"

"당연하잖아. ——난 손해 보고 싶은 거야."

스바루는 롬 영감이 또다시 눈을 휘둥그레 뜨는 모습을 통쾌한 기분으로 지켜본다.

그렇다. 그것이 답이다.

"나는 은혜를 갚고 싶어. 빚지고 빌린 건 똑바로 갚는다. 신경질적인 요즘 세대라서. 안 그러면 편히 자지를 못해. ——그러니 크게 손해를 보더라도 휘장을 되찾을 거야."

"흠……. 지금 말을 듣자 허니, 즉, 휘장은 원래 형씨 것이 아니구먼?"

"날 구해준 은발 미소녀의 소지품이지. 이유는 모르겠지만 소중한 물건이래."

"그 은인은? 같이 있지 않은 게야?"

"현재 수색 중! 이라고나 할까. 어쩌면 도움을 받은 것도, 그 미소녀의 존재 자체도 내 약한 마음이 보인 망상일지도 모르고!"

주먹을 꾹 틀어쥐며 조금 전 부정한 불안을 입 밖에 냄으로써 웃어넘긴다.

휘장을 손에 넣고 다시 한번 그 소녀와 꼭 만나자. 그 소녀의 미소를 보고 싶다.

"——형씨, 상당히 미련할세."

결의를 다지는 스바루를 보고 롬 영감은 그저 즐겁게 웃었다.

5

본교섭의 전 단계를 거치고, 스바루는 그 뒤 잠시 동안 롬 영감과 환담하며 시간을 보냈다. 특히 '미티어'에 관해서는 롬 영감도 흥미진진해하는 모습이라 다른 세계에서도 하이테크에 대한 남자의 로망은 공유할 수 있는 법이란 생각까지 했다.

"복장도 그렇고, 순 진귀한 것만 들고 있구먼. 요것도 맛 좋다 맛 좋아."

"맛있지? ……아니 너무 많이 먹잖아! 내 콘수프 맛! 마지막으로 먹는 걸지도 모르는데!"

"쫀쫀한 소리나 하기는. 요리 맛있는 걸 혼자만 먹다니 지옥에 떨어진다."

"그렇게 맛있는 남의 걸 맘대로 먹는 할아범은 지옥에 안 떨어질까. 자기 일은 싹 제쳐두고 불평하는 건 베이비 붐 세대의 나쁜 버릇이라고…… 먹지 말라니까!"

살짝 자비심을 보여 스낵 과자를 자랑하자 바로 뜯어먹혀 울먹이기도 하는 장면도. 비어버린 과자 봉지를 울면서 편의점 봉지 안에 넣고 미련을 남긴다.

——그리고 장물 창고의 문을 두드리는 소리가 난 것은 해도 꽤 기운 시간이 된 뒤였다.

카운터에 몸을 기대고 꾸벅꾸벅 졸던 스바루가 고개를 들자, 노크에 반응한 롬 영감의 거체가 날렵하게 문 쪽으로 갔다. 노인은 차분한 표정으로 문에 귀를 대며 입을 연다.

"큰 쥐에게."

"독."

"백경(白鯨)에게."

"낚싯바늘."

"우리의 존귀하신 드래곤 님께."

"염병할."

롬 영감의 짧은 물음에 숨 돌릴 틈도 주지 않으며 품위 없는 대답이 끼어든다.

독특한 은어. 그게 신호와 암호인 것이리라. 만족스럽게 문의 열쇠를 푸는 롬 영감. 그 등을 보면서, 스바루는 와야 할 때가 왔는가 하며 타는 목젖을 꿀꺽거렸다.

"——기다리게 만들었네, 롬 영감. 뜻밖에 끈덕진 상대여서 말이야. 따돌리는 데 시간이 걸려 버렸어."

한 소녀가 친근하게 자기 전과를 뽐내며 롬 영감 옆을 지나쳐 창고로 들어온다.

금빛 머리카락을 난잡한 세미롱으로 놔둔 소녀다. 토끼처럼 붉은 눈동자, 입 끝에 내비치는 장난스러운 덧니. 작은 몸을 움직이기 쉬울 듯한, 확실히 말해 누더기 같은 옷으로 감싸고 있다.

스바루가 얼떨결에 일어선다. 덜컥 소리를 내며 일어난 스바루가 자신을 바라보는 걸 눈치챈 소녀는 대뜸 그 표정에서 웃음기를 지운다.

"엉? 야, 너 누구야. 롬 영감, 내가 큰 건수 들고 올 테니까 사람 물려달라고 분명히 부탁했었잖아?"

"네 마음은 안다마는. 저 애송이는 너——펠트에게 용무가 있어서 이곳에 있는 게야. 뭐, 그 큰 건하고 관계가 없는 것만도 아니지."

롬 영감의 대답에 점점 더 얼굴을 의심스럽게 찡그리는 소녀

——펠트.

무의식중에 가슴에 손을 얹고 있는 모습을 보아 아무래도 휘장은 그곳에 있는 모양이다. 펠트는 스바루에게 경계의 시선을 보낸다.

"뭐야, 저 오빠. 설마 날 팔아먹진 않았겠지?"

"이 늙은이와 네 사이에 그런 의리 없는 짓은 안 한다. 네가 손해 보는 얘기가 되진 않을 거라 어림잡고 있어."

롬 영감이 한쪽 눈을 감으며 "안 그러냐?" 하고 스바루에게 동의를 구한다.

윙크하는 늙은이라는 귀중한 욕지기를 체험해 스바루는 긴장감을 얼버무릴 의미로 가볍게 토하는 시늉을 넣고, 롬 영감의 힘 빠진 눈길을 받으면서 소녀 쪽으로 돌아 말을 걸었다.

"그렇게 무서운 얼굴 말아봐. 우선은 온 김에 우유라도 한 잔 어때."

"구멍 숭숭 뚫린 얼빠진 낯짝……. 뭔 꿍꿍이든 상관은 안 하겠지만, 난 댁 얘기가 나한테 돈이 되는지에만 관심 있거든. 본론으로 들어가 보셔."

펠트의 차가운 반응. 스바루는 첫 대면에서 인상이 나빠 어깨를 움츠리면서 말을 이었다.

"억지 써서 영감님이 이렇게 시간 만들어주긴 했는데…… 일단 뭐, 내가 용무가 있는 건 네가 품속에 넣고 있는 모양인 보석 박힌 휘장이야."

꿈틀, 소녀의 눈썹이 올라간다. 도난의 사실과, 도난물을 낱

낱이 아는 스바루에 대한 경계 레벨을 하나 올린 눈치다. 하지만 스바루는 그런 그녀의 경계를 풀고자 두 손을 들었다.

"손도 발도 안 내밀어. 내미는 건 입뿐. 즉, 교섭하자 이거지."

들어 올린 두 손의 손가락으로 스바루는 카운터 옆의 작은 테이블을 가리키며 말했다.

"나나 너나 손해는 없어. 서로 winwin인 결론을 내는 데 매진하자고."

대화를 요망하는 스바루의 태도에 펠트는 얼마 안 가 끄덕였다. 그 뒤에 지정된 테이블에서 서로 마주 보며 앉자, 눈치 살려서 배려해준 롬 영감이 유리잔에 우유를 따라 두 사람 앞에 내놓는다.

"장소와 우유는 제공하지만, 교섭은 형씨 스스로 하는 게다. 난 몰라."

"바가지 쓸 각오한 교섭이라고. 후려 맞을 작정인 내 흥정술이나 보고 있어."

주먹을 부르르 떨며 자랑이 못 될 말을 자신 있게 설파하는 스바루. 롬 영감은 그 스바루에게 코웃음 친다. 한편, 정면의 펠트는 우유 잔을 기울이고 얼굴을 찡그렸다.

"이거 봐, 롬 영감. 이 우유, 물 넣어서 밍밍하게 한 거 아니지? 맛없다고."

"이놈이고 저놈이고 사람이 호의로 내준 걸 맛없니 맛없니……."

이 소리 저 소리 다 듣는 롬 영감이 뻔뻔스럽게 구는 펠트의 머리를 큼직한 손바닥으로 쓰다듬는다.

펠트의 목이 뽑힐 듯한 그림이지만, 롬 영감 쪽에 해칠 의사가 없는 건 쓰다듬는 할아범의 실실 풀린 표정을 보면 명백하다. 펠트도 완전히 몸에 익은 눈치로 받아들이고 있다.

"댁들 왠지 예상과 기대 이상으로 친밀한데. 따돌림 받아서 외로워."

"롬 영감과 좋은 승부될 흉악한 낯짝하고서 웬 계집애 같은 소리야."

"여태껏 별 소리 다 들었지만, 이 할아범이랑 좋은 승부를 시켜?!"

스바루는 펠트의 말에 기겁해 대머리 노인을 쳐다보고 좌절했다.

눈매가 좀 사나워서 오해받기 쉬운 성질은 있긴 하지만 2미터 넘는 거대한 할아버지와 나란히 비교되는 수준이라고는 생각하지 않았었다.

"아—, 아무리 그래도 지금 말은 지나쳤다. 미안하우, 오빠."

"그 부분은 '오빠야' 라고 귀엽게 불러주는 걸로 화해 성립하고 싶은 참이지만, 일단은 용서해두지. 앞으로는 생각 없는 말로 사람을 상처 입히면…… 왜 그래, 롬 영감님."

"너희, 둘이 결탁해 내 부아를 돋우러 온 건 아니렷다?"

웃는 얼굴이지만 이마에 푸른 핏줄이 돋아 있는 롬 영감을 보고, 스바루와 펠트는 얼굴을 마주하며 어깨를 으쓱였다. 그 호흡 딱 맞는 모습에 롬 영감은 깊은 한숨을 몰아쉰다.

"허이고 맙소사…… 펠트에게 같은 또래의 지인이 생기는 줄 알았더니, 또 보통내기가 아니구먼."

"……롬 영감, 부탁이니까 부끄럽게 이리저리 짚어보는 짓 좀 그만두지 않겠어?"

"그리고 같은 또래라니…… 그야 뭐, 영감님이 보면 다 똑같겠지만."

흘끗 다시 펠트를 관찰하지만, 그 연령은 초라한 발육도 합쳐 열두, 열세 살쯤으로 보인다. 에누리해도 열넷이 한도일까.

친구 및 지인으로서 친하게 지내기에는 쑥스러움이 생길 나이 차였다.

스바루가 그렇게 분석하는 것과는 상관없이, 삐친 얼굴의 펠트와 롬 영감의 말시비는 이어지고 있다.

"그런 걸로 외로운 늑대 티 내봐야 어쩌려고. 언젠가는 나도 몸이 부실해져서 네 상대를 제대로 못할 때가 와. 그리 돼도 혼자 있을 셈이냐?"

"그 소리 몇 년 전부터 하고 있다고. 같은 말 몇 번씩 하는 머리 빼면, 롬 영감이 그리 쉽게 부실해질까 보냐. 그렇게 되기 전에……."

"전에?"

꺼질 듯이 사그라지는 말꼬리를 잡은 스바루에게 펠트는 찌릿하는 시선을 보내며 얼굴을 들었다.

들어선 안 되는 말, 환영받지 못하는 분위기를 감지해 스바루는 헛기침. 본론으로부터 꽤 비껴난 부분도 포함해 슬슬 방향

수정을 하고 싶은 참이다.

"그럼 뭐, 다시 교섭 개시하자고. 그래, 음— 펠트. 휘장, 갖고 있지?"

"……어, 갖고 있어."

스바루가 뚝딱 본론으로 파고들자 펠트도 짧은 응답으로 솔직하게 긍정한다.

그녀는 품속에 손을 넣고 거기서 빼낸 물건을 테이블 위에 침착하게 놓았다.

——스바루가 계속 찾던 휘장. 그것은 용을 본뜬 의장(意匠)이 특징적인 배지였다.

그 크기는 손바닥에 올릴 수 있는 기장 수준. 재질은 도통 판단이 가지 않지만, 익룡을 본뜬 디자인에는 공이 들어가서 붉은 보석을 입에 문 용의 자태가 유니크하다.

휘장의 중심, 붉은 보석이 아련하게 빛을 내는 모습에 스바루가 무심코 눈길을 빼앗긴다.

"자아——."

입을 다물어버린 스바루의 의식을 되돌리는 펠트의 부름. 펠트는 제 정신을 차린 스바루에게 여봐란듯이 테이블 위의 휘장을 가장자리로 밀어준다.

"이번엔 그쪽 카드를 보이시지. 휘장은 이만한 물건이고, 게다가 내 딴에는 고생해서 얻었어. 그에 걸맞은 카드라면 서로 기쁘겠지?"

"사악한 웃음과 함께 이쪽 시험해 보고 있는데 미안하지만,

내가 낼 수 있는 카드는 딱 한 장뿐이야. 누가 뭐래도 난 영고성쇠(榮枯盛衰)의 알거지!"

가슴을 펴는 스바루에게 펠트가 떫은 얼굴.

변함없이 '알거지' 란 말을 들은 순간에 다들 싫은 얼굴 하는데. 그렇게 생각하는 스바루.

그런 가슴속의 감정은 제쳐두고, 선언대로 내놓을 수 있는 유일하고도 최강의 카드를 제시한다.

내리치듯이 테이블에 놓은 휴대전화를 보고 예상대로 곤혹한 표정의 펠트. 그 반응에 스바루는 기분이 좋아지면서 휴대전화의 카메라 기능을 기동한다.

"먹어라! 초당 9연속 촬영!"

"왓, 와와와와와와! 어이, 이게 웬 소리, 아, 눈부시다고!"

하얀 빛이 번쩍이며 기계적인 셔터 소리가 어마어마한 속도로 연속된다.

스바루의 매너 위반 촬영에 펠트는 구시렁대고 싶은 얼굴을 했지만, 그 입이 벌어지기 전에 휴대전화의 화면을 그녀에게 들이밀었다. 그녀는 화면에 뜬 제 모습에 눈을 크게 뜬다.

"이거……."

"그래, 널 찍은 것이지! 이건 시간을 잘라내어 형태로 남기는 '미티어' 다. 그 휘장과, 이 '미티어' 로 물물교환을 청하마."

첫수부터 최대의 카드를 제시해, 기세를 몰아 교섭을 이쪽 우위로 진행한다.

교섭의 정석 중 하나이며 경우에 따라서는 그것만으로도 대세를 판가름할 수 있는 강행 수단이다.

다만 이 방법은 이보다 더 강력한 카드가 없다고 상대에게 선언하는 것이나 같은 뜻이며, 사실상 스바루는 구두로 이를 저지르고 말았지만.

"그렇군, 그건 죽이는데. 그래서 롬 영감. 이 '미티어' 는 팔면 얼마나 나가?"

화면을 들여다보며 흠흠 끄덕인 펠트의 반응이 대단히 담백해서 놀란다.

눈을 반짝이지도 않고 휴대전화를 손에 들지도 않는다. 그녀의 관심은 휴대전화의 기능과 희소가치가 아니라 그 자체가 직설적으로 얼마 정도의 금전이 되는지 이 한 점뿐.

"이런 하이테크에 대한 로망은 이세계에서도 남자애 한정이냐, 섭섭하다!"

"시끄, 빽빽 떠들지 마. 내 입장에선 이 '미티어' ? 같은 게 이 휘장보다 비싸게 팔린다면 만만세야. 그 부분에서 롬 영감은 신용하고 있으니까."

"뭐, 정확한 금액까지는 모르겠다만. 결론부터 말해 비교할 건더기가 없어. 그 휘장도 제법 돈이 될 거라 생각하지만……'미티어' 보단 못할 게야. 요컨대 이 교섭은 펠트, 네가 꽤 득을 본다는 게 내 결론이다."

"그래, 그러셔. 그럼 뭐 괜찮겠네."

롬 영감의 틀림없는 보증에 신이 난 눈치의 펠트.

살짝 예정과 다른 반응이긴 하나 목적은 달성할 수 있을 것 같아 스바루도 흡족.

그런데, 그렇다면 조속히 진행하자며 손을 뻗으려던 스바루를 "기다려." 하고 펠트가 제지한다.

"카드의 쌍방 제시는 피차 종료. 그렇지만 내 바가지는 아직 끝나지 않았거든?"

"……제 입으로 바가지 씌우겠다는 선언 듣자니 소름 끼치는데. 아니 더 이상 후려치겠다는 소리 해 봤자 무리라고. 어쨌든 난 천하무쌍(天下無雙)의 알거지."

"나도 그렇게까지 못된 계집애는 아냐. 롬 영감이 이만큼 말해줬잖아. 휘장의 값어치보다 이쪽의 '미티어' 쪽이 높다, 그건 인정해. ――댁이 제시할 수 있는 카드가 없다는 말이야 거짓부렁이겠지만."

의자에 앉은 스바루를 일어서서 내려다보는 펠트.

그 붉은 두 눈이 값을 매기듯이 빛나는 모습을 보고 스바루의 등에 식은땀이 흐른다.

교섭의 카드로서 최대의 위력을 가진 휴대전화라는 카드를 제시했다. 하지만 스바루의 수중에는 아직 몇 가지 이 세계에서 가치가 있을 물건이 남아 있다. 최악의 경우에는 까놓은 카드인 휴대전화 외에도 몇 개쯤 제시할 심산은 있었지만――.

"안심하셔, 말했잖아? 댁에게서 더 이상 우려낼 생각은 없어. 난 요놈을 돈으로 바꿀 수 있으면 그걸로 만족해."

펠트는 스바루의 초조에 웃으며 작게 손뼉을 친다. 펠트의 반응에 숨을 삼킨 스바루가 깊게 호흡하며 동요를 드러내지 않고

자 눈을 피했다.
“그래서, 바가지가 끝나지 않았단 게 무슨 뜻이야.”
“응? 아아, 간단한 얘기지. 내 교섭 상대는 오빠뿐만이 아니란 거야.”
물음표를 띄우는 스바루. 그 의문에 대답하듯이 펠트는 손가락을 세운다.
“애당초 내가 이 휘장을 쌔볐던 건 부탁받았기 때문이거든. 이거 하나로 성금화(聖金貨) 열 닢이랑 교환한다더라.”
“도둑질 의뢰가 선약이냐! 금화 열 닢이라니, 시세를 영 모르겠는데…….”
흘끔 롬 영감을 보자 그는 스바루의 뜻을 짚은 듯 끄덕여 보인다.
“이 휘장이면, 나라면 잘 처분해서 금화 너덧 닢. 후려 맞아 세 닢일 가능성도 있지.”
“그럼, 단순하게 매수가격이 배란 뜻인가.”
“아니, 성금화라고 말했잖느냐? 시장에 풀리는 금화와 다르게 성금화는 소재가 희소한 성금(聖金)을 쓰고 있으니, 성금화 열 닢의 가치는 금화 스무 닢 가까이 되지.”
“네 배도 넘어?!”
“무얼 놀라. 임자가 들고 온 ‘미티어’ 라면 못 해도 성금화로 스무 닢. 경우에 따라선 더 내는 호사가도 있을 게야. 얘기가 안 된다고.”
좀체 물가를 알기 어려운 세계지만 최강이라고 생각했던 금화 위의 화폐가 튀어나오고, 더구나 그걸로 스무 닢씩이나 되면 놀랄 노자다.

"'미티어' 쪽이 비싸게 값이 나간다면, 도둑질 의뢰인에게는 뭐라 거절하려고."

"그러니까 바가지라고 말했잖아."

펠트는 그 맹랑한 표정을 더욱더 못되게 보이는 웃음으로 무너뜨린다.

"오빠가 이런 무식하게 비싼 걸 내놓은 판이야. 휘장을 원한다면 저쪽도 그만한 보수를 더 추가해줄지도 모르잖아?"

"……즉, 그 소리냐? 상대편이 성금화로 스무 닢 이상 내놓았을 경우엔."

"오빠가 내게 남은 카드도 제시해서 얹어 올리지 않으면, 승부는 성립하지 않겠지."

못되게 보인다는 말을 정정해 사악하다고 해야 할 얼굴로 펠트가 시원하게 말을 마친다.

여기까지 와서 앞날에 그림자가 드리우는 전개에 스바루의 낯빛 또한 어두워지기 시작한다.

"해서, 그 의뢰인이란 건 언제 어디서 만날 예정이야? 그 교섭 테이블에는 함께 앉을 수 있겠지?"

"물론. 일방적으로 오빠만 불리해질 뿐이어서야 내 벌이도 줄어들지 모르니까. 그리고 교섭 장소라면 걱정 놓으셔. ——여기거든."

펠트는 테이블 끝을 손가락으로 두드리고, 등받이에 몸을 기대면서 롬 영감을 쳐다본다.

"롬 영감이 있으면 웬만한 상대는 폭력이란 선택지를 못 고르니까. 이런 모습의 할아범과 싸움 따위 생각하기만 해도 할 맘 가시지."

펠트가 동의를 구해오자 스바루도 롬 영감을 흘긋 본 다음 "응, 응." 하고 긍정.

반면에 롬 영감은 그런 두 사람의 평가를 언짢게 여기지는 않는 모양이다.

"내가 없으면 아무것도 못 하는 게냐. 나 원, 개탄스러운지고. 우유 더 필요하냐? 조금이라면 단것도 있다만."

롬 영감은 손녀에 죽고 못 사는 바보 할아버지 같은 인상이 되고 있었다.

신바람 난 롬 영감이 쪼르륵 따르는 우유를 받는 펠트. 스바루는 그녀를 보면서 기가 차다는 한숨을 흘린다.

"그나저나 처음부터 이곳에 그 상대를 불렀다는 말은, 내가 없었어도 가격 교섭할 생각이 넘쳤나 봐."

"그야 그렇지. 이거 훔치는데 얼마나 고생한 줄이나 알아? 그리고 나 같이 가냘픈 계집애가 혼자 상대하다가 떼어먹히면 어떡해. 체면 안 서잖아?"

"가냘프시다……."

가녀리고 몸집 작은 펠트의 외견, 그 부분으로 판단하면 결코 그릇된 형용은 아니지만, 그 억척스러운 정신과 굵은 신경을 이토록 맛본 터라 그녀를 "가냘프다."라고 형용하기에는 꽤 저항감이 있었다. 생각을 더 돌이켜보자면, 그녀는 그 휘장을 훔치는 고생의 과정에서 한 번 인생종언의 위기에 놓였던 스바루를 못 본 체한 것이다.

기억이 나버리자 울컥하기 시작해서 원망 한 마디라도 해주자는 마음이 든다.

"그보다 너 나 혹시 기억 못하냐?"

"——? 어디서 만났어? 라고 해도 꽤 충격적으로 만나지 않으면 나도 한가하지 않으니까 기억 못 하거든. 애초에 오빠 꽤 밋밋한 외모라고. 머리카락 색과 복장 정도밖에 눈에 안 띄잖아."

펠트가 낄낄 웃는다.

펠트의 태도에선 거짓말이 느껴지지 않고, 외견이 범용하다고 디스당한 것도 합쳐 스바루는 크게 놀란다.

이세계에서 인정이라는 말은 완전히 썩어 문드러졌을지도 모른다. 강도 살인(미수)의 현장을 쌈박하게 잊는 정신성이 그 증거다.

그런 반면에 아무 득도 되지 않는 상황에서 스바루를 구하는 사테라가 있거나, 소악당 주제에 밉지 않은 롬 영감도 있으니 모를 노릇이다.

이세계에서도 역시 개인차가 있는 것이리라. 나쁜 곳만 보고 평가, 실로 좋지 않은 행위다.

"뭐, 펠트의 유감스러운 기억력은 됐다 싶다. 그래서 그 약속 상대는 언제 와?"

"왠지 신경 긁게 말하시네—. 내가 일몰까지 일 끝마칠 거라고 했더니, 일몰 후에 여기서 만나자 했었고…… 해도 저물었으니까 슬슬 오는 거 아냐?"

그 대화로 플래그가 섰을지도 모른다.

문을 날카롭게 노크하는 소리가 갑자기 울렸다. 세 사람이 얼굴을 마주 본다.

"암호는?"

"어, 안 가르쳐줬다. 아마 내 손님일 거 같으니 보고 올게."

롬 영감의 말에 펠트는 살짝 혀를 내민다. 그리고 펄쩍 뛰듯 일어나 창고 입구로 간다. 남의 집인데도 속속들이 안다는 티를 내는 펠트의 행동거지였다.

"저래도 돼? 저렇게 제 맘대로 하게 둬도?"

"뭐, 모르는 사이도 아니니. 알고 지낸지도 짧지 않으이……. 부탁해오면 해줘야지."

부탁받아 기쁜지 할아버지가 들떠 보이는 모습으로 창고 안쪽에서 곤봉을 끄집어낸다.

길이는 죽도 정도로, 재질은 아마 나무. 하지만 끝 부분에는 듬성듬성 가시가 튀어나와 있다. 딱 보기에도 맞았다간 치명상깨나 입을 법한 물건이다.

"못 박은 배트랄까 뭐랄까, 역시 이세계에서도 곤봉은 표준 장비로군……."

스바루는 2미터 넘는 마초 늙은이의 장비로서 기대에 걸맞은 모습이라고 생각했다. 이제 옷을 찢고 반라 상태로 넝마조각을 허리춤에 두르기만 하면 완벽하다.

"문명인이라고는 생각할 수 없는 이 모습에, 천하의 스바루 군도 쓴웃음."

"말도 참 함부로 혀. 예까지 이야기를 진행할 수 있던 게 뉘 덕분인 줄 알고나 있는지."

개탄하며 고개를 젓는 롬 영감. 스바루는 노인의 태도에 눈길을 아래로 내린다.

"뭐, 사실 감사하고 있어. 아직 마무리 단계에 이르진 않았지만 그 직전까지 이야기가 진행된 건 틀림없이 영감님 덕분이지. 고마워."

"……갑자기 순순해져도 이쪽 기분이 싱숭생숭할세."

스바루의 감사에 롬 영감은 자신의 대머리를 손가락으로 긁더니 크게 숨을 내쉬었다.

"임자가 이곳을 찾아내 임자의 소지품을 건수 삼아 끌어낸 상황 아닌가. 내게 감사할 만한 일이라곤 있지도 않아."

"안 그렇잖아? 왜냐면 롬 영감, 애초에 펠트가 여기서 휘장을 거래할 예정이라고 알고 있었지? 그렇다면 맨 처음 시점에서 내 이야기 따위 듣지도 않고 내보내는 선택지도 있었을 거야."

"…………."

"이야기를 할 찬스를 준 사람은 틀림없이 영감님이야. 그 다음에 찬스를 따낸 건 내 공적이지만. 내, 공적, 이지만!"

중요한 사항이므로 두 번 반복해 선언한다.

엄지를 자신에게 겨누는 스바루의 발언에 롬 영감은 텁텁한 얼굴로 침묵을 고수한다. 드디어 나한테 질렸나 싶어 스바루는 방금 뱉은 경망스러운 말을 후회한다.

"감사…… 그거하고는 좀 다르다만, 그 말은 내 쪽이 해야겠지."

불현듯, 롬 영감이 얼굴에 반성을 띠고 있던 스바루에게 나직하게 중얼거렸다.

노인은 그 주름투성이 얼굴을 와락 일그러뜨려 얼굴의 주름을 더욱 깊게 하며 웃는다.

"'미티어'를 가지고 있는 것도 그렇고, 복장과 내용물의 깔끔함도 그러해. ……임자, 사실은 꽤 높은 신분이렷다?"

"아니, 그렇진 않은데……."

"감추지 않아도 된다. 휘장이 펠트에게 도둑맞은 일은 밖에 못 드러낼 일이겠지. 온건하게 수습하려 해 준 것만으로도 고마운 노릇이야."

아무래도 롬 영감은 내력을 짐작할 수 없는 스바루를 보고 자의적으로 인물상을 그린 모양이다. 노인의 머릿속에서 스바루란 퍽이나 눈치 빠른 신사로 취급되고 있는 모양이다.

"나와 펠트는 펠트가 거의 철이 들 만한 무렵부터 알고 지낸 사이야."

"아아, 그런 투의 말을 했었지. ……줄곧, 이곳 생활인 거야?"

스바루는 턱을 내밀어 언외로 빈민가를 가리켜 보인다. 롬 영감은 끄덕였다.

"장소가 장소지. 이놈이고 저놈이고 제 놈 사는데 필사적이어서 말이다. 어린 것이 살아가려면 비슷한 처지의 아이들과 도당을 짜는 게 보통이다만…… 펠트는 거기에 맞지 않아."

"누구에게나 저런 태도라면 것도 알만한 얘기지만."

억척스럽다면 듣기야 좋지만, 자기만 아는 태도라고 하면 그

뿐인 펠트의 태도.

스바루 생각에는, 이해관계로 엮인 사이라면 더 좋지 않게 보일 삶이다.

"하지만 그렇다면 그거대로 롬 영감의 교제 방식에도 문제 있는 거 아냐? 말하긴 뭐한데, 어리광 받아주는 롬 영감이 있으니까 우쭐하는 끼가 더한 것처럼도 보인다고."

"……대꾸할 말도 없으이. 내가 저 애 역성 들어주는 건 확실하니까."

롬 영감은 대머리를 어루만지면서 조용히 중얼거렸다. 스바루는 눈을 내리깐 노인의 옆모습을 보면서 롬 영감이 펠트에게 육친과도 비슷한 정을 품고 있다고 감지한다. 두 사람 사이에 혈연은 없겠지만 적어도 롬 영감 쪽에는 확실한 유대가 있는 듯하다.

"일방통행의 짝사랑……이 아니면 좋겠지만."

"그렇다면 그거대로 상관없어. ……아니, 그러는 편이 나을 게야."

주어가 없는 스바루의 중얼거림을 주워듣고 롬 영감이 나직이 흘리는 말이 들렸다.

롬 영감의 태도에 스바루는 다른 말을 이으려고 했지만, 그러는 새에 타임업이 됐다.

"남자 둘이서 작은 소리로 웬 수다질이야. 징그럽구만."

돌아온 펠트가 대화 중이던 스바루와 롬 영감을 보고 밉살맞은 소리를 떠들었다. 형편없는 사교성 웃음을 짓고 있는 펠트의 뒤에 다른 사람이 서 있다.

"역시 내 손님이었어. 이쪽이야. 앉으실래?"

스바루더러 비키라며 손짓으로 지시하고, 펠트는 등 뒤의 상대에게 붙임성 있게 말을 건다. 스바루는 다음 교섭 상대랍시고 심정적으로 긴장해 시선을 들었다가 살짝 놀랐다.

펠트가 안내한 그 인물이 아리따운 여성이었기 때문이다.

키가 큰 여성이다. 스바루와 비슷한 키로, 연령은 20대 전반일까.

눈꼬리가 처진 너글너글한 분위기의 미인으로, 병적으로 하얀 피부가 어둑한 창고 안에서도 매우 두드러진다. 검은 외투를 두르고 있지만 앞을 여미지 않아 피부에 찰싹 달라붙은 같은 색 옷차림이 눈에 띄었다. 마른 몸이면서도 나올 데는 나온 나이스 바디다.

그리고 스바루와 똑같이, 이쪽 세계에서는 드물다는 검은 머리카락의 소유주. 등을 넘어 허리까지 닿는 긴 머리카락을 엮듯이 묶어놓고, 손끝으로 그 끝 부분을 가지고 놀고 있다.

왠지 모르게 요염하고 분위기 있는 어른 누님이다. 원래 세계에서도 여성과 인연이 없던 스바루에게는 너무나 미지의 존재여서, 기가 콱 죽어 우왕좌왕할 수밖에 없다.

정신적인 우위를 잃어 고분고분 자리를 양보하고 마는 스바루. 자리 빈 그곳에 펠트가 앉고 그 왼쪽 옆에 곤봉을 든 롬 영감, 오른쪽 옆에 긴장을 숨기지 못하는 스바루가 섰다.

으리으리한 마중을 받고도 여성은 불쾌해하는 티도 없이 갸웃한다.

"외부인이 많은 감이 드는걸."

“떼어먹히면 야단이거든. 우리 약자 딴의 지혜야. 그런데 오빠 마실 거.”

손짓해 부려먹으려고 하는 펠트에게 반론도 못하고, 스바루는 비교적 깨끗한 유리잔을 찬장에서 골라 가져 와서는 우유를 따라 두 사람 앞에 내놓는다.

여성은 잔심부름을 보는 스바루에게 “고마워.”라고 인사를 한 다음에 값어치를 매기듯이 말한다.

“그쪽 어르신은 알겠지만, 이쪽 총각은?”

행동거지와 분위기로부터 스바루가 자리에 익숙하지 않다는 느낌을 읽어낸 것이리라.

경계가 아니라 순수한 의문의 말에 펠트가 사악한 얼굴을 지어낸다.

“이 오빠는 댁의 라이벌. 또 한 명의 내 교섭 상대지.”

그리고 선언대로 바가지를 시작했다.

6

“그렇구나, 사정은 이해했어.”

유리잔을 기울이고, 얇은 입술 위의 하얀 자국을 혀로 핥는 여성.

‘엘자’라고 이름을 댄 그녀의 몸짓은 하나하나가 요염하다. 펠트가 상황 설명을 하는 새에도 종종 던지는 추파에 스바루는 매번 갈팡질팡하고 있다.

“뭐, 그런 이유로 동시 교섭이란 거지. 나야 딱히 어느 쪽이 휘

장을 가지고 간들 상관없으니 비싼 쪽에 비싸게 팔아치울 거야."

"좋은 성격이야, 싫지 않은걸. ――그래서, 그쪽 총각은 얼마 냈어?"

성금화 열 닢, 그것이 엘자가 사전에 제시했었던 금액이다.

그 돈과 경합하는 것이니 당연히 상대 또한 그 이상의 금액을 냈다고 생각할 것이다.

관망하기만 해서는 마이너스일 거라고 결단한 스바루는 세 번째로 휴대전화의 촬영기능을 발동. 터트린 플래시가 창고를 가르며 엘자의 모습을 화면에 오려낸다.

갑작스러운 행동에 눈썹을 좁히는 엘자에게 스바루는 휴대전화의 화면을 여봐란듯이 보여준다.

"내가 내놓은 건 이 '미티어' 다. 아마 세계에 한 개밖에 없는 레어 아이템. 저기 근육 영감님 이야기론, 성금화로 스무 닢은 밑돌지 않는다고 보장하더군."

"'미티어' ……."

엘자는 화면에 비친 자기 모습을 바라보고 수긍했다며 고개를 끄덕여 보인다.

스바루의 수단이 물물교환이고, 더욱이 허풍이 아님도 전해졌으리라. 엘자는 품속에서 작은 가죽주머니를 꺼냈다. ――아마도 그곳에 보수인 성금화가 들어 있을 것이다.

가죽주머니를 테이블 위에 놓는다. 금속끼리 부대끼는 중후한 느낌의 소리가 주머니 너머로 닿는다.

고양이처럼 눈의 동공을 좁히는 펠트와 그것을 나무라는 롬 영감. 엘자는 테이블 위에서 그 하얀 손가락을 꼬았다.

“실은 나도 의뢰주로부터 어느 정도 여분의 돈을 받았어. 만약 상대가 꺼리는 것 같으면 다소의 웃돈도 생각하는 의미로.”

“의뢰주……란 말은, 엘자 씨도 휘장을 받아내도록 부탁받았을 뿐이란 뜻인가?”

“그렇게 되지. 원하고 있는 건 의뢰주 쪽. ……당신, 혹시 동업자?”

“나랑 동업이라면 무직이라는 게 되지!”

“그래서, 그 무직 오빠는 눈이 툭 튀어나올 만한 값을 매겼어. 댁 주인은 값을 얼마나 매겼지?”

펠트의 도발 같은 언질에 엘자는 조용히 주머니 주둥이를 벌린다.

뒤집힌 가죽주머니가 내뱉은 것은 눈부신 백은의 광채를 발하는 성금화다.

겹쳐지는 금속음에 펠트가 눈을 빛내고 롬 영감마저도 희미하게 꿀꺽 소리를 낸다. 맞서고 있는 스바루는 그 광채가 아니라 개수에 눈길이 간다. 그 숫자에 착오가 없다면——

“스무 닢, 저스트.”

“내가 고용주에게서 받은 성금화는 그게 전부. 위쪽은 그걸로 다 지불할 수 있다고 당신을 평가했던 것 같은데…… 조금 팍팍할지 모르겠네.”

묻는 쪽은 펠트의 옆, 롬 영감에게 향하고 있었다.

롬 영감은 성금화의 개수를 세고는, 불안한 얼굴의 스바루를 내려다보며 웃는다.

“그런 어린애 같은 얼굴 하는 게 아니다. 사내가 볼썽사납게 굴면 못 쓰지. ……확실히 성금화 스무 닢, 당치 않은 보수지. 허나 나는 성금화 스무 닢은 밑돌지 않는다고 말했을 터.”

큼직하고 울퉁불퉁한 손바닥이 난폭하게 스바루의 짧은 흑발을 휘젓는다.

“내 안목으로는, 이 교섭은 이쪽 애송이에게 기울어. 임자와 고용주에겐 미안하지만 이 금화는 주머니에 도로 넣고 돌아가시게.”

투박한 손바닥으로 성금화를 도로 미는 롬 영감의 말에 스바루는 환희로 목울대를 떤다.

펠트는 이의 없다며 팔을 치켜들고, 엘자 또한 그리 낙심한 낌새도 없이 어깨를 으쓱했다. 스바루는 무심코 승리의 포즈를 잡았으나 그 반응이 주위에서 조금 튀었다.

“뭐, 뭐야! 별 상관없잖아! 기뻤다고! 어떻게 보면 이쪽에서 첫 목적 달성이란 말이야! 승리의 포즈쯤이야 뭐 어때?!”

“딱히 아무 소리 안 했잖아. 실컷 날뛰셔. 나야 돈만 벌면 그만이구.”

“내 고용주도, 그 휘장이 수중에 있을 필요는 없으니까 물고 늘어질 일은 없어.”

붉은 얼굴의 스바루에 비해 펠트와 엘자의 태도는 담담했다.

단지, 교섭 패배의 분한 대사를 기대할 만큼 성격이 나쁜 건 아니지만, 의뢰를 달성하지 못했는데 신경 쓰는 분위기도 아닌 엘자의 태도가 마음에 걸렸다.

"아—, 미안한데, 엘자 씨. 아마 혼나기라도 하겠지."

"하는 수 없는 얘기야. 내가 실수했으면 또 몰라도 이 경우는 고용주가 적은 돈으로 끝내려 생각한 게 잘못이니까."

"성금화 스무 닢 들려주고 적다면, 좀 체면이 안 서겠구먼."

"뭐, 내 운세가 너무 최고인 거지! 이거 내 시대가 찾아왔나?"

엘자에게 동정적인 남성 일동과 달리, 펠트의 태도는 분위기를 너무 못 읽고 있었다.

어쨌든 스바루는 이 장소에 온 목적 중 하나를 달성했다. 그건 단적으로 말해, 사테라에 대한 의리를 지키는 희망의 싹이 남았다는 얘기다.

본래라면 휘장을 훔친 펠트나 그 일을 의뢰한 엘자에 대해 사테라에게 보고해야 하겠지만, 스바루에게 그녀들을 유치장에다 처넣을 강인한 정신은 없다.

관망 주의, 여기서 극치에 달한 것이다.

"그럼 교섭은 결과가 유감스러웠지만, 난 이만 실례하겠어."

일어선 엘자는 마지막으로 남은 우유를 마저 마신다. 또다시 야릇한 혀 놀림으로 우유의 물방울을 핥아낸 다음 문득 스바루를 쳐다보았다.

——검은 눈동자가 조여들듯이, 스바루를 얽어맨다.

"——그러고 보니, 당신은 그 휘장을 손에 넣어서 어쩌려고?"

어딘가 낮게 가라앉은, 감정이 얼어붙은 물음이었다.

그 말소리는 달콤하게 스바루의 고막을 협박해 위증이 금지된 듯한 착각을 느끼게 했다.

"……응, 원래 주인 찾아서 돌려줄 거야."

말해버린 다음에야 스바루는 자신의 명백한 실언을 깨달았다.

훔친 소녀와 도둑질의 의뢰자 앞에서 그것을 주인에게 돌려준다고 선언한 것이다. 스바루의 말은――

"――뭐야, 관계자구나."

――엘자의 차가운 살의를 실행으로 옮기게 하기에 충분한 의미를 띠고 있었다.

"어―― 윽?!"

옆쪽에서 받은 갑작스러운 충격.

허리를 치는 위력에 몸이 옆으로 미끄러져 스바루는 대비도 못 한 채 지면을 구른다. 아픔과 충격, 시야가 빙글 돌아가는 와중에 순간적으로 지면을 치며 고개를 들자 허리에 펠트가 매달려 있었다.

"무슨――"

"바보냐?! 피하라고! 죽으려고 환장했어?!"

'짓거리야.' 라는 욕은 그것을 웃도는 노성에 지워졌다.

경악하는 스바루. 그런 낮은 자세로 바라보는 시야에, 이쪽을 돌아보는 엘자가 보인다.

"어머, 피해 버리고 말았네."

이상하다는 듯이 갸웃하는 엘자.

엘자의 손에는 어울리지 않는 흉기가 둔중한 빛을 내며 잡혀 있었다.

―― '쿠크리 나이프' 라는 흉기가 문득 스바루의 지식 속에서

떠오른다. 칼날 길이 30센티미터 가까운 나이프로 도신이 〈 모양으로 꺾여있는, 속칭 굽이칼이라는 도검의 일종이다. 끝 부분의 무게로 도끼처럼 사냥감을 내리쳐 끊는 무기이며, 그 위력과 흉악함은 쉽게 상상할 수 있다.

칼날을 치켜드는 엘자는 조금 전까지와 변함없는 미소를 띠고 있다.

자세로 보아 한 번은 그 칼날을 힘껏 휘둘렀으리라. 그렇다면 그 궤도상에 있던 스바루를 구한 사람은 뛰어들듯이 지켜준 펠트라는 뜻이다.

지나치게 늦은 공포에 손발이 떨리고 구역질이 치밀어 오른다. 하지만 사태는 그러기를 기다려주지 않는다.

"오오오오오오——!!"

우렁찬 외침을 지르며 흉인을 휘두른 엘자에게 달려든 사람은 롬 영감이다.

그는 교섭 중에도 놓지 않던 곤봉을 휘둘러 가시 박힌 흉기로 엘자의 두개골을 깨 버리려 든다. 무게 10킬로그램은 기본일 그것을 나뭇가지처럼 다루어, 바람을 찢는 타격이 창고를 때린다.

충격에 바닥이 튀어 오르며 건물 전체가 흔들리는 듯한 착각. 흩어져 있던 장물들이 격투를 벌이기 시작한 두 사람 주위로 휘날리고, 주저앉은 스바루 앞에서 전투가 시작됐다.

"거인족과 생사결하기는 처음이야."

"지랄해라, 어린 계집. ——잘근잘근 다져서 큰 쥐의 먹이로 만들어주마!"

욕설을 날리는 롬 영감의 곤봉에 충분한 속도가 실린다. 그 위력 앞에서는 섣부른 방어 따위 종이 방패 이하. 발 디딜 데가 적은 창고 안이어서는 피할 곳을 가로막듯이 곤봉을 휘두르기만 해도 죽음에 이를 위협이다. 하지만 그와 맞서는 엘자의 기량도 비상식적인 영역에 있었다.

한 손에 늘어뜨린 쿠크리 나이프를 흔들면서, 엘자의 검은 그림자가 미끄러지듯 죽음에 이르는 폭풍을 돌아 들어간다. 진정한 의미로 종이 한 장 두께의 생사를 넘나들며 엘자는 롬 영감을 희롱한다.

잘못됐다. 본능적으로 스바루는 생각한다. ——뭔가가, 결정적인 경종을 울리고 있다.

"위험해……."

"걱정 마. 롬 영감이 당할 턱 없어! 내가 철들고 난 뒤로 롬 영감이 싸움에서 지는 모습이라곤 본 적도 없으니까!"

펠트가 입술을 떨며 불안을 입에 담는 스바루에게 자기 자신을 격려하듯이 신뢰를 외친다.

펠트의 말에는 세월이 켜켜이 쌓인, 뒤집을 수 없는 신뢰가 있었다. 신소리를 주고받으면서도 친밀해 보이던 두 사람의 관계가 스바루에게 이야기하지 않아도 그 마음을 믿게 만든다.

하지만 신뢰를 외치는 그녀와 달리 스바루는 비관적이다. 그 원인을, 스바루는 알 수 없다.

"——받아라!"

스바루의 불안이 구체화되기 전에 전투 쪽에 변화가 발생했다.

롬 영감이 우렁차게 외치며 테이블을 차올린다. 방금까지 교섭의 무대였던 목제 테이블이 박살나며 벽을 등진 엘자의 시야를 파편이 막았다.

곤봉이 혼신의 힘을 담고 내리 꽂힌다. 직격하면 즉사는 모면할 수 없다. 그러나.

"——롬 영감!!"

비통한 펠트의 외침이 장물 창고의 대기를 흔들었다.

그리고 스바루는 그 외침의 결과를 보았다.

빙글빙글, 회전하면서 날아가는 뭔가를.

그것은 곤봉을 움켜쥔 채인 롬 영감의 오른팔이었다.

어깻죽지에서 절단된 팔은 공중을 날아 피를 뿌려대면서 벽에 부딪힌다. 온 방에 혈우(血雨)가 뿌려져 스바루도 펠트도 그것을 머리부터 뒤집어썼다. 펠트의 절규.

"적어도, 같이 죽——"

오른팔이 잘려나간 어깨로부터 호스로 물을 뿌리듯이 피를 흘리는 롬 영감. 그는 상처를 막지도 않고 그 거체를 앞으로 날려 남은 팔로 엘자를 노린다.

분쇄된 테이블이 바닥에 떨어지는 그 너머에 엘자가 칼날을 후려친 자세로 서 있다.

쿠크리 나이프의 칼날이 돌아서기보다 롬 영감의 거구가 그 호리호리한 몸을 짓뭉개는 쪽이 더 빠르다.

롬 영감의 목숨 건 돌격은, 무상하게도.

"깜빡하고 말 못했는데—— 우유, 잘 먹었어."

엘자의 반대쪽 손에 잡혀 있던 깨진 유리잔이 번뜩임으로써 저지되었다.

유리잔의 예리한 끝 부분에 핏방울이 맺히고, 이에 원인을 더듬으니 롬 영감의 목에 다다른다. 팔을 잃고 목이 갈라진 노인은 입으로 대량의 피거품을 뿜으며, 그 잿빛 눈에서 빛을 잃고 지면에 쓰러졌다. 경련하는 몸에 이미 힘은 없으며 목숨조차도 스쳐 지나가듯 사라진다.

엘자는 쓰러진 거체에 마치 경의를 보내듯이 우아하게 묵례한다.

아직 희미하게 떨고 있는 롬 영감의 발밑, 그곳에 마지막 흉기가 된 유리잔을 정중하게 놓으며 입을 연다.

"돌려드릴게. 더 이상 필요 없으니까."

매정하게 말하고 손 안의 쿠크리 나이프가 선회. 붉게 물든 도신의 끝 부분을 다시 이쪽으로 돌린다. 하지만 주저앉은 스바루는 말도 못 한다.

그저 오로지 눈앞에서 실행된 잔혹한 살육에 의식을 빼앗겨버리고 있었다.

불과 몇 분 전까지 말을 나누고 있던 상대가 죽은 것이다. 그것도 사고나 병으로 빼앗긴 것 아니라 명확한 타인의 악의로.

"——어머, 당신 쪽이 용기가 있구나."

움직이지 못하는 스바루는 엘자의 감탄한 목소리를 듣고 고개를 들었다.

망연자실한 스바루 앞에 떨리는 무릎을 격려하듯 때리며 일어선 펠트의 모습이 있었다. 펠트는 피에 젖은 금발을 뒤로 쓸어 넘긴다.

“잘도, 해주셨겠다…….”

등 뒤에 있는 스바루에게 펠트의 표정은 보이지 않는다. 다만 그 목소리는 결코 우는 소리가 아니었다.

“쓸데없이 반항하면 아픈 경험 할지도 모르는데.”

“반격하지 않아도 죽일 작정이면서, 이 썩을 정신병자가……!”

“움직이면 손이 엇나갈지도 모르거든. 난 날붙이 취급이 엉성해서.”

손아귀의 나이프를 솜씨 좋게 회전시키며 채 써는 예행연습을 해 보이는 엘자. 맞서는 펠트의 두 손은 비어있어 승산이라곤 있을 리가 없다.

목소리를 내야 한다고 스바루의 뇌는 결론을 내렸다. 조금이라도 엘자의 주의를 이쪽으로 유도해 펠트의 도주 시간을 벌어야만 한다.

펠트가 누군가를 부를 시간을, 혹은 펠트만이라도 도망 보낼 시간을 만들어야 한다.

의식은 그렇게 결론을 내렸는데도 스바루의 몸은 그저 와들와들 떨고만 있을 뿐이었다.

“……미안했다. 말려들게 해 버려서.”

움직이지 못하는 스바루에게 펠트가 던진 것은 작고 가느다란 사과의 말이었다.

“나, 난……!”

그 말을 들은 스바루는 튕겨지듯 고개를 들었다. 본래라면 소리쳐야만 했던 말조차 잊고, 마치 용서를 구걸하는 듯한 우는 소리의 첫 마디만을 입에 올린다.

그리고 펠트는 그런 스바루의 감상을 영원히 내팽개치고 뛰기 시작했다.

내딛는 발소리가 크게 울리고, 직후에 창고 안에 돌풍이 불어닥쳤다. 질주하는 펠트의 모습이 스바루의 시야에서 사라진 듯 보인 순간, 엘자가 몸을 틀고 있었다.

날카로운 소리가 울리고 엘자 옆에 출현한 펠트가 혀를 찬다. 펠트의 손에는 어느 틈에 나이프가 잡혀 있고 엘자는 초반응으로 그 기습을 가까스로 회피한 것이다.

휙 물러선 펠트의 몸이 튀어오르듯 바람을 탄다. 공간이 한정된 창고 안에서, 벽마저도 대지로 삼는 그녀의 움직임은 변칙적이다. 그 대단한 엘자 또한 그 곡예 같은 기술에 놀란다.

"바람의 가호. 아아, 멋져라. 넌 세계에 사랑받고 있구나. ──샘이 나."

황홀을 머금은 미소가 싹 변모해 거무칙칙한 증오가 눈동자에 맺히고, 엘자의 팔이 휘어지며 울음소리를 낸다.

"──아."

──공중에서 어깨 부근에 칼을 맞은 펠트가 제대로 착지도 못 한 채 지면에 나동그라지며 굴러간다.

상처는 왼쪽 어깨부터 오른쪽 옆구리까지 이어지고, 그 깊이는 뼈를 끊고 내장에까지 도달해 있다.

위를 보고 쓰러진 몸에서는 심장박동에 맞추어 분수처럼 피가 분출되고 있다. 아픔과 참격의 쇼크로 펠트의 의식은 이미 없는 것이리라. 꿈쩍도 하지 않는다.

몇 초 만에 피가 힘을 잃는다. 그 모습은 그녀의 생명의 종착마저 말없이 명시하고 있었다.

몸은 움직이지 않는다.

쓰러지는 펠트 옆으로 가 그 상처를 막아주고 싶다.

그것이 너무나도 늦고 말았다면, 하다못해 그 눈꺼풀을 감겨주고 싶다.

스바루의 손발은 그마저도 거부해 아무것도 못하고 떨기만 하는 추태를 보이고 있다.

"할아버지와 여자아이는 쓰러졌는데도 당신은 움직이지 않는걸. 포기해 버린 거니?"

가여워하는 음성으로 엘자는 말하고, 따분한 눈으로 스바루를 본다.

다가가 나이프를 한 번 번뜩이기만 해도 끝난다. 그런 결과가 보이기 때문이리라. 엘자의 몸짓에는 한 조각의 긴장도 없으며 아예 하품을 참고 있는 태도마저 엿보였다.

그런 엘자의 태도에 참을 수 없는 분노를 느낀다.

만난 지 얼마 되지도 않은, 고작해야 한 시간 정도 대화를 나누었을 뿐인 두 사람이다.

하지만 딴에는 대화하고, 딴에는 서로 심정을 주고받았다. 그런 두 사람을 가볍게 죽여서 스바루로부터 빼앗고서 아무런 가

책을 느끼지 않는 그 태도를 용서할 수 없다.

그리고 무엇보다, 혐오해 마땅한 상대 앞에서 두 사람을 죽게 내버려둔 자기 자신을 용서할 수 없다.

"아아, 겨우 일어나네. 늦었고 재미없지만, 나쁘지는 않아."

지나치게 뒤늦은 분노의 감정이 스바루의 손발에 움직이는 원동력을 부르고 있었다.

떨리는 사지를 땅에 짚으며 짐승 같은 자세로 어떻게든 일어서는 시퀀스에 들어간다. 몸이 떨리는 이유는 분노와 공포 중 어느 쪽인가. 혹은 양쪽 다인가. ——아무래도 상관없다.

쿠크리 나이프를 거머쥔 엘자를 향해 이빨을 드러낸 스바루가 전심전력으로 덮쳐들었다.

달려들어 자기 한계를 넘은 완력으로 때려눕힌다. 그 기세에만 기댄 우렁찬 돌격은——

"하지만 완전 꽝이야."

콧등을 뭉개는 엘자의 팔꿈치 치기로, 정면에서 깨졌다.

몸을 돌려 최소한의 움직임으로 팔꿈치를 찍고, 몸을 뒤로 젖히는 스바루를 긴 다리가 호를 그리며 직격. 스바루가 가볍게 뒤로 날아가 도기류의 선반에 충돌해 넘어진다.

단 한순간의 공방에 코와 앞니가 못쓰게 됐다. 직격으로 걷어차인 옆구리에도 예사롭지 않은 고통. 뼈가 몇 대는 나간 감각이 있다.

그런데도 주먹을 지면에 내리찍으며 지체 없이 일어선다. 뇌내 마약이 온몸을 맴돌아 겪은 적도 없는 아픔을 뇌에 인식시키지 않는다.

흥분 상태의 거친 숨결에 몸을 맡기고 스바루는 다시 생각 없는 돌진——그러나 깨진다.

정신없이 휘적거리는 팔은 엘자에게 닿지 않고, 낭창거리는 팔이 칼등을 뒤집은 나이프로 스바루의 어깨를 부순다.

죽는 소리 지르는 데에 시끄럽다고 하는 양, 엘자가 턱을 수직으로 올려 차 강제적으로 외침이 중단. 부러진 앞니가 툭 떨어지고, 맥없이 쓰러지는 스바루를 엘자가 내려다본다.

“아예 글렀어. 겉보기 그대로 초짜에 움직임은 엉성하지. 가호도 없거니와 기술도 없고, 하다못해 지혜를 짜낼까 싶더니 그것도 없어. 대체, 그래 가지고 왜 덤비는 거람.”

“시흐러워……. 오기가 난다호……. 이만흠, 당했으면.”

코가 부러진 탓에 욕설 하나도 잘 말할 수 없다.

방금 카운터로 팔이 나갔다. 왼쪽 어깨 아래는 힘없이 덜렁거린다. 고통은 느껴지지 않지만 이명이 지독하다. 맹렬한 욕지기가 입에서 분노와 함께 술술 흘러나오고 있다.

스바루의 모습은 만신창이. 승산은 제로고, 한 방 갚아 줄 가능성조차 만에 하나.

“빼어난 기개만은 인정해줄게. 그걸 더 일찍 할 수 있었으면 이 아이들도 조금은 달랐을지도 모르겠지만.”

한 손에 늘어뜨린 나이프로 베어버린 두 사람의 시체를 가리키는 엘자.

스바루는 엘자의 움직임에 이끌려 시체에 눈길을 주다가 갑자기 위화감에 습격당한다.

왜……일까. 이 광경을, 본 적이 있는 느낌이다.

피바다가 된 장물 창고. 한 팔을 잃은 거구의 시체. 둔탁하게 번쩍이는 적동색 칼날.

스바루의 뇌리에 번개같이 어느 생각이 스쳤다. 그것은——,

"끝내기로 하자. 천사랑 만나게 해줄게."

붉은 입술을 혀로 핥으며, 고혹적인 미소가 어둠에 녹아든다.

그림자에 잠겼다고밖에 여겨지지 않는 보법에, 적을 놓친 스바루는 좌우로 의식을 돌린다.

"어, 어디지……?!"

조급하게 주위에 시선을 내던지며 소리와 기척에 신경을 곤두세워 어떻게 나올지 살핀다.

그 모습은 그야말로 맹수에게 사냥당하기를 기다릴 뿐인 사냥감의 모습 그 자체였을 것이다.

엘자가 보기에는 흥이 깨질 정도의 추태. 따라서 참격은 선명할 만큼 곧았고.

"뭐——?!"

노리는 곳을 배라고 단정했었던 스바루가 제때 아슬아슬한 회피를 할 수 있었다.

짧게 뒤로 뛰어 몸을 빼면서 배를 집어넣어, 옆으로 후린 칼날을 스치기만 하는 걸로 그친다. 뱃가죽이 얇게 찢겨 날카로운 아픔이 퍼지는 것을 이를 앙다물고 근성으로 인내.

"으르르아아아아——!!"

그리고 혼신의 돌려차기가 엘자의 상반신을 바로 옆에서 차고 지나갔다.

허리를 틀어 찬 회심의 일격이 들어가 한 방 갚아줬다고 스바루는 확신한다. 하지만.

"아아, 지금 건 아주, 느꼈어."

엘자가 허리에서 뽑아낸 두 자루째 쿠크리 나이프가 스바루의 몸통을 7할 가량 베어 갈라 피와 내장을 쏟아내고 있었다.

"——아?"

한 걸음, 두 걸음. 어기적어기적 비틀거리며 걷다가, 등부터 벽에 부딪혀 미끄러지듯 무너져 내린다. 내려가는 시선 아래, 복부로부터는 끊임없이 피가 넘쳐 나와 바닥을 선혈이 물들인다.

떨리는 한쪽 팔로 넘친 피를 배로 되돌리려고 하지만, 솟구치는 핏덩어리에 가로막혀 불가능하다.

"놀랐어? 엇갈린 그때 배를 짼 거야. 내가 이것만은 특기거든."

엘자가 웃으면서 말하고, 찰박이며 피바다를 건너온다.

아무 말 못하고 죽어가는 소리만 토하는 스바루의 곁에 온 그녀는, 거무칙칙한 핏속에 떨어진 배의 내용물을 사랑스러운 듯 넋을 잃고 바라보며 말한다.

"아아, 역시. ——네 내장은 아주 고운 색깔일 줄 알았어."

이 여자는, 정상이 아니다. 머리가 돌았어.

뇌내 마약조차 완전히 속일 수 없는 격통에 의식이 침침해져, 어느덧 스바루의 몸은 바닥에 옆으로 쓰러져 있었다. 그 자세에서 떨리는 손가락이 엘자의 발에 힘없이 닿는다.

"아으…… 우아……."

"아파? 괴로워? 힘들어? 슬퍼? 죽어버리고 싶어?"

발목을 잡힌 채, 엘자는 그 무릎을 굽히고 스바루와 시선을 맞춘다.

황홀감이 맺힌 그 눈에는 지금 정녕 한 인간의 목숨을 거두려고 있는데에 아무런 감개도 담겨 있지 않다. 아니, 감개를 담고는 있다.

——더할 나위 없는, 행복으로서.

"천천히, 천천히, 천천히, 천천히, 열이 식고, 차가워져 가봐."

지부럭거리듯, 할짝거리듯, 애도하듯, 아끼듯, 아쉬워하듯, 엘자의 목소리가 끝나가는 스바루의 고막을 완만하게 두드리고 있다.

정신이 들고 보니 시야는 닫혀 있었다. 출혈이 너무 심각해 조금씩 몸이 죽어간다.

소리가 들리지 않는다. 맛도 냄새도 더 이상 느껴지지 않는다. 눈도 보이지 않는다. 그저 몸이 차가워지는 것, 자신이 죽어가는 것, 그것만을 느낀다. 이는 공포였다.

언제 생명의 등불이 꺼질지 모르는 세계에서, 덮쳐오는 죽음에 대한 공포가 스바루를 놓지 않는다.

언제 죽지? 언제 죽어? 아직 살아있나? 죽어 있는 게 아닌가?

무엇을 생(生)이라고 정의하지? 이런 벌레 이하의 상태를 살고 있다고 부를 수 있나? 생사란 뭐지? 죽는 건 왜 무서워? 사는 것은 필요한가? 그렇지 않은가?

무서워무서워무서워무서워무서워무서워무서워무서워무서워무서워
무서워무서워무서워무서워무서워무서워무서워무서워무서워무서워

끊임없이 밀어닥쳐오는 절대적인 죽음에 대한 본능적인 거절.

그것이 임종에 손을 걸친 스바루를 가득 메워 시야는 마침내 새하얗게 물들고.

——아, 죽었다.

그런 감개를 최후로, 나츠키 스바루의 목숨은 싱겁게 사라졌다.

제3장 『끝과 시작』

1

"——형씨, 멍하게 있지 말라고. 삼과, 먹을 거야?"

의식이 각성한 순간, 스바루의 눈앞에 있던 건 붉게 무르익은 열매였다.

사과와 똑 닮은 그 과일을 보고, 문득 지혜의 열매라는 말이 스바루의 뇌리를 스쳤다.

먹음으로써 낙원으로부터 추방되는 금단의 열매.

지금 그것을 물어뜯는다면 이 영문 모를 상황에서 구원받을 수 있는 걸까.

"어이, 형씨?"

중년 남자가 눈썹을 찌푸리며 아무런 반응도 보이지 않는 스바루에게 말을 붙인다.

또렷하지 않은 의식 테두리로부터 현실로 천천히 되돌아와——펄쩍 뛰듯 고개를 들었다. 주위에 시선을 돌리며 세차게 뛰는 심장과 가쁜 호흡을 의식한다.

오후의 대로. 장소는 과일가게 앞이다. 각양각색의 야채와 열매가 줄지어 있으며 그 상품들 앞에 선 사람은 하얀 상처 자국이 눈에 띄는 험한 얼굴의 주인장.

숨 막힐 듯한 인파에 눈에 익은 정경. 스바루는 자신의 머리를 쥐어뜯으며 입을 연다.

"이젠, 뭐가 뭔지 모르겠다고……."

그 말만을 중얼거리고 치밀어 오른 현기증과 구역질에 희롱당해 그 자리에서 무너졌다.

2

머리부터 뒤집어쓴 물의 냉기에 머리를 털며, 스바루는 혼탁한 의식을 어떻게든 되세운다.

"————."

비어버린 물주전자. 그것은 갑자기 가게 앞에서 쓰러진 스바루를 걱정해 간호해준 과일가게 주인장이 넘겨준 것이었다.

친절하게 걱정해주는 배려가 고맙지만, 함께 있었을 터인 사테라에 대해 묻지 않는 자상함이 되레 스바루의 마음에 깊은 상처를 안긴다.

스바루는 땅바닥에 앉은 채 앞머리부터 뚝뚝 떨어지는 물을 손으로 털고, 떨리는 이를 앙다문다. 뇌리에 스친 것은 칼날의 광채와 피비린내 속에 춤추는 요염한 미소.

"히……."

목구멍이 경련을 일으킨다. 무릎을 세우고 앉은 스바루는 가늘게 떨기 시작하는 온몸을 막지 못한다.
저만한 공포를, 저만한 절망을, 평평범범하게 살아왔던 스바루는 맛본 적이 없다.
더 이상 아무것도 생각하고 싶지 않다. 아무것도 떠올리고 싶지 않다. 껍질에 틀어박혀 잊게 해주길 바란다.
——칼날의 번뜩임. 날아가는 굵은 팔. 절규. 피바다에 잠긴, 은빛 머리카락.
"————."
생각하고 싶지 않다고 생각할수록 선명하게 소생하는 기억. 스바루는 견디기 어려운 격정을 그대로 목에서 토해내고자 고개를 쳐든다. 절규가 오후의 대로를 메아리친다. ——그러기 직전.
"어……?"
부르짖으려던 목소리에 의혹의 색이 섞이고, 스바루는 멍한 얼굴로 그것을 바라보았다.
부릅뜬 시야 속. 파충류의 피부를 가진 장신이 있고, 스바루의 허리춤까지 닿는 키의 수인이 있으며, 분홍빛 머리카락의 젊은 무희가 있고, 여섯 자루나 되는 검을 찬 검사가 있으며,
——하얀 로브를 걸치고 은발을 찰랑이며 걷는 소녀가 그곳에 있었다.
소녀의 남보랏빛 눈동자가 주저앉은 스바루를 흘긋 본다. 하지만 금세 흥미를 잃어 눈을 뗀다.
의지가 강해 보이는 자수정빛 눈동자는 그저 곧게, 자기가 가

야 할 길을 응시하고 있었다.

그 늠름한 풍모에, 떨릴 듯한 미모에, 스바루가 찾고 있던 모습에 변함은 없다.

"기——"

순간적으로 말이 나오지 않아 잠긴 호흡을 내뱉은 스바루는, 꼬이는 다리로 그 뒤를 따라간다.

소녀는 거침없이 인파 속을 누비듯 계속 걷는다. 당혹과 곤혹, 혼란에 빠진 머리로도 멀어지는 은발을 좇아가는 스바루. 울 것 같은 목소리로 소리쳐 부른다.

"잠깐, 기다려……. 기다려줘……. 부탁이야, 기다려……."

한순간, 그 목소리에 반응한 소녀의 눈동자가 스바루를 본다. 모르는 사람을 보는 것처럼 차갑게.

소녀의 눈이 띤 예리함과 차가움에 마음이 헤집어진다. 타이른 당부를 지키지 못하고 상처 입혔다. 그 일을 사과조차 하지 않았다. 용서받았을 리가 없다. 그런데도 스바루는 소녀를 쫓는다.

어떻게 여기고 있을지 알 수 없다. 그렇다면 하다못해 어떻게 여기고 있는지 말해주기를 바란다.

상상 속에서 상처받을 정도라면, 아픔을 수반한 현실에 상처받는 편이 훨씬 낫다.

"기다려줘. ——사테라!"

사테라를 만류해 무슨 말을 나누고 싶은가.

마음속에서 명확한 답이 나온 순간, 스바루는 기억이 난 것처럼 사테라의 이름을 외치고 있었다.

그 외침은 소란을 추월해 소녀에게 닿았는지, 멀어지던 등이 우뚝 발을 멈춘다.

멈춰 선 소녀에게 인파를 가르며 걸어가 사테라의 가는 어깨에 손을 댄다.

"무시, 하지 말아줘. 없어진 것도 하는 말을 듣지 않았던 것도 내가 잘못했어. 하지만 나도 필사적이었단 말이야. 그 뒤에 장물 창고에도 갔었어. 하지만 만날 수 없어서……."

어깨가 건드려져 돌아선 사테라가 스바루를 보고 그 얼굴에 놀란 표정을 띤다.

돌아보는 사테라에게 입을 열었지만 튀어나온 소리는 구차한 자기변호뿐이었다.

스바루를 보는 그녀의 눈길이 한없이 선명했기에 그것을 의식할 수 있었다.

무감정한 눈길――그것을 받으면서도 오히려 스바루는 안도의 감정을 느끼고 있었다. 언뜻 본 바로, 사테라에게 눈에 띄는 외상이 없기 때문이다. 그것이 그나마 위안이었다.

"이기적인 말만 해서 미안. ……그래도, 무사해서 다행이야."

그리고 둘이, 또 이렇게 만날 수 있던 것이 가장 기뻤다.

얘기해야만 하는 일이 너무 많다. 확인해야만 하는 일도. 하지만 그것들에 앞서 스바루의 마음은 보답 받았다. 적어도 이 안도를 곱씹는 정도는――.

"당신…… 무슨 속셈이야?"

하지만 안도하는 스바루에게 사테라가 보인 얼굴은 터무니없는 분노의 표정이었다.

사테라는 하얀 뺨을 약간 발갛게 물들이며 몸을 슬쩍 틀어 어깨에 닿은 스바루의 손을 뿌리친다. 한 걸음 물러나 간격을 벌리며 스바루를 쳐다보는 눈에는 강한 적의가 빛나고 있었다.

뜻밖에 혹독한 반응을 받아 스바루는 얼떨결에 숨을 집어삼키고 만다.

그러나 당연한 반응이기도 하다. 사테라 입장에서는 무슨 낯짝으로 온 거냐는 상황이다.

그러니까 무슨 욕을 퍼붓는다고 해도 당연하며――.

"누군지 모르겠지만 남을 '질투의 마녀' 의 이름으로 부르다니 어쩔 생각이지?!"

상상의 테두리 밖에서 날아온 화난 목소리에 스바루의 각오는 산산이 바스러졌다.

예상 밖의 말에 스바루는 시간이 멈춘 듯한 착각을 느끼고 있었다.

붐비는 주변에서 소리가 사라졌다. 들리는 것은 자기 자신의 세찬 박동과, 어깨를 들썩이며 화내는 은발 소녀의 호흡뿐이다. 그 외 일체의 소리가 사라진 듯한 착각――아니, 착각이 아니다.

"뭐, 지?"

엉거주춤 고개를 돌리다가 스바루는 깨닫는다.

주위, 노점상과 통행인으로 넘쳐나는 이 대로에서, 모두가 두 사람을 주시하고 있었다. 모두 짙은 동요를 떠올리고, 미동조차 금지된 것처럼 침묵하고 있다.

마치 스바루와 사테라 두 사람의 대화가 이 장소의 모든 것을 지배하고 있는 양.

사테라는 엄한 눈초리로 스바루의 대답을 기다리고 있다. 하지만 스바루는 저도 모르는 규탄에 대답을 돌려줄 수 없다. 스바루와 그녀 사이에서, 문제시하고 있는 점이 엇갈리고 있다.

"한 번 더 묻겠어. ――어째서 나를 '질투의 마녀'의 이름으로 불러?"

"아니, 그치만. 그렇게 부르라고……."

"……누구에게 들었는지 모르지만, 이만저만 악취미가 아냐. 따르는 쪽도 따르는 쪽이지. ――금기의 상징 '질투의 마녀'. 입에 담기도 꺼려지는 그런 이름을 호칭으로 고르다니."

혐오감까지 드러내며 사테라――은발 소녀는 스바루를 혼란의 바다로 떠민다.

소녀의 말에 주위를 둘러싸고 있는 군중 전원이 끄덕인다. 그건 곧 소녀의 말이 올바르다는 증명이기도 해서, 그게 점점 더 스바루의 마음을 당혹 속에 밀어 넣는다.

무슨 말을 듣고 있는지 이해가 안 된다.

스바루는 그저 그녀의 이름을 불렀을 뿐.

그런데도 불구하고 그녀는 그 사실을 탄핵하고, 또 주위 역시 그게 옳다고 긍정한다.

"――용무가 없다면 갈게. 나도 한가하지 않아."

소녀는 고개만 떨구고 있는 스바루에게 내치듯 말하고, 은발을 휘날리며 당차게 걷기 시작한다. 그 등에 말을 걸려고 하다가, 순간적으로 이름을 부를 뻔한 목이 얼어붙는다.

이름으로 부르면 실수를 두 번이나 하는 꼴이다. 하지만 그렇다면 소녀를 무어라 불러야 하는가.

그 주저가 스바루의 판단을 무뎌지게 했다.

"————윽!"

작게 숨을 집어삼키는 소리가 난 쪽은 스바루의 신장보다 머리 하나 더 높은 위치——노점상의 포장마차, 그 장막 달린 지붕 위쪽이었다.

도약. 자그마한 몸이 중력을 따라 가볍게 떨어져, 착지와 동시에 바람을 타고 가속한다.

질풍은 지저분한 옷을 입었으며 금색 머리카락을 휘날리고 있었다. 인파 속을 신들린 몸놀림으로 빠져나와서는, 슥 뻗은 팔이 매의 자수가 들어간 로브 안으로 침입한다.

접촉은 일순간, 그러나 바람에게는 그 찰나의 해후만으로 충분했다.

바람이 로브를 들치고, 몸을 트는 소녀로부터 튕겨나가듯 훌쩍 비켜선다.

"설마——!"

은발 소녀가 경악성을 지르며 자기 로브 안에 손을 넣는다.

거기서 목적한 것을 찾지 못해 부릅뜬 소녀의 눈이 급속하게 멀어지는 바람의 행방을 좇는다.

그 바람의 손에 잡힌 용을 본뜬 휘장, 그리고 뒷모습을 보고서 스바루는 순간적으로 외친다.

"펠트?!"

부르는 소리에 바람이 당혹한 듯이 흔들린다. 하지만 그 속도를 늦추지 않고 단번에 대로로부터 좁은 골목으로 뛰어 들어간다. 어마어마한 날랜 솜씨. 불과 한순간밖에 보이지 않았지만 그 모습은 필시——

"당했어! 이러기 위한 발목 잡기…… 당신도 한 패야?!"

뻣뻣하게 선 스바루에게 분한 듯이 소녀가 으르렁댄다.

순간적으로 소녀는 이쪽에 손바닥을 겨누었지만, 곧장 생각을 고친 듯이 바람이 사라진 골목으로 달려가기 시작했다.

"이봐, 기다려! 오해야! 난……!"

그 오해를 풀려고 스바루 또한 두 사람의 그림자를 쫓아 골목으로 향한다.

주입된 정보량이 너무 많아서 초조한 머리로는 미처 처리할 수 없다. 그게 아니어도 오늘은 두 번씩이나 죽을 뻔한 처지를 겪어 혼란스러운 판이다.

"누가 내 사정 좀 봐줘! 이세계 소환이 이래서 되겠냐!"

부조리에 대해 폭언을 뱉으며 어둑한 골목을 휘청거리며 뛰어간다.

지구력에 자신은 없지만, 단거리 순발력이라면 소녀 둘에게 뒤지지 않는다. 곧바로 따라잡아 이 의문을 풀어주마. ——그런 심산으로 달리고 있었으나.

"아뿔싸…… 벽이냐!"

눈앞에 나타난 막다른 골목에 투덜대는 스바루.

그곳에 두 사람의 모습은 없다. 펠트의 가벼운 몸놀림이라면 벽쯤이야 쉽사리 기어오를 테고 사테라 또한 마법을 쓰면 그 정도야 손쉬울 것이다.

"기어올라도 되겠지만…… 못 따라잡을 것 같아."

여기서 시간을 잡아먹을 수는 없다. 안 그래도 길눈이 어두운 왕도에서 한 번 놓친 상대를 몰아넣는 짓 따위 스바루에게는 불가능하다.

"이곳이 글렀으면 장물 창고인가? 사테라와 펠트가 살아있다면, 롬 영감도……."

스스로 입에 담다가 스바루의 가슴속에 무수한 위화감이 스치며 뒤섞인다.

앞으로 내민 칼날에 베인 펠트가, 목이 잘린 롬 영감이, 피바다에 잠긴 사테라가.

그리고 무엇보다 두 번에 걸쳐 배가 찢긴 스바루는 왜 지금도 살아서——.

"아니야. 뭐냐고, 그럴 판이 아냐. 그만둬, 생각하지 마. 지금은 좌우지간——."

앞질러가서 빨리 롬 영감과 합류해야 한다고 사고를 뒷전으로 돌린다.

막다른 골목을 나와 빈민가로 가는 것이 최우선. 그리하여 스바루는 돌아선다.

"……야, 뺑이지?"

시선 끝에는 골목의 입구를 막는 인영이 있었다.

세 사람. 지저분한 행색. 야만스럽고 조야하며 난폭한 분위기.

뒷골목을 사냥터로 삼는 똘마니 3인조와, 이날 세 번째의 조우였다.

3

"작작 좀 해라! 질리지 않는 데에도 정도가 있잖느냐고오!"

스바루는 땅바닥을 쾅쾅 밟으며 보기도 질린 세 머리통 쪽에다 분노를 발산한다.

세 번의 해후. 그 전부가 뒷골목에서 3 대 1 상태다. 첫 번째, 두 번째에서 그토록 헛수고밖에 안 되는 결과로 끝났으면서도, 여전히 스바루를 사냥감으로 고르는 깊은 집념에는 경탄할 지경이다.

"상대해줄 시간이나 마음의 여유나 다 없어. 당장 그쪽 비켜!"

절박한 상황이 스바루로부터 냉정을 빼앗았지만, 그래도 전의 난투를 고려하면 세게 나가는 공갈에 상대는 겁을 먹을 거라는 타산은 있었다.

"비키라신다. 마음에 안 드는 태도인데. 명령하는 게 어느 쪽인지 모르고 있어."

"3 대 1로 꼴사납게 져놓고서 무슨 낯짝으로 큰소리치는 거냐, 너희. ……꼬리 만 개라도 좀 더 조신하게 짖을 거다."

그러나 남자들은 스바루를 두려워하지 않으며 생떼나 지껄인다. 예상과 다른 남자들의 반응에 입술을 깨문다. 소악당에게는 소악당 나름의 자존심이 있다는 건가.

여기서 시간을 빼앗겨 사테라 쪽을 놓치는 건 피하고 싶다. 옥신각신할 경우의 위험부담 역시 스바루가 이 자리를 온건하게 수습하자는 결단을 내리게 한다.

"알았어. 저항 안 해. 가진 건 전부 놔둔다. 그러면 됐겠지?"

성질을 누르며 두 손을 들어 적의가 없음을 어필.

스바루의 양보하는 태도에 남자들은 얼굴을 마주치더니, 그 자리에서 다 같이 폭소했다.

"뭐야, 쫄았으면 처음부터 그렇게 굴라고, 멍청아."

"망할 게. 겁먹었으면 큰소리 뻥뻥 치지 마."

"뭐 괜찮지 않나. 암것도 하지 않고 하는 말 들을 거지? 얼뜨기."

뚜껑 확 열리는 문구를 "하. 하. 하." 하고 메마른 사교성 웃음으로 흘려 넘긴다. 넌더리도 내지 않는 3인조를 마음속으로 '띵 · 똥 · 땡' 이라고 이름 붙여 슬며시 쌓인 속을 푼다.

"사테라와 무사히 합류해내면 팩을 빌려 역습해주……마?"

남자들을 자극하지 않도록 수중에 있는 물건을 풀어놓으려고 한 스바루의 움직임이 멎는다.

"어라――?"

그것은 이세계에 온 뒤로 최대급의, 스바루를 덮친 위화감 그 자체였다.

"어째, 서."

신음하듯이 중얼거리는 스바루의 손끝에 닿은 것은 비닐봉지 안에 든 스낵 과자. 좋아하는 콘수프 맛으로, 편의점에서 그만 야식 대신에 집어버린 과자다.

그리고 롬 영감과의 술자리에서, 저녁 반찬이라며 대접했다가 후회했을 터인데.

——그 과자가, 내용물이 가득 찬 상태로 편의점 봉지 안에 담겨 있다.

"분명히 없어졌어. 롬 영감이 전부 먹어서, 투덜거렸고…… 남지 않았어. 틀림없이."

왠지 봉지의 내용물이 돌아왔다. 뜬은 흔적도 없는 비정상적인 상황이다.

머릿속이 사면초가. 하지만 온통 막힌 사고 안에서 스바루는 이 현상에 어떠한 결론을 찾아냈었다. 결론을 냈으면서도 발전을 보이지 않는 건, 짚어낸 그 가능성이 너무 황당무계해 이성이 있을 수 없다며 부정하고 있었기 때문이다.

"야, 너 인마. 뭐 하고 자빠졌어."

"——아?"

별안간 바로 가까이서 말이 걸려와 스바루는 얼떨떨한 소리를 냈다.

남자들 중 한 명. 제일 덩치가 작으며 '땡' 이라고 이름 붙인 남자다. 어느 틈에 바로 옆에 선 그의 손이 어깨를 건드리고 있다. 몸을 틀어 그 손을 떨친다.

"비켜……."

"어엉?"

"여러 가지 의미로 너희랑 상관할 틈이 없어졌어. 어서, 확인을."

"너, 정말로 까불지 말라고?"

땡을 밀어젖히고 골목을 나가려 하는 스바루를 살기등등한 나머지 두 사람이 막아선다.

"거치적거려! 나는 꼭 가야만 하는 곳이 있다고!"

너무나도 어처구니없는, 상식과 동떨어진 어리석은 생각을 부정하기 위해서.

스바루의 노성에 슬그머니 남자들의 기가 죽었다. 그 틈에 골목을 뛰어나가 대로로 나가버리면 궁지는 벗어날 수 있을 것이다. 그렇게 결론지어 스바루는 힘차게 지면을 밟는다.

하지만——

"——엥."

내디딘 발이 휘청 흔들리더니 무릎부터 힘이 빠져 무릎 꿇고 만다. 허리 숙여 땅을 짚으며 이 타이밍에 넘어진 미련한 자신을 질타한다.

"어, 이상한데……."

일어서기 위해서 힘을 넣으려는데, 일으켜 세운 팔이 후들후들 떨린다. 도저히 몸을 들어 올릴 수 없다. 그러기는커녕 상반신을 일으키는 것조차 불가능하다.

"아아, 저질렀다……!"

초조감을 띤 목소리에 스바루가 고개를 그쪽으로 돌린다. 그리고 깨달았다.

——쓰러진 스바루의 등. 허리 뒤에 나이프가 꽂혀 있는 것이다.

"꾸억…… 꺽……."

의식한 순간, 참기 어려운 격통이 목을 틀어막았다. 지극히 순수하고 원시적인 고통의 충동.

——찔렸어! 찔렸어찔렸어찔렸어찔렸어찔렸어찔렸어.

나이프를 들고 있던 '뚱'이 주제넘게 나서버린 것이다. 벌써 흉기를 뽑은 '뚱'을 눈치채지 못하고 억지로 밀어젖히려 했을 때 찔린 모양이다.

요 몇 시간에 벌써 몇 번씩 맛본 부류의 격통. 그러나 몇 번 맛보더라도 이 아픔에 익숙해질 일은 영원토록 있을 수 없다.

"야! 찔러버렸냐."

"별수 없잖아! 밖에 달아나봐, 귀찮은 정도로 안 끝난다고."

"관둬, 바보야! 아—, 이거 글렀어. 뱃속에 든 거 상처 났으니까 죽겠다, 야."

거한인 '띵'이 스바루의 몸을 움직인다. 그 즉시, 뒤집힌 몸에 꽂혀 있던 나이프가 더 깊숙이 잠긴다.

"——어으으."

격통 위에 다른 아픔이 겹쳐져 단말마의 비명조차 캔슬된다.

도움을 요청하는 것도 분노를 토해내는 것도, 스바루는 어느 쪽도 할 수 없었다.

쉬어버린 숨결을 거칠게 토해내고, 북받치는 피가 목을 메워 빠져죽을 것만 같다. 손발의 감각이 서서히 멀어지고 사고는 당장에라도 끊어질 것만큼 허약하게 점멸하고 있었다.

또다시 시야가 새까맣게 물들기 시작한다. 저번 회처럼, 이번 회도 끝난다.

——이번 회라니, 뭔 소리야.

어처구니없다고 내쳐버렸을 생각에 매달리고 있는 자기 자신이 있는 게 가여워졌다.

이왕 그 가엾은 생각에 매달릴 바에는 철저하게 매달려주자고 생각한다.

——죽음으로부터 의식을 돌려. 죽기 전에 세계를 파악해라.

눈은 죽어 있다. 손발도 끝났다. 남아 있는 건 코와 귀 정도다. 그렇다면 그 쌍방을 마지막의 마지막까지 혹사한다. 어떤 잔향이라도 좋고, 욕이나 들더라도 상관없다. 골목의 진흙 냄새. 복받쳐오는 피의 쇳내. 지금 코가 죽었다. 죽었다. 귀도 앞으로 조금밖에 더 활동하지 못할 성싶다.

"……뭔가, 돈이 될…… 라도 들……."

"……려! 경비병이…… 오고…… 어!"

"…………망쳐! 위험해! ……히면 장난이 아니……!!"

건진 것은 그런 극히 일부의 대화뿐. 건진 것이야 좋지만, 그게 무슨 의미인지 이해하기 위한 뇌가 이미 죽어 있다. 죽어 있기 때문에 들었을 뿐. 들은 그 소리를 기억해둘 수 있는지는 모른다. 기억해둔다는 게 뭐지. 기억해둬서 어쩌고 싶은 거지. 어쩌고 싶다는 게 뭐지. 뭐지란 게——.

가장 먼저 죽은 뇌를 따르듯이 다른 기능도 잇달아 숨이 끊어져, 마지막에는 숨통이 확 트이는 듯한 갈라진 소리를 내뱉으며 나츠키 스바루는 세 번째로—— 목숨을 잃었다.

4

의식이 각성했을 때, 스바루는 어둠 속에 있었다.

그게 자기가 만든 어둠이라고 깨달아 감고 있던 눈꺼풀을 살그머니 뜬다. 눈 부신 햇살이 눈동자를 태웠다. 스바루는 작게 신음하며 손바닥으로 차양을 만든다.

"형씨, 삼과는?"

귀에 익은 음색이, 귀에 익은 물음을 스바루에게 던지고 있었다.

귀는 정상. 부산한 대로는 변함없이 시끌벅적해 끝나기 직전의 정적과는 거리가 멀다.

거리로 따지면 도로를 하나 옆으로 꺾어졌을 뿐인 차이에 불과하건만.

"그 도로를 하나 돌아가는 짓도 못 하다니 한심스럽구만."

질문의 대답이 아니라 과일가게 주인은 언짢게 얼굴을 찡그린다. 하얀 상처 자국이 실룩거려 참으로 흉악한 면모다.

그러나 그가 실은 뜻밖에 배려심 있고 팔불출인 인물임을 스바루는 알고 있다.

――다만 주인장은 그 일을 기억하지 못할 거라고 생각한다.

스바루는 그렇게 생각하면서 다시금 흉이 진 얼굴의 주인장을 돌아보았다.

"나의 이 얼굴을 보는 거, 몇 번째야?"

"몇 번이고 자시고 신참 아니냐. 그 눈에 띄는 복장과 눈매라면 잊지 못하거든?"

"눈매 얘기는 접어두셔. 참고로 오늘은 몇 월 며칠이었더라."

"탐무즈의 달, 14일이다. 달력상에선 벌써 올해도 절반이지."

"헤에, 고마워. ――그렇단 말이지. 탐무즈의 달이라."

들어봤자 알 수 없었다. 애당초 이 세계에서 달력은 어떤 식으로 기록되고 있을까. 태양력이라고 생각하기엔 역시 무리가 있다고 생각하지만.

"그래서 형씨, 삼과는?"

침묵에 잠긴 스바루에게 참을성 있게 어울려준 주인장이지만, 사과 하나로 이만큼 품이 드는 상대에 대한 붙임성이 슬슬 한계 같다. 뺨이 푸들거리기 시작하고 있다.

안 그래도 웃는 얼굴이 어울리지 않는 이목구비의 인물이다. 최대한으로 발휘한 스마일이 되레 손님 발길이 멀어지는 결과가 될지도 모른다는 점에서 신이 주인장에게 준 천명은 너무나도 잔혹했다.

스바루는 허리에 손을 얹고 가슴을 펴며 그런 그에게 대답한다.

"미안하지만, 천양무궁(天壤無窮)의 알거지!"

"냉큼 꺼져――!"

무심코 몸이 뒤로 젖혀질 정도의 노성을 받고서 허둥거리는 꼬락서니로 스바루는 도망친다.

이제 당분간은 저 가게에는 들를 수 없겠다고 두 가지 의미로 생각하면서.

제4장 『네 번째야말로 확실』

1

“지갑, 있음. 핸드폰, 있음. 콘수프 맛이랑 컵라면도 문제없음. 체육복과 운동화에 터진 곳 낫싱. 그리고 당연히…….”

체육복 옷자락을 들치고, 목을 뒤로 돌려 끙끙거리며 등을 확인.

정면의 배, 그리고 허리 뒤쪽. 양쪽 모두 상처 자국은 눈에 띄지 않고, 거기서 나이프가 돋아났다는 식의 이상 사태도 일어나지 않았다.

“후우, 다행이구만. 등에 상처라니 진짜 검사의 수치니깐. 중학교 때 검도 했던 몸으로서 인간의 길은 엇나가도 검사의 길은 엇나갈 수 없지.”

해는 높고 부드러운 바람이 피부를 간질인다. 대로는 오가는 사람들로 붐비며, 지금 또 한 대의 도마뱀 마차가 통과한다.

“그래, 이만큼 상황증거가 갖춰지면 인정할 수밖에 없나. 약간 믿기 어려운 사실이지만…….”

몸에서는 부상 일체가 사라지고, 체육복 또한 터진 곳과 핏자국 따위 아무데도 눈에 띄지 않는다. 손 안의 비닐봉지에는 미개봉 스낵 과자가 스바루의 출출함을 달래기를 기다리고 있다.
"즉, 이건 그 왜."
턱에 대고 있던 손을 앞으로 향하고, 스바루는 도로를 다니는 사람들에게 여봐란듯 손가락을 튕기며 말한다.
"——죽을 때마다 초기 상태로 돌아갔다는 것 같군."
어처구니없다고 단정 짓고 있었던, 그런 생각을 결론으로 삼기로 했다.

2

"이름하야 '사망귀환' 인가……. 패배자가 전제인 능력인 것이 실로 나답다고나 할지."
목숨을 잃고서야 비로소 발동하는 능력. 패배가 뚜렷한 상태에서 대역전하는 게 왕도라면, 패배한 다음 재시도의 기회를 얻는 실로 사도적인 권능.
"더 착실하게 말하자면…… '시간역행' 이 되지 않나, 이거."
한정적인 조건 하에서의 루프 현상. 게임적으로 말하면 스바루 본인의 의사와는 관계없이 오토 세이브 된 위치로 사망함으로써 되돌아간다고 생각할 수 있다.
"루프, 혹은 타임 리프라. 만화 등지에서는 친숙하지만, 분명 이론적으로 어렵다고 어디서 본 것 같은데…… 세계 통째로 다시 만드는 편이 편하다고."
'넓고 얕게' 가 모토인, 인터넷 서핑으로 얻은 지식에 기대면 시간역행 따위 꿈에서 꾼 꿈에서 또 꿈 이야기. 하기야 이세계 소환 시점에서 상식 따위 새삼스럽기는 하지만.

"그리고 '사망귀환' 했다고 생각하면, 지금까지의 부자연스러운 점이 전부 절묘하게 앞뒤가 맞아떨어지니 말이지."

되짚어보면 스바루는 이 다른 세계에서 벌써 세 번 목숨을 잃었다는 것이 된다.

첫 번째의 사테라와 함께 장물 창고를 방문한 패턴과, 두 번째의 롬 영감 및 펠트와 함께 엘자가 휘두르는 흉인의 먹잇감이 된 패턴. 그리고 세 번째의 체감 시간으로 따져 십여 분 전의 개죽음.

첫 번째, 두 번째의 죽음과 달리 세 번째 죽음은 변명할 도리 없는 막장 전개다. 설마 가장 초반의 피라미 캐릭터에게 살해당할 줄은 몰랐다.

"아니 애초에 반나절에 세 번씩이나 죽다니 하이페이스가 좀 심하잖아."

평범한 인생이 딱 한 번뿐인 걸 감안하면 고작 반나절에 3회 사망은 상식을 뒤집었다고 할 수 있다. 17년 동안 비교적 평범하게 살아왔다고 생각했지만 여태껏 17년간×365일×3회나 데드 오어 얼라이브를 헤치며 살아온 것이라 생각하니 감개무량하다.

"아니면 사는 데 절망적으로 젬병이지."

원래 세계와 이쪽 세계의 사는 난이도 차이가 너무 크다. 생명의 위기에 처하는 장면이, 스바루의 앞길 곳곳을 지나치게 막아서는 것이다.

"첫 번째와 두 번째의 공통 사항으로 보아…… 아마, 첫 번째도 엘자였겠군."

첫 번째 세계, 장물 창고의 어둠에 잠복해 있던 사람은 엘자였던 것이리라.

덩치 큰 노인의 주검은 역시 롬 영감이고 스바루와 사테라가 도착한 때는 그들의 교섭 뒤였던 것이다.

"아마 몰라도, 펠트 녀석이 욕심 부리다 교섭이 결렬된 결과……쯤 되려나."

엘자의 입막음이 종료한 현장에 스바루와 사테라가 운 나쁘게 맞닥뜨렸다는 뜻이다.

"두 번째는 더 단순하지. 그 입막음 현장에 내가 마침 같이 있었을 뿐이야. ……두 번이나 같은 상대에게 죽임 당하다니, 엘자 녀석은 만난 시점에서 사망 확정되는 지뢰 캐릭터냐."

스바루는 익살스러운 어조로 얼버무리며 엘자에 대한 공포를 불식하려고 한다.

애당초 엘자와 만났을 경우의 가능성을 고려하는 것부터 묘한 얘기다. 엘자와 조우할 가능성이 있는 곳은 '장물 창고' 뿐.

그리고 스바루가 장물 창고에 가는 것은 도둑맞은 사테라의 휘장을 되찾기 위해서이며, '사테라에게 구원받은 은혜를 갚는다.' 라는 이유가 발단이 된다.

그러나 '사망귀환' 으로 시간을 거슬러 올라온 스바루에게 사테라에 대한 은의란 사라졌을 최초의 세계에 두고 온 것이다.

세 번째 세계에서 재회——접촉한 사테라의 냉철한 반응이 그 사실을 설명하고 있다.

사테라는 스바루를 모른다. 갚아야 했을 은의는 이미 어딘가로 사라져버렸다.

그렇다면 사테라 따위 모조리 잊고 저 위협을 피하는 방향으로 의식을 돌려야 한다.

어째서 '사망귀환' 이란 상황이 준비되었는지는 모르지만, 모처럼 미래에 대해 알 수 있는 기능을 얻은 것이다. 피할 수 있는 지뢰는 피해서 지나간다. 그게 옳다.

"사정이 그렇담 즉시 행동이지. 다행히 휴대전화가 돈이 된단 건 알고 있고, 이거 팔아치워서 군자금 만들어 현대 지식 가지고 씽나는 인생이다. 꿈이 펼쳐지누만, 안 그래? 아저씨."

"아까부터 중얼중얼한다 싶더니만 갑자기 뭐야. 안 그래? 라고 해도 난 모르네."

옆의 노점상이 동의를 구하는 스바루에게 민폐라는 얼굴로 대답한다.

차가운 반응에 스바루의 소박한 마음이 살짝 상처받는다. 지나는 길의 남을 대하는 인간이 품는 마음의 모양새는 어느 세계나 썩 다르지 않다.

"하지만 말이지, 자기가 절박한 입장인데도 남을 돕는 호인도 있더라고."

소중한 물건을 도둑맞은 다음이어서 그것을 훔친 상대를 쫓고 있는 도중에.

관계없는 무용지물을 돕고, 그런 놈을 시간 들여 치료해 준 다음, 그 답례도 받지 않으며 떠나려 하고.

무용지물의 자기만족에 어울려주다가 끔찍한 최후를 맞이해 버린 호인이.

"세 번이나 반복해 보면 여러모로 이해되는 것도 있어. 아니, 그러고도 이해를 못 했다면 머리가 꽤 딱한데, 내 머리는 그렇게까지 딱하지 않아. 좀만 딱해."

"무슨 말을 꺼내는 거라지, 이번엔."

"아마 패턴이 있는 거야. 필연이랄까—— 몇 번 재시도하더라도 이 전개만은 반드시 일어난다는 강한 강제력이. 예를 들면……."

첫 번째든 두 번째든, 세 번째까지 사테라는 펠트에게 휘장을 도둑맞는다.

그리고 장물 창고에서는 첫 번째든 두 번째든, 엘자가 저지르는 참살이 벌어졌다. 세 번째의 세계도 스바루의 헛된 죽음으로 분명히 같은 참극이 일어났을 것이리라.

"엘자에게 이길 수 있을지 알 수 없어. 알 수 없는 채야. 하지만 알 수 있는 것도 있지."

이대로 네 번째인 이번 회도 사태를 방치해두면 틀림없이 펠트와 롬 영감 두 명은 엘자에게 살해된다. 사테라도 엘자와 일전을 벌이는 것은 피할 수 없다.

그 두 명이 죽는 게 어떻다는 말인가. 장물을 몰래 팔아 치우는 소악당과, 훔친 물건을 뻔뻔하게 고가로 강매하려는 배짱 두둑한 계집애다.

두 명 다 범죄자. 없어지면 후련할 것 아니겠는가. 그런데도——

"아—, 역시 난 요즘 세대 아이란 거겠지. 이런 기분, 컴퓨터

앞에선 엄청 바보 취급한 주제에 참."
동정이니 자비니, 그딴 건 어처구니없다며 행동했었을 터다.
적어도 스바루 본인은 이를 가장해 왔다고는 생각하지 않는다. 자신은 야박한 인간이라고 생각했었다. 그러니까 어떤 사태에 빠지든지 별다른 동요도 없이 담담하게 받아들일 거라고 믿어왔다. 지인이 몇 명쯤 죽는 것쯤 별 일 아니라고 생각해 왔다.
"그런데, 싫단 말이야. 기분 나쁘다고. 선인하고는 두 사람 다 거리가 멀어. ——그래도 한 번 알고 지낸 녀석들이 죽임 당한다고 알고서, 못 본 체하기는 무리인걸."
결국은 그런 척했을 뿐이라는 얘기일 것이다.
모두 다 가상현실 감각에서의 이야기. 그것이 실제로 현실감 있는 무게를 수반하면 쉽사리 주의 주장을 번복할 정도의 얄팍한 마음가짐에 불과하다.
"그리고 역시 사테라……랄까, 그 아이도 버릴 수 없고."
스바루는 이름을 부르려다 그녀의 이름이 가명이겠거니 짐작한다.
기억을 돌이키면 첫 번째 세계에서 그녀는 그 이름을 그다지 입에 담으려 하지 않았다. 거기에다 세 번째 세계의 대화도 있다. 싫어도 통감해버린다.
요컨대 신뢰가 부족했었다는 것이리라. 호감도 부족이었기 때문에, 이름 획득 이벤트의 달성여부 처리에서 실패 판정이 떨어졌다는 뜻이다.
"그렇담 이번엔 이름 정도는 똑~똑히 듣도록 힘내 보실까요."

스바루는 온몸의 뼈에서 뚜둑 소리가 날 정도로 기지개를 펴면서 기합을 다시 넣는다. 스바루의 기행에 노점상의 주인은 놀란 얼굴. 그런 그에게 스바루는 손을 휘릭 쳐들고 말한다.

"남자에겐 꼭 해야만 할 때가 있다. ——그렇지? 아저씨."

"그러게 그러게 그래 그 말이 맞네. 그러니까 어디로 가게."

자못 근사한 얼굴로 명대사를 주워섬겼다고 생각했는데, 반응 참 나빠서 빰이 실룩거릴 뻔했다.

성의 없는 손짓으로 등을 떠밀린 스바루는 후다닥 그 자리를 퇴장. 그대로 인파를 가르며 200미터 가량 달리다 멈춘다.

"자……."

스바루는 짧은 앞머리를 쓸어 올리는 액션. 괜히 상쾌한 맛을 연출하면서, 좌로 우로 시선을 주다가 자연스럽게 벽에 손을 얹어 몸무게를 실으며 입을 연다.

"가짜 사테라는, 어디 가면 만날 수 있담."

꽤 앞날이 불안한 발언으로 사전 검토 미흡한 출발이 시작됐다.

3

생각해 보면, 가짜 사테라와의 접촉은 꽤 우연에 의지한 부분이 많다.

첫 번째, 세 번째가 가짜 사테라와 거리 안에서 조우한 패턴이지만, 공통점은 양쪽 다 이 큰 길거리에서 그렇게 멀지 않다는 점뿐. 적어도 펠트가 저지르는 도난 사건의 발생 시각만이라도 알면 좋겠지만——.

"그때, 난 과일가게 옆에서 얼마나 우울 모드였었을까."

고작 몇 분이었던 느낌도 들고, 약 한 시간 꾸물거렸다는 느낌도 든다.

"적당히 어슬렁거려서 운명력에 맡겨볼까. 나와 그 아이의 붉은 실에 기대해서."

머리 앞에 양손의 새끼손가락을 세우고 "뿅뿅." 거리는 스바루에게 주위가 기이하다는 시선을 퍼붓는다. 그대로 수색을 속행하다보니 차츰 어디서 본 적 있는 경치에 이르기 시작했다.

"의외로 내 운명력도 못 써먹을 게 아닌데 그래?!"

제멋에 취하다가 문득 깨닫는다. ——어느 틈에 도로를 벗어나 골목에 들어서고 있었다.

"여긴 최초에 가짜 사테라와 만난 장소인가……?"

비슷한 느낌이 들지만 영 자신이 없다. 다만 같은 골목이라고 쳐도 그녀가 이곳에 달려올지에 관해선 의문이 남는다.

"세 번째에 살해당한 막다른 골목은 완전히 다른 장소였고 말이지……."

가짜 사테라가 펠트에게 휘장을 도둑맞은 사건이 확정 사항이었다고 해도, 펠트의 도주 루트는 상황에 따라 다른 것이다. 첫 번째와 두 번째는 같은 골목이었을지도 모르지만, 세 번째는 스바루의 간섭이 있었기에 운명이 미묘하게 어긋나고 있었다.

거기까지 궁리하다가 퍼뜩 스바루는 자기의 얕은 생각을 알아차린다.

본 적이 있는 골목에 들어가면 가짜 사테라나 펠트와 조우할 수 있을지도 모른다. 그러나 그건 달리 보면 다른 재회마저 의미하는 것이다. 즉, 다시 말해서.

"이젠 좀 작작 너희 얼굴 보기도 질렸다, 띵 · 똥 · 땡."

넌더리를 내며 돌아보는 스바루의 정면에 매번 변함없는 세 사람이 골목을 막고 서 있었다.

풍모나 복장이나 인상이나 전부 동일. 그 목적도 동일하다면 장비도 동일할 것이다. 진보가 없다. 같은 곳에 발을 들였으니 당연하지만.

"가짜 사테라와 펠트는 좀체 만날 수 없건만."

가짜 사테라 일행과 만날 수 없는 이유는 그녀들의 행동이 스바루 말고 다른 랜덤 요소의 영향을 꽤 받고 있기 때문일 것이다. 반대로 매번 스바루와 띵똥땡이 조우하는 이유는 띵똥땡이 처음부터 스바루를 공갈의 표적으로 정했기 때문일 성싶다.

그러니까 매번매번 다른 골목을 고르더라도 그들과의 이벤트는 불가피한 것이다.

"전혀 설레지 않는 추측이 성립된 참에, 너희는 어쩌고 싶은 거냐."

"아까부터 쭝얼쭝얼, 저놈 뭔 소리야."

"상황을 이해 못하는 거지. 가르쳐주면 되지 않겠어?"

띵과 똥의 대화도 이미 상투적인 것이어서 스바루의 기분을 더욱 식힌다. 그러나 지긋지긋한 반면, 얕보고 덤벼들어선 안 된다.

띵똥땡과의 조우를 클리어하는 조건은 느슨한 편이지만, 그래도 100퍼센트 돌파가 가능한 것도 아니다. 실제로 세 번째의 사인은 그들인 고로.

그리고 스바루는 불현듯 세 번째 세계에서 죽기 직전의 기억에 의식을 돌렸다.

그 상황 하에서, 죽음에 처해 있던 상황에서, 스바루는 필사적으로 소리만을 계속 건져 올리고 있었다.

그때에 띵똥땡이 마지막으로 얘기하던 내용을 기억해낸다. 띵똥땡은 무엇을 우려하고 있었지? 엉겁결에 떠든 단어를 지금이라면 이해할 수 있을 터. ——아마, 분명히.

"경비병 아저씨————!!"

예비 동작 없는 구난 신호에 허를 찔린 띵똥땡이 무심코 펄쩍 뛰어오른다.

뒷골목의 정적을 박살내며 틀림없이 부산한 대로에까지 파고들었을 성량. 검도로 익힌 미련한 신경줄은 큰소리를 지르는 짓에 대한 수치심 따위 일찌감치 없었다.

그리고 인생 레벨에서 패배자임을 자각 중인 스바루에게, 누군가에게 도움을 청하기 위해서 소리를 지르는 짓 따위야 눈곱만큼도 자존심을 상처 입히는 행위가 아니다.

"누가————! 남자분 불러줘요————!!"

"야, 이……, 뭔 개짓이야?! 보통 여기서 대뜸 큰소리 지르냐?!"

"상황적으로 이쪽 명령 듣지 않으면 아픈 꼴 보는 흐름이잖냐! 말도 안 들었는데 도와 달라고 소리치는 짓 보통은 안 한다고!"

“허어―?! 그거 어느 세계의 보통이시래요? 근데 그 말, 큰소리 지르면 곤란한 짓 하려고 했다는 뜻 아녜요, 엄마야―.”

“잔소리 말고 닥쳐봐! 까불지 말고!”

“세상에, 안 들려라―! 성의가 부족해서 안 들려라―! 순경 아저씨―!!”

더욱 큰소리를 질러 띵똥땡을 희롱하고는 있지만 스바루의 내심은 식은땀으로 빽빽하다.

세 번째 세계의 최후, 의식이 꺼지기 직전에 띵똥땡은 “경비병.”이니 “도망쳐.”니 하고 엉겁결에 떠들었었다. 즉, 이 세계에도 경찰기구와 같은 존재가 있다는 뜻.

‘도움을 청한다.’라는 것은 거기서 착상을 얻은, 스스로 생각해도 대단히 볼품없는 작전이었다.

그러나 안타깝게도 큰 길거리로부터는 인정미 넘치는 반응이 보이질 않는다.

“역시, 실패인가…….”

“사람 놀라게 하고 있어……. 아주 조금뿐이지만 쫄고 말았잖아.”

“아주 조금만 말이지!”

“아주 쬐금만이지마는!”

호흡 맞은 연계로 자신들의 소인배성을 부정하는 소인배성을 보이는 띵똥땡.

스바루에 빼앗긴 페이스를 되찾으려는 듯 남자들은 한번 얼굴을 마주 보고는 함께 끄덕인 다음, 제각기 무기를 손에 들기 시작한다. 나이프, 녹슨 손도끼, 그리고.

"한 명만 맨손은 또 뭐야? 무기 살 돈이 없었어?"

"거 시끄럽게! 난 무기 없는 편이 강하다고! 패 죽인다, 망할!"

"그런 네게 두 번째 세계를 보여줄 수 있다면 보여주고 싶다."

깔끔한 누우면서던지기를 되새기니 스스로 생각해도 홀딱 반하겠다는 심경. 그 반면, "꽤 위험하다." 라는 말을 속으로 연방 떠들 정도로 상황은 나쁘다. 돌파하기 꽤 까다로워지고 말았다.

"좀 봐주셔. ……아픈 건 사양이야."

세 번 죽었으니 아는 얘기지만, 죽음이란 몇 번 겪어도 익숙해질 게 아니다.

하물며 스바루의 사인은 현재 전부 날붙이에 의한 것이다. 날카로운 아픔은 언제나 신선하며, 신경을 도려내는 듯이 끝장내는 감각은 언제나 충격적이다.

그런 방식으로 죽기는 두 번 다시 사양이고, 무엇보다——

"여태껏 '사망귀환' 할 수 있었다고 해서, 이번에도 할 수 있다고는 단정 못 하지……."

'사망귀환' 의 능력에 횟수 제한이 딸려 있지 않다고 어떻게 생각할 수 있을까.

몸 어딘가에 숫자가 새겨진 흔적은 없지만, '*부처님 얼굴도 세 번까지.' 라는 말도 있다. 이 상황이 부처님의 자비가 낳은 산물이라면, 스바루의 컨티뉴 횟수는 벌써 종료다.

"죽으면 내 이세계 생활, 이로써 완결. ……부상당하더라도

* 부처님 얼굴도 세 번까지 : 일본 속담. 아무리 착한 사람이라도 인내심에는 한계가 있다는 의미다.

달아나는 게 정답일까."

살상력이 높은 쪽은 당연히 신뢰와 실적의 나이프. 손도끼는 뜻밖에 녹이 심해 비닐봉지를 방패삼으면 타박상으로 끝날 듯한 눈치. 그리고 맨손은 부담 없이 무시.

스바루는 걸어오는 띵똥땡을 보면서 즉각 움직이자고 작정한다.

똥에게만 경계를 보내고, 그 사이를 빠질 초읽기를 머릿속으로 개시. ——3, 2,

"——거기서 끝이다."

그 목소리는 느닷없이, 그러나 명확하게 뒷골목의 바짝 마른 긴박감을 갈라냈다.

늠름한 음성에는 한 조각의 주저도 없으며 일체의 용서도 머금고 있지 않다. 듣는 이에게 그저 압도적인 존재감만을 내던져 의사를 전하는 그 목소리는 천성적인 것이다.

스바루가 고개를 들고 띵똥땡이 돌아본—— 그 방향에, 한 청년이 서 있었다.

우선 가장 눈길을 끄는 것은 타오르는 불꽃처럼 붉은 머리칼.

그 아래에는 용맹 외의 예를 들 방법이 없을 만큼 빛나는, 파란 두 눈이 있다. 기이하리만큼 잘생긴 이목구비도 그 늠름함을 후원해, 언뜻 보기만 해도 그가 빼어난 인물임을 알리고 있었다.

매끈하게 빠진 호리호리한 장신을 반듯하게 재봉된 검은 옷으로 감싸고, 그 허리에 심플한 장식의—— 단, 예사롭지 않은 위압감을 뿜는 기사검을 차고 있다.

"비록 어떤 사정이 있건 간에, 그 이상 그에 대한 행패는 용납

할 수 없다. 거기서 끝이다."

말과 함께 청년은 유유히 띵똥땡 옆을 지나쳐 그들과 스바루 사이에 끼어든다. 그 너무나도 당당한 태도에 스바루는 말을 잃지만, 띵똥땡의 반응은 다르다.

띵똥땡은 창백한 얼굴로 입술을 떨면서 청년을 가리켰다.

"타, 타오르는 적발에 하늘색 눈동자…… 그리고, 칼집에 용 발톱이 새겨진 기사검. 설마……."

믿을 수 없는 것을 보는 눈으로 청년을 주시하며, 그들은 하나 같이 소리를 모았다.

"라인하르트……. '검성(劍聖)' 라인하르트인가?!"

"자기소개를 할 필요는 없을 것 같군. ……다만, 그 별칭은 내게 아직 너무 무거워."

라인하르트라 불린 청년은 자조하듯 중얼거리나 그 눈빛은 결코 힘을 풀지 않는다.

시선에 꿰뚫린 남자들은 기가 눌린 듯 뒤로 한 발짝. 달아날 타이밍을 재듯이 얼굴을 마주 본다.

"도망치겠다면 이 자리는 넘어가겠다. 그대로 도로로 가라. 만약 강경수단으로 나오겠다고 하면, 상대가 되어주지."

라인하르트는 허리에 찬 검의 칼자루에 손을 올리며 뒤에 선 스바루를 가리키듯이 턱을 내민다.

"그 경우에는 3 대 2다. 숫자상으로는 그쪽이 유리. 내 모자란 힘이 얼마나 그의 도움이 될지 모르지만, 기사로서 저항해 보겠어."

"노, 농담이셔?! 수지 안 맞는다고!"

라인하르트가 말을 마치자 띵똥땡은 정신없이 당황했다. 무기를 숨기는 조처마저 잊고 거미 떼가 흩어지듯이 큰 길거리로 달아난다. 첫 번째 때에 내뱉은 분한 대사조차 남기지 못하며 달아나는 꼬락서니. 그만큼 눈앞에 선 청년의 차원이 다른 면모가 두드러진다는 뜻이다.

"피차 무사해 다행이야. 다친 데는 없어?"

띵똥땡이 완전히 사라지기를 기다리던 청년이 미소를 띠며 돌아보았다.

그 즉시 뒷골목을 휩쓸고 있던 위압감이 소실. 그조차도 청년이 의식적으로 했었던 거라고 체감해 스바루는 이미 말문을 잃을 수밖에 없다.

그리고 무엇보다.

"저만한 일을 하고서 이 산뜻한 태도…… 이미 같은 인류가 아니군그래."

얼굴과 목소리와 분위기와 행동, 모든 것이 고수준이라 인간 순도가 너무 높다. 이래 가지고 성격과 집안까지 좋다면, 뭔가 남모르게 악행을 저질러주지 않으면 균형이 맞지 않을 수준이다.

그런 질투심 훨훨 드러내는 심경은 제쳐 놓고, 스바루는 곧장 "예입." 하고 납죽 엎드린다.

"이번에는 목숨을 구해 주셔서 진심으로 감사드리나이다. 이 나츠키 스바루, 그 청렴한 마음씨에 감복하옵고……."

"그렇게 딱딱하게 생각하지 않아도 상관없어. 상대편도 3 대 2가 되어 우위를 확보할 수 없어져서 그리 된 거야. 내가 혼자라면 이렇게는 되지 않았어."

"아니, 그 겁먹은 꼴 보면 3 대 1은커녕 10 대 1. 아니 100 대 1이라도 도망쳤을 것 같은데……. 뭐야, 이 상쾌 지수. 진짜로 몸도 마음도 성인(聖人)이냐. 눈부셔서 눈이 멀겠다!"

실제로 조형미의 차가 너무 나서 옆에 나란히 있고 싶지 않다.

스바루는 라인하르트를 다시 관찰하지만, 보면 볼수록 신에게 선택받았다고밖에 여겨지지 않는 미남자다. 단지, 그 복장을 보면 도무지 경비병이라는 인상은 들지 않는다.

"어— 저기, 라인하르트 씨……면 되겠습까?"

"편하게 불러도 상관없어, 스바루."

"대수롭잖게 거리를 좁혀 왔군. 어, 음, 거듭 고마워, 라인하르트. 내 외침을 듣고 달려와 준 사람은 너뿐이라고, 진짜 서운해."

그만큼 도로에 사람이 있으니 들은 사람이 라인하르트 혼자만은 아닐 것이다. 스바루가 퇴락한 인심을 한탄하니 라인하르트는 살짝 눈을 내리깐다.

"썩 하고 싶은 말은 아니지만 별수 없는 측면도 있어. 많은 사람들에게, 저들 같은 이와 반목하는 건 위험부담이 크지. 그 점에서 경비병을 부른 네 판단은 옳았어."

"그 말대로라면 라인하르트는 경비병이야? 전혀 그렇게는 안 보이는데."

"자주 듣는 소리지. 오늘은 비번이라 제복을 입지 않았기도 하고, 겉보기에 우락부락한 맛이 부족하단 점은 자각하고 있는 부분이니까."

쓰게 웃으면서 두 팔을 벌리는 라인하르트에게 스바루는 내심으로 반론.

라인하르트가 경비병으로 보이지 않는 최대 요인이란 그런 촌스러운 이미지와 동떨어진 분위기가 이룩한 결과다.

"그러고 보니 '검성' 이라고 불렸던 것 같은데……."

"집안이 약간 특수해서. 받는 기대의 무게에 무너질 것만 같은 나날이지 뭐야."

어깨를 으쓱하며 소탈함을 보인다. 아무래도 유머 감각도 갖추고 있는 듯하다.

이미 심신 모두 완벽초인임에 의심의 여지없음. 스바루는 신의 불공평함에 한탄하기를 넘어서서 감탄한다.

"드문 머리와 복장, 그리고 이름이라 생각했지만…… 스바루는 어디서 왔어? 왕도 루그니카에는 어떤 이유로 온 거지?"

라인하르트가 스바루의 복색을 가만히 내려다보며 질문한다. 경비병이라면 내력이 수상한 상대에게 당연한 반응일 것이다.

"어디서 왔느냐고 해도 답하기 애매한데. 동쪽의 작은 나라는 못 써먹으니까…… 더욱더 동쪽, 그래. 아무도 본 적 없는 저 끝에서 왔다지."

이를 빛내며 하는 헛소리. 스스로 생각해도 안이한 답변이라고 자기 반성할 따름이다. 그런데 스바루의 답변에 라인하르트는 눈썹을 치켜들며 놀란다.

"루그니카보다 동쪽…… 설마, 대폭포의 너머란 농담이야?"

"대폭포?"

귀에 익지 않은 단어에 고개를 모로 꼬는 스바루.

폭포라면 위에서 물이 떨어지는 뭔가라고 생각하지만, 이 방면의 지리 정보에는 깜깜하달까, 완전히 무지한 스바루에게는 떠오르는 바가 없다. 스바루에게 이 세계의 지리 정보는 큰 길거리와 이 뒷골목, 그리고 빈민가와 장물 창고로 완결된다.

"얼버무리는 것도 아닌 모양인데, 그 부분은 됐나. 아무튼 왕도의 인간이 아닌 건 확실한가 보지만 뭔가 사정이 있는 거겠지? 지금의 루그니카는 평시보다 조금 뒤숭숭한 상황에 있어. 나라도 괜찮다면 거들겠는데."

"아니아니, 휴일이라며? 그거 반납해서까지 날 거들 것 없어. 아까 걸로 충분……하지만, 도움받은 김에 살짝궁 묻고 싶은 건 있군."

스바루는 라인하르트의 제의에 고개를 저은 다음, 불현듯 기억난 듯이 손가락을 세운다.

"뭐든지 물어줘. 세상 물정에는 서먹한 편이니 대답할 수 있을지 없을지는 모르겠지만."

"아녀. 묻고 싶단 건 사람 찾는 얘기니까 별 문제없어. 그런 이유로 묻고 싶은데, 이 주변에서 하얀 로브 입은 은발 여자애 못 봤어?"

가짜 사테라의 복장은 꽤 눈에 띄는 부류의 것이다. 개중에서도 머리칼의 색깔과 매의 자수가 들어간 로브의 배합은 한마디로 눈에 띈다. 그 복장으로 왕도를 돌아다니고 있다면 거리의 경비병인 라인하르트 또한 알아차렸을 가능성이 있다.

"하얀 로브에, 은발……."

"덧붙이면 초절 미소녀. 그리고, 고양이……는 별로 드러내놓고 있진 않은가. 정보는 대충 그쯤 되는데."

고양이형 정령을 데리고 있다는 사항까지 합치하면 그녀임은 의심할 여지도 없지만, 통상시에는 은발 속에서 놀고 있을 터이니까 이는 과한 바람이다.

"……그 아이를 찾아서 어쩔 거지?"

"떨어뜨린 물건, 이 경우에는 찾는 물건인가? 그걸 건네주고 싶을 뿐이야."

하기야 그 물건은 아직 스바루의 수중에는 없으며, 혹여 소녀는 아직 잃어버리지도 않았을지 모르지만.

스바루의 대답에 라인하르트는 그 하늘색 눈을 가늘게 뜨고, 잠시 묵고한 다음 대답했다.

"으음, 미안하군. 짚이는 데가 좀 없어. 만약 괜찮으면 찾는 일을 거들겠는데."

"그렇게까지 폐는 못 끼쳐. 괜찮아. 뒷일은 뭔 수 내서든 찾지."

스바루는 도움을 제의하는 라인하르트를 손으로 막고 일단 큰길거리부터 돌기로 정한다. 잘 풀리면 세 번째처럼 도로에서 발견하는 경우도 있을 것이다.

뭣하면 도둑맞는 그 자리에서 펠트를 붙잡아 휘장 탈취를 저지해도 된다. 뒷일을 감안하면 그게 빠른 길 같은 느낌도 들어서 더더욱 서둘러야겠다는 생각이 든다.

"문제는 펠트의 민첩함을 어떻게 따라잡느냐군. 최악의 경우엔 장물 창고에 경비병째 자택 방문해서 잡아가는 게 확실하단 기분도 드는데…….”

“장물 창고?”

“어, 아니, 아무것도 아냐. 잊어줘. 나이 먹을 대로 먹은 영감님의 비밀 기지 이름이야.”

반응하는 라인하르트에게 적당히 둘러치며 스바루는 떠오른 계획을 기각한다. 애당초 엘자를 상대로 경비병을 끌고 와봤자 피해자만 늘어날 가능성이 높다. 그만큼 그 살인자의 기량은 인간 밖의 경지에 있었다.

“이 세계의 경비병이 모조리 초인이 아닌 한은 말이지. ……어쨌든 우선은 큰 길거리의 확인인가.”

“가려고?”

“응, 갈 거야. 네겐 신세를 졌어. 이 답례는 머잖아서 할게. ……경비병 대기소 같은 데 가면 만날 수 있나?”

“그래. 이름을 대면 알 거야. 너라면 언제든, 무슨 용건이든 환영이야. 또 만나기를 기대하고 있지.”

“내가 그렇게 호감도 오를 짓을 했던가, 말을 했던가? ……뭐, 밥줄 끊겨 길거리에 헤매게 되면 얻어먹으러 가겠수다.”

넉살로 응수하고 손을 들자 라인하르트는 “조심해.”라고 마지막까지 상쾌하게 배웅의 말을 보냈다.

그 말에 등이 떠밀려 스바루는 상처 없이 손해 제로로 뒷골목에서의 탈출을 달성한다.

——그 등을 파란 두 눈이 값을 매기듯이 보고 있는 것은 깨닫

지 못하고.

4

무사히 큰 길거리로 돌아온 스바루는 즉시 가짜 사테라 찾기에 정성을 쏟았다.

그렇다고는 해도 스바루가 할 수 있는 건 눈을 화등잔처럼 뜨고 인파를 노려보는 정도다. 세 번째 세계의 기억에 의지해 친숙한 과일가게 근처에서 위치를 잡고 있다.

시야에 들어온 흉이 진 얼굴의 가게주인 표정이 약간 험악하다.

"이번엔 만남이 살짝 좋지 않았으니 말이지. ……하지만 실은 마음 착한 사람인 걸 난 알고 있다고!"

엄지를 척 세우며 주인장의 흉악한 얼굴에 미소를 보내자, 주인장은 "징그러운 걸 봤다."는 표정으로 시선을 피했다. 스바루는 왠지 모르게 서운한 심정으로 엄지를 집어넣고 다시금 도로를 쳐다본다. 변함없이 큰 길거리는 인종 불문하고 사람 한 번 많아 인산인해 상태다.

망보기 시작한지 10분 이상이 경과했다. 하지만 가짜 사테라의 모습은 일절 보이지 않는다. 벌써 네 번째 세계가 시작하고 약 한 시간.

"시간 감각을 영 신용할 수 없지만, 슬슬 도난이 일어나지 않으면 이상하단 느낌이 든다만……."

제 입으로 말하다가, 불현듯 싫은 예감이 뇌리를 스쳤다.

"저기, 아찌."

"뭐야, 거지."

정면. 과일가게의 주인장은 다시 얼굴을 들이민 스바루에게 싫다는 티를 감추지도 않으며 말했다.

"거지인 건 사실이니까 부정하지 않겠지만 말이야……. 아찌, 좀 묻고 싶은데, 혹시 이 근처에서 소매치기 소동 따위 없었어?"

"아무것도 사지 않고 질문이라니 똥배짱이군, 너."

"아니, 그래도 전에는 착실하게…… 아."

대화 도중에 스바루는 가게주인의 호감도가 낮은 원인에 짐작이 간다. 제일 최초, 가짜 사테라와 이 과일가게를 방문했을 때에 발생한 우연한 재회——가게주인 딸의 구출을 하지 않은 것이다.

"일 났네, 있을 수 없는 뻘짓 저질렀어. 설마 찾으러 가야만 하나?"

"뭘 중얼중얼…… 아아, 젠장. 이것 봐, 그런 소동 따위 별로 드물지도 않다고."

"대답해준 건 기쁜데, 진짜로?!"

확실히, 장물 창고 안에는 왕도 곳곳에서 도둑맞은 장물이 창고를 가득 메울 만큼 있었다. 그만한 숫자의 도난이 있다면 이 거리의 치안 수준은 미루어 짐작할 만하다.

"이거 길이 완전히 막혔나……?"

"그래도 아까 벌어진 소동은 드물긴 했었지. 도로에서 두세 발 마법이 터졌어. 봐라."

가게주인이 몸을 내밀며 왼쪽으로 가게 네 군데 넘어간 쪽에 있는 노점을 가리킨다. 눈을 돌리니 노점의 바로 옆 골목으로 통하는 벽에 구멍이 뚫려 있었다.

"오오, 엄청난데."

"고드름이 화살처럼 날아가 박힌 흔적이야. 금세 사라져버렸지만."

네 개나 되는 구멍은 어느 것이나 500엔 동전 정도의 크기다. 석재의 벽에 구멍을 뚫을 정도니까 맞았을 때의 상황을 생각하면 등골이 얼어붙는다.

"첫 회차에 봤던 거랑 사정이 다르잖아……. 이번엔 심사가 편치 않은가, 가짜 사테라."

섣부른 방식으로 접촉했다간 저걸 얻어맞을 처지가 되는 건 스바루 본인일지도 모른다. 이마에 더럭 식은땀이 솟는 게 느껴진다.

"그나저나 이렇게 되면 뒤처졌군, 이번 회도."

벌써 도난이 일어나버렸다면 스바루가 가짜 사테라와 능동적으로 합류하기는 어려울 것이다. 즉, 우선해야 할 것은.

"휘장을 가진 펠트와의 합류로군. 가능하면 펠트가 장물 창고에 들어가기 전에 잡아서 휴대전화와 휘장을 교환해 버리고 싶은데."

두 번이나 참살당한 장소인 만큼 장물 창고에는 접근하고 싶지 않다는 게 본심이다.

"지나치게 늦게 가도 첫 번째의 재탕. 그렇다고 롬 영감과 합류해 펠트를 기다리면, 두 번째를 그냥 고스란히 답습하는 처지가 되고……."

역시 중요해지는 문제는 펠트의 거처다.

현재 펠트는 가짜 사테라로부터 도망치기 위해서 온 왕도 내를 한참 뛰어다니고 있으리라. 최종적으로 펠트가 장물 창고에 도착하기 전에 미리 접촉하고 싶다.

"혹은 '사망귀환' 한다면 차라리 이번 회는 조사를 위해서 버려볼까……?"

유효한 수단이라는 생각도 들었으나, 스바루는 그 계획을 고개를 저어 즉각 기각.

세 번의 죽은 경험을 감안한 다음에 나온 결론이지만, 죽는 건 세 번 모두 글자 그대로 죽도록 괴로웠다. 다시는 맛보고 싶지 않다.

덧붙이자면 역시 '사망귀환' 의 상세를 모른다는 불안감이 있다. 버린다는 판단을 하고 모든 것을 못 본 체하고 죽어 봤더니 거기서 잔여 횟수 제로였습니다—라면 농담거리도 못 된다.

"결국 숨이 붙어있는 한은 힘껏 발버둥 칠 수밖에 없어. 당연한 노릇이지만."

결론 내리고, 허리를 비틀어 사악 돌리면서 준비 체조. 스바루는 가게 앞에서 국민 체조가 시작되어 민폐스럽다는 티 내는 주인장에게 가볍게 조깅하면서 손을 들었다.

"고마워, 아찌. 왜 갑자기 도와줬는지 모르겠지만."

"별 거 아냐. 조금 전에 꼬마랑 똑같이 무일푼인 애한테 미아가 된 딸이 도움받은 직후라서 그래."

가게주인의 대답에 스바루는 놀라서 무심코 터졌다. 운명의 강제력. 가게주인의 귀여운 딸은 아무리 곤경에 처해도 누군가 도와준다. 그 사실을 안 것만으로도 이곳에 온 보람이 있었다.

“좋았으! 이번에야말로 가자. 다음엔 삼과 꼭 사줄게.”

“그래, 산다면 손님이다. 그렇다면 환영이지. 일해라, 무일푼.”

“넵넵. ——다음엔 진짜 돈 들고 올 수 있기를 바라고 있어.”

성의 없는 배웅을 받으며 스바루는 달리기 시작한다.

향하는 곳은 빈민가——단, 장물 창고와는 다른 방향이다. 장물 창고로 갈 경우의 BAD 플래그는 조금 전의 고찰에 따른다. 그렇다면, 다른 선으로부터 공격하기로 하자.

5

“펠트 녀석의 소굴이라. 그거라면 그쪽 길을 두 골목 지나 안쪽까지 가서 나와.”

“고맙다. 살았어, 형제.”

“신경 쓰지 마라, 형제. ——그, 뭐냐, 굳세게 살아라?”

쓴웃음과 함께 삐걱대는 문 너머에서 중년의 얼굴이 사라진다. 그 뻣뻣한 웃음에는 시종일관 동정의 빛이 사라지지 않았다. 스바루는 자기 작전이 통해서 슬그머니 주먹을 움켜쥔다.

“첫 회와 2회째의 빈민가 경험으로부터 이끌어 낸 작전이었지만…… 효과 직방이군.”

말하면서 스바루는 마른 진흙 때문에 푸석푸석해진 체육복 소매를 턴다.

빈만가에 도착해서 펠트의 행선지를 밝혀내기 위해 스바루가 떠올린 묘안이 초라한 모습을 연출하는 것이었다.

첫 번째 세계, 가짜 사테라와 빈민가를 돌았을 때, 띵똥땡에게 엉망진창으로 당한 스바루를 본 주민들의 반응은 그 나름대로 동정적이며 협력적이었다.

두 번째, 별반 대미지도 없는 상태에서의 차갑고 쌀쌀맞은 반응과는 운니지차였다. 그 점을 되새겨 이번엔 다소 오버일 만큼 겉보기로 난리쳐봤다.

"뭐, 무슨 동물 건지 모를 똥도 밟았지만. 보자, 이걸로 잠자리랄까 소굴은 포착한 것 같지만…… 문제는 펠트가 돌아올지 말지군."

다행히 주민 네 명에게서 알아낸 펠트의 소굴이 있는 장소는 일치했다. 단, 펠트가 도망쳐 들어올지 어떨지는 반반이다. 추적자를 우려해 돌아오지 않을 가능성도 있다.

"생각해 봤자 도리가 없지. 답이 안 나오는 사항은 고민하지 않는다, 오케이."

망설여봤자 어쩔 수 없는 사항은 망설이지 않는다. 스바루의 결단력이 여기서도 빛난다.

굳은 진흙을 탁탁 털어내고서, 스바루는 잔달음질로 빈민가의 안쪽으로 간다. 변함없이 어둑한 골목, 발밑의 정체 모를 물웅덩이 따위를 뛰어서 회피. 그런 순간에, 건너편에서 나타난 사람과 부딪힐 뻔했다.

허둥지둥 몸을 피하다 길가의 벽에 등을 부딪힌다. 무심결에 "으극!" 하고 숨이 턱 막힌다.

"어머, 미안해. 괜찮니?"

"괜찮아, 괜찮아. 이래 봬도 난 튼튼한 게 장점—— 윽?!"

허세를 부리려 고개를 들어 상대를 확인한 스바루의 어미가 쏙 빠진다. 스바루의 그 째진 목소리를 듣고 흑발의 여성은 자그맣게 "후후." 하고 웃는다.

"재미있는 아이구나. 그래서 정말로 괜찮고?"

귀에 닿는 머리칼을 쓸어 넘긴다. 단지 그뿐인 몸짓이 어딘가 그윽해, 스바루는 변함없이 거동 하나하나가 몹시 야릇하다고 내심 생각한다.

절대로 재회하고 싶지 않았던 상대다.

두 번에 걸쳐 스바루의 내장을 내다 뿌린 상대——엘자가 서 있다.

"——그렇게 무서워하지 않아도, 아무것도 하지 않는데."

"무서…… 무서워하진, 않았거든? 무슨 근거로 그런 소리를……."

"냄새……."

허세를 떠는 스바루를 무시하고 엘자는 그 두 눈만으로 살포시 웃는다.

'냄새?' 하고 스바루가 고개를 갸웃하는 앞에서 그녀는 그 보기 좋은 코로 작게 킁킁거린다.

"무서워하고 있을 때, 그 사람으로부터는 무서워하는 냄새가 나는 법이야. 너는 지금 무서워하고 있어. ……또, 화내고도 있어. 나한테."

즐겁게 이쪽의 내심을 폭로하며 치뜬 눈으로 쳐다보는 엘자.

스바루는 말없이 간살스러운 웃음으로 응대하면서, 경종 같은 고동을 죽이고자 길게 호흡한다.

침묵을 지키는 스바루를 보는 엘자의 눈동자가 뱀처럼 가늘어졌다. 그 시선에 움츠러들면서도 눈을 피하는 약한 티만은 드러내지 않는다.

그녀는 그런 스바루의 허세에 입술을 혀로 적신다.

"……조금 궁금해지지만, 됐어. 지금은 소동을 일으킬 수 없어서."

"부, 불온한 발언인데. 너무 겁주면 미인이 허사라고."

"어머, 말 잘하네. ——적의를 숨길 수 있었으면 더 좋았을 거야."

뻗어온 손가락이 스바루의 이마를 가볍게 누르고, 그것만으로도 경직해 있던 몸이 해방된다.

스바루는 숨을 내뱉으며 어깨를 오르락내리락한다. 엘자는 건드린 손가락을 입술에 대고서 말한다.

"그럼 실례할게. 또 만날 것 같은 느낌이 드는걸."

"다음은 밝고 사람이 잔뜩 있는 장소라면 나도 긴장 풀 수 있어."

그렇게 비아냥거리는 것이 한계였다.

엘자는 관능적인 미소만을 남기고 검은 외투를 나부끼며 골목의 어둠에 녹아든다. 글자 그대로 사라진 엘자를 지켜보다가, 스바루는 와락 피로를 느끼면서 벽에 몸을 기댔다.

"예사…… 예상외의 재회였군. 장물 창고 전에는 이 주변에 얼쩡거리고 있었냐……."

최종 보스(엘자)와의 예기치 못 한 조우에 마음이 꺾일 지경이었다.

마음의 준비가 필요하다는 의미에선 스바루에게 가짜 사테라 이상의 존재다. 가능한 한 엘자와 만나는 건 이번이 마지막이기를 빌고 싶다.

"펠트의 소굴은 이 안쪽일 텐데……. 설마, 이미 엘자가 날뛴 다음일 가능성은 없겠지……?"

사람의 배를 회 뜨고 쾌감에 잠기는 변태다.

약속 시간까지 시간을 죽이고자 스리슬쩍 두세 명 썰었어도 이상하지 않다. 하물며 장소가 빈민가의 오지씩이나 되면 싫은 상상이 몰아친다.

"괘, 괜찮겠지, 아마. 피 냄새나 옷에 튄 피나 없었……던 것 같고."

부엌 쓰레기와 썩은 냄새 때문에 피의 냄새는 알 수 없으며 어두워서 혈흔 따위 확인할 여유는 없었지만, 분명히 없었을 거라고 생각한다. 생각하고 싶다.

엘자와의 조우로부터 5분 뒤, 구질구질 낡아빠진 집에 다다랐다.

"정보로 보면 이거 같은데…… 여기, 사람 사는 데인가?"

스바루는 문이라 여겨지는 나무판자 앞에 서서 무심코 고개를 갸우뚱한다.

눈앞에 있는 낡아빠진 집의 넓이는 대략 공사현장 등지의 가설 화장실 두 개분쯤 될까. '*앉으면 다다미 반쪽, 누우면 다다미 한쪽' 이란 말을 기본으로 가는 느낌이다.

"소굴이라고 하던 말이, 틀리진 않다 싶지만……."

그래도 그렇게 조그만 여자애가 여기에 살고 있다니 가엾게 느껴진다. 돈에 억척스럽고 성공에 목을 맨 심보도 어쩔 수 없다고 용서할 수 있을 듯한 기분이 들기 시작했다.

"이런 데서 조그만 몸을 더 조그맣게 웅크리고 살고 있잖아. 마음씨가 배배 꼬여버려도 그야 어쩔 수 없지. 아아, 불쌍하게도. 불쌍해라."

"말이 지나치잖아, 배알 꼴리네. 이 오빠 남의 잠자리 보고 못 하는 소리가 없어."

그때, 동정 모드에 들어가 있던 등에 누가 말을 걸어 돌아본다.

눈 앞, 게슴츠레한 눈으로 스바루를 쏘아보고 있는 건 금발의 자그마한 소녀——펠트다.

복색, 자세는 여태까지와 차이가 없다. 여느 때와 같은 꾀죄죄한 몰골이 약간 더 지저분하게 보이는 건 이번 도주극이 여간 치열하기 짝이 없었다는 의미일까.

"왜 더더욱 딱하다는 얼굴이셔. 꼬질꼬질한 계집애라고 사람 얕잡아 보냐?"

"그것과는 별개의 애수다만…… 일단 뭐, 만나서 다행이다."

스바루는 불쾌감을 감추려고도 하지 않는 소녀를 보고 무심코

---

* 앉으면 다다미 반쪽, 누우면 다다미 한쪽 : 일본 속담. 아무리 큰집에 살아도 사람 한 명이 차지하는 공간은 그뿐이라는 의미다.

안도해 어깨를 축 늘어뜨린다.

펠트와의 재회, 그것은 솔직히 기쁜 일이다. 엘자와의 이상 접근이 터져 어떻게 될지 걱정했지만, 뚜껑을 열어보니 조짐이 썩 좋다고 할 수 있다.

스바루의 중얼거림에 그녀는 "뭐야, 손님이야?" 하고 콧소리를 냈다.

"여기 왔단 말은 내게 용무 있단 거지? 꼴 보니 여기 주민은 아닌 것 같은데."

"오. 나를 동류 취급하지 않다니, 안목이 있으셔."

"여기 족속들이라도 조금은 더 단정하게 하고 다닌다고. 그렇게 더럽히면 티가 너무 확확 나거든. 솔직히 지금의 댁, 우리 패거리들보다 더 꾀죄죄해. 나 이상으로."

변함없이 말로는 지지 않는 계집애라는 생각에 조금 전의 동정을 벌써부터 반려하고 싶어진다.

"그래서, 용건은? 도둑질 의뢰라면 선금을 내. 상대의 질에 따라선 추가금 받지만."

"도둑질 위탁이라니…… 염치없는 장사를 다 해. 손버릇 나쁜 게 자랑이냐."

"사는 수단의 문제지. 이게 없으면 몸이라도 팔 수밖에 없어. 그래서 어쩔 거셔. 아니면 다른 용무야? 경우에 따라선……."

손가락을 까닥까닥 움직여 재주 좋은 손놀림을 어필하는 펠트.

그 손바닥에 별안간 마법처럼 작은 나이프가 떠오른다. 경우에 따라서는 그것을 자위 수단으로 삼는다는 경계일 것이다.

실제로 펠트와 푸닥거리 치르게 되면 날렵함과 날붙이가 합쳐 한판이므로 스바루에게 승산은 없다. 하기야 그럴 작정 따위 털끝만큼도 없다.

스바루는 손가락을 세우며 경계하는 그녀에게 "쯧쯧쯧." 하고 혀를 차며 말했다.

"내 용건은 하나뿐. ——네가 훔친 휘장을, 이쪽에서 사들이고 싶어."

6

일이 여기에 이르러, 스바루는 쓸데없이 돌아가면 인상만 나쁘게 할 뿐이라고 판단했다.

근방에 엘자가 배회 중이란 사실도 있어 이 거래를 곧장 매듭지어버리고 싶다.

하지만 펠트는 휘장을 간수 중인 곳으로 보이는 가슴께를 손으로 막으며 반박했다.

"어떻게 내가 휘장을 쌔빈 걸 아는 거야? 의뢰인 외에는 누설하지 않았을 테고 훔친 건 바로 전이야. 주워들었다고 치기엔 귀가 너무 밝은 거 아니셔?"

"그런 말 들으면…… 그런 감도 드는군? 나 너무 섣부르지 않아?"

"……좀만 더 속내 감춰봐, 오빠. 조금 찔린 정도로 너무 탈탈 턴다."

스바루가 깜빡 실언에 머리를 부둥켜안자 펠트의 얼굴이 맥 풀린 표정을 짓는다.

펠트는 쭈그려 앉은 스바루에게 무릎을 굽혀 눈높이를 맞춘다.

“그래서? 휘장을 사들인다는 게 뭔 말인데? 애초에 이걸 의뢰한 언니랑 댁은 딴 사람이지? 장사 경쟁자나 뭐 그런 거야?”

“장사 경쟁자랄까 부모의 원수 같은 상대랄까 오히려 내 원수 비슷한가?”

“못 알아먹겠네. 뭐, 그딴 거야 아무래도 됐다만.”

스바루가 어떻게 둘러댈지 골머리를 썩이고 있으려니 펠트가 싱겁게 웃는다. 그녀는 품속에서 용을 본뜬 휘장을 꺼내어 스바루에게 자랑하듯이 흔들흔들 흔들면서 말을 잇는다.

“나야 매수 가격이 높은 쪽에 팔아치울 뿐이지. 의뢰를 파기해서 상대편 언니가 화낼 가능성도 충분히 있지만.”

“그 화내는 방식이 장난 아닐 가능성도 있는데요—. 아니, 그건 이쪽 얘기지만.”

스바루는 헛기침하고 진지한 얼굴을 한다.

“그럼 교섭 받아준다 이거지?”

“이문 남을 가능성이 있는 얘기라면 뭐든 듣다마다. 당연한 거 아냐?”

“야무지기도 하셔. ……이쪽은 성금화로 스무 닢 이상의 가치가 있는 것을 준비하고 있어. 그 조건으로 네 휘장을 사들이고 싶다.”

움찔. 펠트의 귀가 움직이며 붉은 눈동자가 고양이처럼 동공을 좁힌다. 동요를 들키지 않게 숨기려는 모양이지만, 보이지 않는 꼬리가 파닥거리는 게 빤해서 훈훈하다.

"헤—, 그러셔. 가격 한 번 세게 매겨주잖아. 내 고생도 보답 받겠어. ……그치만 댁 장사 경쟁자도 그 정도 가격 매겨줬는데?"

"거짓부렁 마라. 성금화 열 닢의 거래잖아. 욕심 부리면 죽는다. 아니 진짜로."

실제로 첫 번째의 사인은 그런 느낌이었을 거라 예상된다. 사인:탐욕이다.

정확한 숫자까지 맞춰서야 속일 수 없다고 여겼으리라. 펠트는 스바루의 말에 가볍게 눈을 크게 뜬 다음, 별수 없다는 양 머리를 긁는다.

"뭐야, 거기까지 알고 있어? ……그래 맞다고. 성금화 열 닢이야. 그렇다고 해도 교섭 상대가 나온 걸 알면 더 얹어줄지도 모르는데 말야?"

그쪽은 거짓부렁 아니라구? 라며 입술 끝을 말아 올리는 추정 열서너 살짜리.

"닳고 닳으셨군. 순순히 이쪽으로 타협해두라고 말해 봤자 안 듣겠고."

"당연하지. 그보다 애초에 댁이 방금 한 이야기도 미심쩍어. 내 귀가 똑똑히 들었거든. 댁은 성금화 스무 닢이 아니라, 그 가치가 있는 것이라고 말했어. 교섭하는데 잡은 카드가 일방적으로 알려진 건 불공평하지 않나."

"교섭할 때까지 손에 쥘 카드를 얼마나 준비할 수 있느냐는 데에서 기량이 드러나는 법이라고 생각하지만…… 이쪽 카드를 제시하지 않으면 판단 못하는 것도 사실이니."

심사가 꼬여서 시간이 경과할 우려도 피하고 싶다.

스바루는 품속에서 교섭의 키 아이템인 휴대전화를 꺼낸다.

소형 기계의 출현에 펠트는 아주 살짝 눈썹을 찌푸릴 뿐이다. 변함없이 금전에 직결되어 있지 않으면 담박한 반응밖에 보이지 않는 애다.

"그게 성금화 스무 닢이야? 내겐 손거울이나 뭐 그런 걸로밖에 안 보이는데."

"이건 항간에 대유행인 '미티어' 란 물건이야. 시간을 잘라내어 동결시킨다――라고."

연속 셔터 기능을 온. 기계적인 촬영음과 빛을 연발시킨다.

백광이 골목을 가르며 정통으로 빛을 받는 펠트. "와앗." 하고 웬일로 여자애다운 반응을 보였다. 스바루가 군소리 내뱉고 싶어 보이는 펠트에게 휴대전화의 화면을 들이밀었다.

"이게 이 '미티어' 의 힘이야. 이렇게 정교한 그림을 남길 수 있지. 더 PR해 보자면 세계에 하나뿐인 귀중품. 자, 어때."

이제 슬슬 익숙해지기 시작한 스바루의 기능 설명에, 펠트는 "흐응." 하고 콧소리를 낸다. 찬찬히 손 안의 휴대전화를 주시해, 한 차례 핥듯이 보고 난 다음 수긍하며 끄덕인다.

"……거짓말은 아닌 것 같은데. 그런데 이게 나야? 깔끔하게 세계를 잘라 낸다면 난 더 미인일걸."

"열악한 생활환경과 빈약한 식생활 때문에 건강이 부실한데다, 장사 정신 씩씩하다기보다 억척스럽고 얍삽한 성격만 없으면 본바탕은 좋다고 본다! 꾸밈의 문제지!"

"말 가려서 나온 게 그거면 오빠는 남하고 대화하는 재능이 없어. 나 참."

괜한 반감을 사긴 했으나, 감촉이 좋다. 다만 그렇게 간단히 받아주지 않는 게 이 빈민가 주민의 억척스러운 면이기도 하다.

"단, 진귀하단 거야 인정하지만 성금화 스무 닢이란 말은 미심쩍거든? 말해두는데, 교섭 상대의 의견을 꼴딱 받아줄 만큼 골 비진 않았다고."

"……거야 뭐, 당연하겠지. 나로서는 뇌가 스펀지라도 전혀 상관없지만, 실제로 제3자의 의견은 필요한 노릇이긴 합지요."

페이스와 기세로 밀고 나갈 수 있으면 행운이었지만, 그렇게 풀리지도 않으리라는 건 예측의 범위 내. 문제는 '선의의 제3자'를 누구로 할지, 그것인데.

"이 빈민가 안쪽에, 장물 창고란 장소가 있어. 딱 이름 그대로인 장소인데, 그곳에 있는 심사 꼬인 영감님에게 묻는 게 빠른 길일걸. 물건 보는 눈은 공평하단 말이지. 그 나름대로 경험도 쌓아왔으니까, '미티어' 봐도 판단할 수 있을 테고."

"역시 그렇게 나오겠지……."

그리고 펠트의 제안도 예상된 바였다.

펠트 입장에서 따지면 장물 창고는 엘자와의 약속 장소이기도 하며, 일이 터졌을 경우에 의지할 수 있는 보디가드 할아범이 있는 거점이기도 하다.

'미티어'라는 카드의 감정 능력도 포함하면 그 선택지 외에는 있을 수 없다. 하지만 장물 창고에 도착하기 전에 결판 내두고 싶은 게 스바루의 진심에서 우러나온 속내였다.

"그 할아범에게 보여주는 건 전혀 반대하지 않는데……."

"만난 적도 없는 상대를 대뜸 할아범 취급이라네. 그러다 만나고 후회할지도 모르거든? 예의 모르는 것에겐 뜻밖에 무섭다고."

"그에 비해선 말버릇 나쁜 계집애에게 우유를 내주는 등 정성스러운 듯하던데……."

펠트를 온화한 눈으로 바라보는 대머리 노인의 옆모습을 떠올린다. 롬 영감이 보기엔 역시 손주를 귀여워하는 감정이 있는 것이리라.

어쨌든 문제는 상대가 아니라 장소였다.

"뭘 문제시하고 있는지 모르겠지만 서두를 거면 후딱 장물 창고로 가자고. 사실은 요리조리 하고 싶은 일도 있었지만."

"하고 싶은 일이라니?"

"아니, 뜻밖에 휘장 주인이 근성 있어서 뿌리치기 힘들었으니까 방해공작을 좀. 돈만 조금 주면 기꺼이 주워 녀석들이 해줄 테니 말이지."

"좋아 가자 바로 가자 확 가자 후다닥 가자."

걷기 시작하는 펠트의 어깨를 뒤에서 밀어 억지로 장물 창고 가는 길을 재촉한다.

"뭐냐고—." 라며 볼을 부풀리는 그녀를 재촉하면서, 스바루는 쓸데없는 피해를 줄인 것을 스스로 자찬. 휘장을 쫓는 가짜 사테라의 방해 따위, 푼돈 목적으로는 너무 손해 보는 역할이다. 얼음덩어리 맞고 설설 길 정도라면, 주린 배 부여잡고 집에서 자는 편이 그나마 낫다.

"단, 잠깐 보여주고 파팟 끝내고 처척 나오는 거다."

"오빠, 왜 그렇게 안절부절못하는데. 땀 줄줄 흘린다. 굳세게 살라고."

"빈민가에선 다들 그 소리 하던데 무슨 슬로건이야?!"

'굳세게 살아라' 가 아니라 '세게 나가며 살아라' 라고 고쳐 말하는 편이 낫다는 생각이다.

그런 심상도 방치하고, 네 번째 세계에서 세 번째로 장물 창고행.

——금방 나간다. 아예 냅다 뛰어 나간다. 내버려 두고서라도 나간다.

속내를 그런 결의로 불태우며, 스바루는 굳세게 눈앞의 등을 밀었다.

"아프다고."

"아얏!"

차였다.

7

소굴에서 펠트와 합류해 장물 창고에 가고자 빈민가를 지나간다.

건물 사이의 간격이 좁아, 홀쭉한 골목은 노리기라도 한 양 햇빛이 들기 어렵다. 건축상의 문제로 발생한 그늘은 무분별하게 빈민가의 울적한 분위기를 조장하고 있었다.

"————."

발밑에 축축한 감촉. 골목 가장자리에는 깨진 술병 및 종이부스러기 따위가 흩어져 있으며, 때때로 콧구멍을 찌르는 자극적인 냄새가 감도는 게 혐오감을 유발시킨다.

가짜 사테라건 펠트건 간에 여자애와 둘이 걷기에는 마땅치 않은 장소다.

"기왕이면 더 볼만한 장소에서, 손이라도 잡고 걷고 싶군."

"밥맛없는 소리 하지 마시지. 오빠, 설마 영계 취향이야?"

"난 굳이 따져보라면 연상 속성 보유자야. 그렇게 경계 마. 이리 오너라."

스바루의 중얼거림에 몸의 위험이라도 느꼈는지 떨어지려고 하는 펠트를 만류한다. 마지못해 험악한 얼굴 그대로 거리를 좁히는 펠트.

"진짜로 수상한 짓 하지 마라? 얘기 파투나서 곤란한 쪽은 형씨거든?"

"경계심을 눈곱만큼도 풀지 않는 새끼 고양이 상대로 어떻게든 친해지자고 노력하는 마음 씀씀이라 생각해 주지 않겠어? 그게 싫으면 멀리 돌아가는 짓 관둬주겠냐?"

"……어떻게."

"알아차렸느냐, 같은 소리라면 너무 사람 우습게 보지 말고. 솔직히 이 주변의 지리에는 완전히 깜깜하지만, 방향 감각에는 자신 있어. 이렇게나 꾸불꾸불 돌아가기만 하고 있으면 아무리 그래도 이상하단 것쯤 눈치챈다."

스바루는 입을 다문 펠트를 내려다보며 어깨를 으쓱인다. 정곡을 찔린 펠트는 거북하게 눈을 피하지만, 스바루는 스바루대로 내심 심장이 벌렁거리고 있다.

어쨌든 지금 발언은 완전히 스바루의 허풍이기 때문이다.

펠트의 안내로 빈민가를 걷다가, 기억에 있는 장물 창고로 가는 코스와의 차이가 마음에 걸린 점과, 한 번 발견한 눈에 띄는 벽의 낙서가 몇 번 도로를 빠져나간 다음에 다시 멀찍이서 발견된 점이 계기이긴 했다. 다만 마무리에 이르러선 허풍에 의지할 수밖에 없는 노릇.

"뭐, 의심스러워하지 말라는 게 무리란 거야 알겠다마는. 네 쪽에서는 지나치게 달가운 얘기가 굴러들어온다 싶기도 할 테니, 나를 파악해 볼 시간을 원했겠지."

"거기까지 알고서, 화도 안 내?"

"의심 사는 게 당연한 상황 만든 쪽은 나니까 그것도 너무 경우 없지. 그렇다고 해도 이쪽도 양보할 만큼 시간에 여유가 있지는 않아. 부탁이니 곧장 장물 창고까지 부탁한다."

스바루가 가볍게 손을 들어 사정사정하자 펠트는 눈을 휘둥그레 뜨며 놀란다. 그 뒤에 소녀는 금발을 난폭하게 벅벅 긁었다.

"아—, 망할, 모르겠네. 모르겠지만, 빚은 빚이지. 좋다고. 이번엔 곧장 똑바로 안내해 줄게. 뭔 일 있으면 이젠 그냥 롬 영감에게 다 떠넘길 겨."

"그 떳떳하게 남에게 기대는 자세, 싫진 않은데……, 아니, 모를 일인가."

설교 같은 내용을 말할 뻔한 자신을 깨달아 스바루는 하려던 말을 흐린다.

롬 영감에게 맡긴다고 판단을 팽개친 펠트의 본심은 어디에 있는가.

롬 영감은 펠트를 손녀처럼 귀여워해 목숨을 던질 정도의 정을 느끼고 있었다. 한편으로 펠트 쪽은 롬 영감에게 어떤 감정을 품고 있는 것일까.

미워할 수만은 없는 대머리 노인이 마냥 이용당하고 있다는 생각은 하고 싶지 않다.

스바루가 하던 말을 중단해 펠트는 눈을 가늘게 떴으나 추궁해대지는 않았다. 스바루에 대한 태도를 고친 펠트가 이번엔 멀리 돌아가지 않고 장물 창고로 가는 길을 선도한다.

스바루는 앞으로 쭉쭉 나아가는 조그마한 등을 쫓으면서, 장물 창고로 도착한 다음의 흐름에 생각을 돌린다. 이미 세계도 네 번째다. 최선의 선택지, 그것을 짚고 싶다.

고심하면서 걷는 스바루. 그때, 별안간 눈앞의 펠트가 멈춰 섰다. 소녀는 조용히 생각하고 있던 스바루를 노려본다.

"아래만 보고 걷는 거 아냐, 오빠. 쩨쩨한 성깔이 옮는다고?"

"위를 보고 긍정적으로 걷고 싶긴 하다만 발밑의 정리정돈이 너무 안 되어놨으니 위험해서 그래. ……쩨쩨한 성깔이라니."

"뻔하잖아. 여기 사는 인생의 패배자놈들 말이야."

턱을 내밀어 주위——빈민가를 가리키는 펠트. 토해내는 듯한 말 구석구석에 숨길 생각 없는 적의와 혐오감이 있어, 스바루는 이게 무슨 일인가 싶어 눈을 동그랗게 뜬다.

"패배자라니…… 그래도 그렇지 말이 지나치지 않냐."

"어디가. 이런 뒷골목 생활에 폭삭 젖어 들어서, 어떻게든 해보겠다거나 나가 주겠다는 기개까지 잃어버린 놈들이잖아. 난 끝장나게 싫어."

스바루도 얼마간의 시간을 보내 빈민가에서 생활하는 사람들과 대화를 나누기도 했다. 주민들은 말이 통하지 않을 만큼 심성이 삭막하지는 않았다. 하지만 펠트의 말대로 이곳에서의 생활로 만족하고 있다── 아니, 포기해 버렸다고 느낀 것은 부정할 수 없다.

그건 어쩔 수 없는 것이라고 단언하는 건 간단하다. 그러나 펠트는 그러기 싫은 것이리라. 소녀의 빛나는 붉은 두 눈은 뒷골목의 어스레함 속에서도 결코 그늘을 드리우지 않는다.

"난 이런 뒷골목에서 일생을 마칠 생각이라곤 전혀 없다고. 기회가 생긴다면 물고 늘어져 꼭 얻어내 줄 거야. 이번도 그렇잖아."

"그래서 그러냐……."

두 번째 세계에서 스바루와 엘자 두 사람의 약점을 이용하는 짓을 하던 펠트. 욕심 많다고만 하면 그걸로 끝날 태도였지만, 떠안은 감정을 알면 이해할 수도 있다.

빈민가를 나온다. 슬럼의 고아라는 입장에서 빠져나온다. 펠트의 행동 근저에 있는 것은 일종의 향상심이라고 할 수 있으리라.

"그래서? 성금화 스무 닢으로, 너의 그 꿈은 이룰 수 있을 것

갈냐?"

"……목표에 성큼 다가선 건 틀림없지. 나 혼자라면 무리하면 못 해먹을 것도 없겠지만."

"혼자, 라면?"

귀 밝은 스바루는 흘려듣지 않고 펠트의 중얼거림에 눈썹을 치켜뜬다. 펠트는 스바루의 반응에 제 실언을 깨달아 혀를 차며 고개를 돌린다.

"암것도 아냐. 거기까지 사정 설명할 사이는…… 난 왜 또 이렇게 나불나불거려."

"골인 지점이 보이기 시작해서 긴장이 풀린 거 아니냐?"

스바루는 입을 잘못 놀린 데에 후회를 감추지 못하는 펠트를 보고 능글능글 웃음이 북받친다.

혼자라면 빠져나올 계획도 세울 수 있는 펠트가, 빈민가에 남기고 갈 수 없는 상대가 있다. 이곳의 주민에게 적의에 가까운 감정을 품은 펠트에게 마음을 터놓을 수 있는 상대가 있다면 한 명뿐이다.

짚이는 구석이 있는 스바루는 뺨이 실실 풀릴 대로 풀리는 것을 참을 수 없다.

"뭐야, 그 헤죽이는 낯짝. 거 열 받네."

"아니, 신경 쓰지 마. 내 기우랄까, 쓸데없는 걱정이 해소됐을 뿐이니까. 그러게, 그렇겠지. 그야 그렇지. 안 그럼 이상한 노릇이니."

스바루는 노려보는 펠트에게 이를 보이며 웃으면서 무릎을 치고 납득한다.

두 번째 세계에서 겪은 펠트와 롬 영감의 가족과 다를 바 없는 대화. 두 사람의 목숨은 엘자의 손에 빼앗기고 말았지만, 죽기 직전까지 둘은 서로를 생각했던 것이다.

그리고 스바루 본인부터 펠트에게는 아슬아슬한 순간에 목숨을 구원 받은 은의가 있었다.

——가짜 사테라에게 은의를 느낀다면, 이 소녀에게도 그래야 할 것이다.

"앞길 서두르자고. 아까부터 시간 로스가 너무 많아."

"께름칙한데…… 잠깐, 어이, 하지 말라고!"

출발하며 펠트의 옆을 빠져나갈 때에 그 금빛 머리카락을 힘껏 쓰다듬는다.

단정한 것과는 연관 없는 푸석푸석한 머리지만, 가느다란 머릿결에 손가락을 넣는 감촉은 나쁘지 않다. 언젠가 빈민가를 나와 예쁘게 단장하면 필시 환히 빛나겠지.

그러한, 펠트가 품은 미래의 꿈을 이룰 수 있는 길을 트기 위해서도——.

"잘 해내야만 하겠지. ……나밖에, 할 수없는 일이야."

"못 알아먹을 소리 하며 취해있지 마! 깨문다!"

싫어하는 펠트의 머리에 손을 얹은 채, 스바루는 조용히 결의를 굳힌다.

가짜 사테라뿐만 아니라 펠트와 롬 영감, 스바루의 마음을 움직인 사람들 앞에 기다리는 운명을 바꿔주겠다고.

——틀림없이 그러기 위해서 세계에 재도전 하게 된 것이니까.

"작작 좀, 하라니깐——!"

깨물렸다.

8

"큰 쥐에."

"붕산 경단은 어디서 팔고 있어? 독."

"백경에."

"내 선장의 원점은 역시 에이허브 선장입니다. 낚싯바늘."

"……우리의 존귀하신 드래곤 님께."

"판타지 세계니까 실제로 있겠지만 정작 대면하면 아무것도 못 한다고 보증. 하지만 로망이니까 만나고 싶은 것도 사실이라는 모순이 염병할 기분."

"쓸데없는 수식어 달지 않으면 암호도 말 못하느냐! 괜히 더 부아가 치밀어!"

문이 안쪽에서 걷어차여 작살나듯이 열렸지만, 이를 예측했었던 스바루는 후방으로 물러나 노 대미지. 분한 듯 목을 그르렁거린 사람은 입구 높이에 신장이 맞물리지 않는 낯익은 대머리——롬 영감이다. 얼굴이 새빨개져서, 혈압이 높아 보이는 몰골.

"너무 머리에 피 몰면 혈관 끊어진다고. 현대 의학으로도 꽤 위험해."

"몸에 나쁘다고 여기면 화 돋우지 마! 무어냐 너! 오늘은 사람 물려야 하니까 못 들어온다!"

"아—, 미안. 이놈도 내 손님이야. 떫겠지만 들여보내 주라."

스바루의 배후에 숨어 있던 펠트가 미안한 듯이 말하자 롬 영감이 어깨를 푹 떨군다. 침울해하는 롬 영감과 휘파람 부는 스바루. 펠트는 두 사람을 번갈아 보고 한숨.

"오빠 진짜로 성격 나쁘다. 좋게 말해도 최악이야. 들어간다, 롬 영감."

고개 떨군 롬 영감의 옆을 펠트가 당연하다는 양 지나쳐 장물 창고 안에 들어간다.

펠트에게 설명을 요구하는 시선을 무시당한 롬 영감은 곤혹한 얼굴로 스바루를 보았다.

"마이페이스한 녀석은 이래서 못 써. 우리 같은 일반인은 내버려둔다고. 안 그래?"

"단어의 정의부터 다시 하라고 싶은 참일세……. 어여 들어가."

롬 영감이 이도 저도 다 포기한 듯 무책임한 태도로 거체를 웅크리며 안에 돌아간다. 스바루 역시 그 등을 따라 먼지 많은 장물 창고의 공기에 환영받으면서 안으로.

슬쩍 경계하면서 눈초리를 안에 던지지만, 다행히도 엘자나 가짜 사테라가 먼저 대기 중이라는 사태는 일어나지 않은 모양이다. 펠트는 태평하게 카운터 위에 걸터앉아 남의 거처에서 자기 집인 양 우유를 맘대로 따라 마시고 있다.

"뭐야. 차가운 건 이거 하나란 말이야. 안 줘."

"뺀질뺀질하기 짝이 없어서 신경이 꿈쩍도 안 한다, 너. 영감님, 난 술로 됐어."
"형씨도 상당히 유들유들해! 안 나눠줘! 안 나눠줄 거다!"
쿵쾅쿵쾅 마루를 삐걱대며 거체가 뛰어서 카운터 건너편의 술곳간 같은 나무상자를 눈길로부터 지키려고 한다. 연민조차 유발하는 동요에 스바루는 "농담이야." 하고 작게 웃는다.
"그래서, 영감님. 꽤 시간 로스 났기에 샛길로 빠지기 전에 냉큼 본론으로 들어가고 싶어."
"벌써 퍽이나 샛길로 빠진 감이 있다만…… 뭐냐."
"부탁하고 싶은 건 감정이라고 해야 할까. 내가 들고 온 '미티어'에 가격을 매겨서, 그 가치를 펠트에게 보장해줬으면 해."
할 말이 장사 얘기임을 알고 롬 영감의 잿빛 도는 눈이 진지함을 띤다.
롬 영감은 확인하듯이 펠트에게 시선을 던지고, 펠트의 끄덕임을 보자 시선을 되돌렸다.
노인의 눈이 감정품을 찾는 것이 전해져 스바루도 품에서 휴대전화를 꺼낸다. 메탈릭한 외견이 롬 영감의 관심을 끌었는지, 지나치게 큰 손 안에서는 그야말로 장난감 같은 기기를 섬세한 손가락 놀림으로 확인하듯이 매만졌다.
"이게 '미티어'. 어지간한 나도 보는 건 처음이다만……."
"아마 세계에 한 개밖에 없어. 그리고 자못 여린 기계니까 취급에는 주의. 작살나면 진짜로 죽어야만 하는 레벨이야. 재시도 쪽 의미로."

찬찬히 외장을 확인하고 있는 롬 영감이 접이식 핸드폰을 느릿하게 연다. 기동음이 최초의 놀람을 부르고, 더해서 대기 화면이 2연타 놀람을 유발한다.

"이 그림은……."

"타이밍 상 딱 괜찮겠다 싶어서. 효과 여부를 자랑하는 의미로 우리 펠트의 하루――를 대기시켜봤지."

대기 화면은 뒷골목에서 촬영한 펠트의 사진이다. 제일 귀엽게 찍혔다고 여겨진 것을 뽑아냈으므로, 좋은 화질 덕도 있어 그럭저럭 볼 만한 그림이 되었으리라 생각한다.

롬 영감은 그 사진과 바로 옆에서 우유를 홀짝이는 펠트를 비교하고 입을 열었다.

"이건 놀랐는데. 이만큼 정교한 그림을 그릴 수 있는 놈은 없을 게야."

"시간을 잘라내어 그곳에 봉해 넣는 '미티어' 지. 사람이 그린 그림으로는 도저히 불가능할 만큼 예쁘지? 뭐하면 영감님도 촬영하겠는데."

"흥미는 있지만 무서운 느낌도 드는구먼. 생명은 가져가지 않나?"

"역시 어느 시대 어느 세계에서도 사진 보고 떠올리는 건 그런 미신이군……."

스바루는 *다이쇼 이전 같은 반응을 보이는 롬 영감에게 쓴웃음 지으며 "촬영되어도 여든까지 무난하게 살아." 라고 서두를 깐

---

* 다이쇼 : 일본의 연호. 서기 1912~1926년 사이에 사용되었다.

다. 귀를 쫑긋 세우고 있던 펠트의 반응이 귀엽기도 해, 허가를 얻은 다음에 촬영한 사진을 보고 롬 영감이 "으음." 하며 신음한다.

"이건 확실히 두 손 들었으이. 만약 내가 취급한다면 성금화로 열다섯…… 스무 닢은 밑돌지 않게 처리해 보이지. 그만한 가치는 있어."

장사꾼으로서의 장인 정신이 자극 받았는지, 매우 눈을 빛내는 롬 영감.

장물을 팔아넘기는 장인이라는, 긍지로 여겨야 할지 심히 미묘한 직업의 인물의 장담이긴 해도 솔직히 든든하다. 스바루는 자랑스럽게 콧구멍을 벌름거리며 펠트를 돌아본다.

"해서 뭐, 내가 쥔 카드는 대충 이래. 선언대로 성금화 스무 닢 이상의 물품. 이걸로 네 휘장과의 물물교환을 제의하고 싶다."

"그 얼굴, 언뜻언뜻 내비치지만 화딱지 나는걸."

펠트는 스바루 기대대로 상황이 진행되는 게 재미있지 않은지 불만스러운 표정이다. 하지만 그래도 제 품이 두둑해지는 사정과는 바꿀 수 없는 것이리라.

"뭐, 그 '미티어' 가 돈이 된다고 보장이 붙은 건 솔직히 기분 좋아. 성금화 스무 닢이란 말도 의심할 것 없이 끝날 거 같고. 댁 카드는 이해했어."

"그치?! 그럼 교섭 성립된 걸로 쳐. 잘 파는 건 그쪽 하기 나름이고. 힘내셔! 그럼 얘기는 마치고, 지금부터 다 같이 거래 성립 축하한 김에 한 잔 하러 가자!"

총총히 펠트에게 걸어가 "응." 하고 손을 내밀어 휘장을 요구한다. 하지만 펠트는 스바루의 손바닥 위를 부드럽게 눌렀다.

"잠깐 기다려. 왜 그렇게 서둘러?"

"인생이란 유한해. 1초 1초를 소중히, 낭비를 최대한 덜어냄으로써……."

"아—, 네, 네. 그런 건 됐고요. 근데……."

펠트는 그 붉은 눈동자를 좁히더니, 담담한 태도로 마침내 핵심을 찔렀다.

"애초에, 왜 오빠는 이 휘장을 원하는 건데?"

9

으극. 무심코 숨이 막히는 모습을 보였다가 스바루는 자기 실책을 깨달았다.

이번에야말로 방금까지와 같은 넉살이 발동해야 할 때였건만 말이 나오지 않는다.

스바루의 침묵에 펠트는 아주 살짝 입매 끝의 힘을 풀었다.

"내게 의뢰해온 언니도 설명하고 싶어 하지 않던데, 오빠도 그러시군?"

"……애초에 도둑질 자체가 좋지 않은 얘기니까, 찜찜한 이유가 있는 건 누구나 똑같다고 생각하는뎁쇼—."

"하지만 댁은 특히 더 찜찜하다 이거지. 하긴 침착하게 생각해보면, 도둑질을 의뢰받은 물품을 옆에서 빼돌리려 하는 판이니."

펠트는 사냥감을 괴롭히는 고양이 같이 잔혹하게 스바루를 몰아세운다.

"이 휘장은 뭐지? 실은 요놈에겐 겉보기 이상의 가치가 있는 거 맞지? 그래서 다들 원하는 거야. 즉, 요놈은 '미티어' 이상으로 돈이 된단 뜻이지."

"그만, 펠트. 너, 그 생각은 진짜로 위험하다고. 이야기의 흐름 상 무슨 말을 꺼낼지 대강 예상이 가는 게 게임 사고방식이라 뭣하지만…… 그건 진짜로 관둬."

펠트의 수전노 게이지가 올라가는 것을 보고 스바루는 식은땀을 흘리면서도 제지한다. 이대로 교섭을 길게 끌면, 기다리는 건 BAD END의 운명이다.

"성금화 스무 닢 이상, 그 값으로 타협해둬! 그 이상은 원하지 마! 엘…… 네게 의뢰한 놈도 성금화 스무 닢이 한도야! 그 이상은 내지도 않아!"

"댁이 어떻게 그걸 알아."

"아……."

"얘기하다 다 분 꼴이네. ──관계자라고."

'사망귀환'이 있으니까 알고 있는 것뿐이라고 버틸 수 있으면 얼마나 편할까.

하지만 실제로 그 설명을 한다고 하더라도 믿어줄 만한 증거가 없다.

의심의 눈이 깊어진 펠트에게 이미 스바루의 말은 대안 없이 믿을 만한 가치가 없을 것이다. 이렇게 되면 힘으로 그녀에게서 휘장을 탈취할 수밖에 없다.

"그런데 그러려면 이쪽의 근육 할아범이 거추장스러워……."

"한껏 당하고 있구먼, 애송이. 손아래 계집년에게 꼴이 한심해."

"영감님 가르침 탓이잖아, 이거. 너무 벅차서 울 지경이다."

폭력 사태로 몰고 가면 롬 영감에게 두들겨 맞고 뻗는 게 결말이다.

가령 탈취하는데 성공했다고 하더라도, 뜀박질로 펠트에게 이길 수 있다는 생각은 들지 않는다. 스바루는 바람처럼 달리는 펠트의 모습을 보았었다. 뿌리칠 수 있을 리 없다.

"펠트, 부탁한다……."

"부탁받은들 말이지. 댁을 교섭 상대라고는 인정해. 하지만 의뢰인의 의견도 듣지 않으면 페어가 아니지. 휘장의 진짜 가치를 설명하고, 상응하는 대가를 준비한다면 이야기는 별개지만."

캐묻는 눈에는 먼지만한 용서도 자비도 없다.

소녀의 두 눈은 스바루의 태도로부터 진실을 움켜쥐려고 열심인 낌새다. 하지만 스바루가 휘장을 원하는 이유는 엘자와 다르게 단순한 은의에 관련된 것이다.

펠트가 교섭에 열심인 이유도, 그것이 누구를 위한 건지도 안다.

스바루는 숨을 멈추고, 곧 말했다.

"내가 그걸 원하는 이유는…… 원래 주인에게 돌려주고 싶기 때문이야."

"——뭐?"

그렇기에, 진심을 털어놓는 행동이 스바루가 보일 수 있는 모든 성의였다.

"난 그것을 주인에게 돌려주고 싶어. 그래서 휘장을 원해. 그뿐이야."

스바루는 고개를 들어 눈을 크게 뜬 펠트에게 같은 말을 고한다.

홍색의 두 눈이 적의로 빛나며 위협해대지만 스바루는 그 반응을 받으며 침묵을 지킨다. 장난칠 여유도 없이 성의를 담아 머리를 숙일 뿐이다.

"……펠트. 아무래도 이 애송이, 거짓말하는 것처럼은 보이지 않는다만."

"롬 영감까지 왜 또 말리고 그래. 뻔히 농담 아니겠어? 주인에게 돌려준다? 거금까지 내고 훔친 상대한테 되사서 말이야? 웃기시네. 경비병 한 명이라도 데려와서 날 붙잡아버리면 그걸로 끝나는 얘기 아니냐고."

그건 되지도 않을 얘기다. 가짜 사테라는 이 건에 경비병이 관련되는 것을 원하지 않았다. 따라서 협력을 제의하는 라인하르트의 후의마저 거절한 것이다.

스바루는 가짜 사테라의 뜻에 맞지 않는 행위를 할 수 없다.

그것만이 스바루가 다할 수 있는 성의이며, 생명을 구원받은 은의에 대한 대답이니까.

"할 거면 그나마 나은 거짓말을 해. 진지한 척 해도 안 속아. 그렇지 않으면, 나는…… 그래. 난 속지 않아."

"펠트……."

뭔가를 떨쳐내듯이, 펠트는 목이 졸린 듯 잠긴 목소리로 말한다.

염려하는 낌새의 롬 영감은 그녀의 속내를 알고 있는지, 그 표정에는 애처로운 빛이 있다.

단지 그 고집스러운 태도를 보아 펠트 스스로 제 마음이 돌아서는 것을 단단히 금지하고 있음을 알았다.

즉, 교섭은 실패로 끝났다는 뜻이다.

"——누구냐."

롬 영감이 표정을 바꾸어 장물 창고의 입구를 노려본 것은 그때였다.

교섭 결렬의 충격으로 멍해져 있던 스바루는 롬 영감의 말에 대한 반응이 늦는다.

"내 손님일지도 몰라. 아직 이른 것 같지만."

펠트가 문 쪽으로 가 아직 노기가 식지도 않은 얼굴 그대로 문에 손을 댄다.

스바루는 급속히 치밀어 오른 초조감을 알아차린다.

장물 창고, 노크, 펠트의 손님——그것들이 부합해 도출된 답은 하나뿐.

"——열지 마! 살해당해!!"

예정보다 빠르다. 창문에 비치는 해의 빛은 아직 높으며 일몰이라기에는 빛이 너무 세다.

첫 번째 세계에서도, 두 번째 세계에서도 절망은 일몰 뒤에 찾아왔다.

아직 시간은 있다고 얕잡아 봤던 것은 아니다. 하지만 너무 이르다.

——아직 무엇 하나 세계를 바꿀 조건을 충족시키지 않았건만.

제지의 목소리는 제때 맞추지 못 한다. 펠트의 손은 문에 올라가고, 밀어젖힌 저편으로부터 노을빛이 장물 창고의 어슴푸레한 어둠을 아련하게 걷어냈다. 그리고.

"——살해라니, 난데없이 그런 무서운 짓을 하지는 않아."

은발 소녀가 불퉁한 얼굴로 입술을 삐쭉이며 창고 안으로 발을 내디디고 있었다.

제5장 『제로부터 시작하는 이세계 생활』

1

"다행이야, 있어줘서. ——이번엔 놓치지 않을 거야."

발을 들이민 소녀——가짜 사테라의 모습에 펠트가 말도 없이 뒷걸음질 친다.

펠트의 표정은 분한 듯, 울화통에 입술을 일그러뜨리고 있다.

"너 진짜로 끈덕진 여자다. 작작 좀 포기하라 했건만."

"유감스럽게도 포기할 수 없는 것이라서. ……얌전히 있으면 아프게는 하지 않아."

이를 갈아붙일 듯한 펠트의 말에 비해 가짜 사테라가 뱉는 목소리의 온도는 매우 차갑다.

스바루는 살벌한 방향으로 변해가고 있는 창고의 분위기에 무심코 몸서리치는 것을 참을 수 없었다.

——어째서 이곳에 가짜 사테라가 있어?!

시각은 아직 저녁때에 접어든 직후. 첫 번째 세계에서는 아직 빈민가의 입구에도 도착하지 못한 시간이다. 창고에 도달한 것은 완전히 일몰 뒤일 터.

"그렇단 얘기는 이 애, 내가 없으면 이만큼 빨리 도착할 수 있었단 말이냐."

뒷골목에서의 스바루 치료 이벤트가 없어도 사테라는 자력으로 여기까지 다다르는 것이다.

시공을 넘어 자기 자신이 얼마나 무용지물인지 증명되어 뭐라 말 못할 기분에 젖는다.

그런 허무함을 느끼는 스바루를 내버려 두고 사태는 시시각각 진행 중이다.

뒷걸음질 치는 펠트는 방의 중앙에서 더 안쪽으로 이동했고, 가짜 사테라는 자연스러운 움직임으로 문을 막는 형세로 몸을 옮기며 손바닥을 이쪽에 겨누고 있었다.

희미하게 공기에 금이 가는 소리가 울린 까닭은 가짜 사테라의 손바닥을 기점으로 마법이 전개되고 있기 때문이다. 특기 마법이 얼음 계통인지 공중에 고드름이 생겨남에 따라 실내 온도가 떨어지기 시작한다.

"내 요구는 하나뿐. ——휘장을 돌려줘. 그건 소중한 물건이야."

공중에 뜬 고드름 숫자는 여섯 개. 첨단부가 뭉툭해서 위력은 예리함보다 무게를 중시하고 있다. 하지만 명중하면 돌팔매와 비교도 되지 않는 타격이 있을 건 틀림없다.

스바루는 자연스레 그 표적에 자기가 포함되었단 사실에 식은 땀을 흘리면서 긁어 부스럼 만들지 않도록 침묵하며 바라볼 수밖에 없다.

"……롬 영감."

"못 움직여. 성가신 일을 성가신 상대째 끌고 들어온 노릇이구먼, 펠트."

조용한 부름에, 롬 영감은 거체를 긴장시키면서 고개를 가로저어 대답한다.

롬 영감의 손 안에는 어느 새 곤봉이 잡혀 있었지만, 그 곤봉을 든 굵은 팔뚝은 왠지 미덥지 않다. 망설이듯, 당혹해하듯, 잡은 손을 벌리다가 오므리기를 반복하고 있었다.

"뜨기 전부터 졌다고 인정하는 거야?"

"단순한 마법사 상대라면 나도 빠진 않는다만. ……이 상대는 위험혀."

롬 영감은 도발적인 펠트를 나무라며 그 잿빛 눈을 가늘게 뜨고 가짜 사테라를 본다.

가짜 사테라를 내려다보는 롬 영감의 두 눈——거기에 떠오른 것은 강한 경계와, 외경의 마음이었다.

"아가씨. ……너, 엘프렷다."

떨리는 입술에서 나온 롬 영감의 물음. 그 내용에 스바루는 무심코 고개를 쳐들어 버린다.

'엘프' 라고 입 밖으로 말한 롬 영감의 추측은 절반만 옳다. 스바루는 첫 번째 세계에서 그녀의 입으로 그 내력을 전해 들었다.

롬 영감의 물음에 가짜 사테라는 잠시 눈을 감았다가, 자그맣게 숨을 내뱉으며 보충했다.

"정확히는 달라. ——내가 엘프인 건, 절반뿐이니까."

아픔을 고백하는 듯한 말투에 스바루는 눈썹을 찡그린다.

하지만 가짜 사테라의 고백에 크게 반응한 쪽은 나머지 두 명이었다. 특히 펠트의 반응이 두드러져서, 그녀는 몸을 크게 꿈틀거리면서 물러나 외쳤다.

"하프엘프…… 그것도 은발?! 설마……!"

"닮기만 했지 남이야! ……나도, 난처해하고 있는걸."

스바루는 이해할 수 없는 대화였지만, 그게 얼마나 가짜 사테라에게 본의가 아닌 대화인지는 다소 전해진다.

하지만 가짜 사테라의 부정은 펠트의 경계를 푸는 데는 이르지 못했다. 그러기는커녕 펠트는 이 상황에서 아직도 침묵을 고수하고 있는 스바루 쪽을 바라보며 홍색 두 눈에 적의를 머금는다.

"오빠. 보아하니 날 속여 넘겼군?"

"뭐?"

"주인에게 돌려준다느니 이상한 말을 나불대니까 수상쩍다 싶긴 했어. 골목 놈들한테 참견질 못 시키게 한 것도 작전이지? 한패였던 거 아니냐고."

원망조차 담긴 펠트의 추궁에 스바루는 오해가 생겼음을 깨닫는다.

하지만 한편으로는 가짜 사테라가 이 단기간에 장물 창고까지 도착한 정황이 보였다.

역시 본래 가짜 사테라가 이 시간에 이곳에 도착하는 일은 있을 수 없는 것이다. 본래라면 펠트에게 고용된 빈민가 사람들의 훼방이 있어 가짜 사테라의 도착은 늦어질 터였다.

펠트를 재촉한 스바루의 행동으로 발목 잡기가 발생하지 않아, 가짜 사테라는 곧장 여기까지 도착할 수 있었던 것이다.

펠트의 의심은 진실이 아니지만 일부분을 찌르고는 있다. 그리고 사실 상황은 스바루가 바라는 쪽으로 기울어가고 있었다. 본심을 말하자면 스바루의 손으로 휘장을 되찾아 가짜 사테라에게 주어 상찬을 얻고 싶은 바였지만, 주인에게로 돌아갈 수만 있다면 사치스러운 말은 못 한다.

이 흐름 그대로 밀어붙이면 차선책이라고 할 수 있을 것이다. 그런데.

"……? 어떻게 된 거야? 당신들, 동료가 아니야?"

다투기 시작한 펠트와 스바루를 보고 가짜 사테라가 반응한다.

펠트는 곤혹스러워하는 가짜 사테라에게 코웃음 치는 태도로 "핫." 하고 숨을 내뿜었다.

"연극하지 마시지. 궁지에 몰린 건 이쪽이야. 당당히 휘장을 되찾아서 내 얼간이 짓이라도 비웃으면 되잖아."

"그거 너무 비굴하잖아. 형세 좀 불리해진 정도로 과장스럽긴."

"고스란히 저 언니야 끌어들이고서 그 소리냐. 아—아, 젠장. 속았다!"

난폭하게 금발을 긁으며 혀를 차는 펠트와, 그 소녀다운 면이라곤 전무한 태도에 눈썹을 좁히는 가짜 사테라. 미묘한 엇갈림과 험악한 공기에 스바루는 숨을 집어삼키며 눈길을 뒤룩뒤룩 굴린다.

그리고 스바루는 눈치챘다. ——가짜 사테라의 오른쪽 가슴에, 붉은 꽃 장식이 달랑이고 있는 모습을.

"하——."

스바루는 지금까지 품어오던 자신의 미망이 전부 다 어처구니 없어져 웃었다.

가짜 사테라의 엄한 표정과 태도에, 스바루는 거절당한 지난 회의 루프를 떠올려 꽁무니를 빼고 있었다. 하지만 가짜 사테라의 마음씨는 세계를 몇 번 반복하더라도 변함이 없었다.

——미아가 된 여자애를 구했다는 증표가 그 사실을 증명하고 있다.

"자자, 괜히 복잡해지기만 하니까 그만 됐잖아. 펠트는 휘장을 돌려줘. 그리고 사테…… 너는 빨리 여기서 나가고. 이젠 도둑맞지 않도록 해라."

"왜 갑자기 친절히 굴어주고 그래? 엄—청 석연치 않은데……."

"수긍 안 가는 건 나도 똑같아. 오빠, 댁은 대체 뭐야?"

마음을 새롭게 다잡으려고 했지만, 사태 중심에 있는 두 사람의 집중포화를 맞고 설득은 실패. 스바루는 눈으로 롬 영감에게 도움을 청한다.

"마법사가 상대면 분별없게는 움직이지 못 한다. 성급하게 굴면 아니 돼."

하지만 이쪽 의도와는 다른 주의를 촉구해왔다. 못 써먹을 할아범이라며 스바루는 내심 혀를 차는 기분을 눌러 참고, 여성진 둘이 던지는 매서운 눈총에 어찌 응할지 고개를 모로 꼰다.

그때—— 검은 그림자가 은발 소녀의 등 뒤로 살며시 미끄러지듯이 다가들고 있었다.

"——팩! 막아!!"

살포시 베어 문 미소가 그림자로 탈바꿈해 달리고, 번뜩이는 은빛이 하얀 목덜미에 꿈틀거리는 듯한 움직임으로 덮쳐든다. 순간, 부릅뜬 스바루의 눈앞에서 소녀의 목이 날아간다.

——그것이 본래라면 일어날 미래였으리라.

요란한 소리. 강철이 뼈를 가르는 소리가 아니라, 강철이 유리를 깨는 듯한 울림이 고막을 진동시켰다. 살짝 몸을 구부린 가짜 사테라의 뒤통수, 그곳에 푸르스름한 빛의 마법진이 전개된다.

마법의 빛이 칼끝을 막아 은색 소녀의 목숨을 가까스로 부지시키고 있었다.

몸을 날리며 돌아보는 가짜 사테라. 그녀의 흐르는 은발 틈새에 회색 체모의 작은 동물이 서 있다. 팩은 핑크빛 코로 의기양양하게 흐흥 소리를 내며 흘끗 스바루를 보고서 말한다.

"이게 또 꽤나 종이 한 장 차의 타이밍이었는걸. 살았어."

"나이스, 팩. 산 쪽은 오히려 이쪽이지. 고맙다."

엄지를 세우는 듯한 새끼 고양이의 몸짓에 응답해 스바루 또한 동요하는 중에도 엄지 척.

현재는 일몰 전——즉, 가짜 사테라의 든든한 백업이 근무 중인 시간이다.

순간적으로 목소리가 터져 나왔다고는 해도, 예상을 넘는 팩의 활약으로 그녀의 몸은 지켜졌다.

그리고 고스란히 기습이 막힌 모양새가 된 습격자는.

"——정령, 정령이라. 후후후, 멋져라. 정령은 아직 배를 갈라본 적 없으니까."

흉인을 얼굴 앞에 들어 올려 황홀한 표정을 짓는다. 낯익은 살인귀——엘자였다.

갑작스러운 방문자의 출현에 스바루와 가짜 사테라가 동시에 경계한다. 하지만 엘자에게 항의한 건 양쪽 다 아니었다.

"이봐! 뭐 어떻게 된 거야!"

앞으로 발을 내딛고 노성을 지른 사람은 펠트다.

펠트는 자신이 가진 휘장을 품속에서 꺼내며 엘자에게 삿대질한다.

"이걸 사들이는 게 댁 일이었을 텐데! 이곳을 피바다로 만들 거면 얘기가 다르잖아!"

"훔친 휘장을 사들이는 게 책임. 주인까지 들고 와서야 거래 얘기 따위 도저히 영 무리. 그러니 예정을 변경하기로 한 거야."

분노로 얼굴을 붉히던 펠트가 살의에 젖어 바라보는 엘자의 눈을 보고 숨을 집어삼킨다. 엘자는 그런 펠트의 공포를 사랑스러운 듯 내려다 보았다.

"이 자리에 있는 관계자는 몰살. 휘장은 그런 다음에 피바다에서 회수하기로 할게."

그녀는 자애로운 어머니의 미소를 지은 채 냉엄하게 말하고, 고개를 기울이며 뒷말을 이었다.

"——당신은 일을 완수하지 못했어. 버려져도 어쩔 수 없지."

"————으."

펠트의 표정이 고통으로 일그러진다. 다만 그것은 공포가 아닌 별개의 감정으로 보였다.

엘자의 말이 펠트의 어느 심금을 건드렸는지는 모른다. 몰랐지만.

"너, 까불지 마——!!"

실력 차이도 잊고 고함칠 만큼 스바루의 화가 치밀게 할 원인은 되었다.

놀란 듯 스바루를 보는 엘자. 펠트와 롬 영감, 가짜 사테라도 예외가 아니다. 하지만 가장 놀라고 있는 사람은 다른 누구도 아니다. 스바루 본인이었다.

자기 자신도 왜 이렇게 미치도록 화가 났는지 원인을 알 수 없다.

알 수 없기에 복받쳐 오르는 감정에 맡겨 전부 토해 내기로 했다.

"이런 조그만 꼬마 괴롭히고 뭘 즐기냐! 창자에 사족을 못 쓰는 새디스틱 여자가!! 예정 틀어졌다고 밥상 뒤집어 전부 파투 내겠다니 얼라냐 넌! 목숨을 소중히 해! 배 갈리면 얼마나 아픈지 알고나 있냐, 난 압니다!!"

"……무슨 말을 하는 거니, 너."

"나 자신 안의 생각지 못한 정의감과 의협심에 맡겨 이 세상의 부조리를 탄핵하는 중이야! 나한테 부조리란 다시 말해 너고 이 상황이고 채널은 고정하시죠!"

알아먹지 못할 스바루의 노성에 엘자가 희한하게도 어이없다는 듯이 자그맣게 한숨. 스바루는 그런 엘자의 태도에 미묘하게 상처받으면서도 침 튀기는 기세를 그대로 몰아 외쳤다.

"네, 시간 벌기 종료——해치워버려, 팩!!"

"후세에 남기고 싶은 훌륭한 꼴불견이었어. ——기대에 응해

드릴까."

지면을 쿵 구르는 스바루에게 표표한 목소리가 응하고, 엘자가 퍼뜩 고개를 든다.

멈춰 선 엘자의 주위, 전 방위를 에워싸는 것들은 첨단부를 곧추세운 고드름. 그것이 스무 개 이상.

"아직 자기소개도 하지 않았군, 아가씨. 내 이름은 팩이야. ——이름이나마 기억하고 떠나도록 해."

직후, 전 방위로부터 고드름의 포격이 엘자의 온몸에 쏟아졌다.

2

"————!"

엇갈리는 고드름은 하얀 안개를 피워 올리며 검은 외투의 그림자를 저온의 폭풍우로 뒤덮는다.

고드름의 속도는 골목에서 본 속도를 족히 뛰어넘어, 가까스로 착탄을 눈으로 좇을 수 있는 수준이다. 끝 부분이 날카로운 그것은 인체를 쉽사리 뚫어, 투명한 탄두를 선혈로 붉게 물들일 것이다.

게다가 고드름은 족히 스무 개. 명중하면 치명상은 면할 수 없다. 그런데도.

"해치운 겐가?!"

"왜 여기서 그 대사를 말해버렸어——?!"

지금까지 침묵을 지켜왔으면서, 중요한 타이밍에 최악의 말

참견을 한 대머리.

스바루의 외침에 호응하듯이.

"——대비는 해둬야 하는 법이네. 무거워서 싫었지만, 입고 온 게 정답."

하얀 연기를 가르듯 흑발을 너울대며 엘자가 뛰어나와 있었다.

쿠크리 나이프를 크게 치켜들어 몸놀림 가볍게 스텝을 밟은 몸에 부상은 보이지 않는다. 걸치고 있던 검은 외투를 벗어 던지고, 그 아래 피부에 찰싹 달라붙은 흑의만이 남은 것 외에 조금 전까지와 차이는 보이지 않았다.

"설마, 코트 자체가 무거워서 벗음으로써 가뿐해졌다는 식의 전개야?!"

"그것도 재미있지만, 사실은 더 단순한 내용이지. ——내 외투에는 딱 한 번, 마(魔)를 물리치는 술식이 짜여 있었어. 구사일생해버렸지 뭐야."

엘자가 스바루의 걱정에 정성껏 응답하며 낮은 자세로부터 칼날을 정면으로 내지른다.

칼날 앞에 있는 것은 큰 기술을 쏜 직후의 가짜 사테라다.

직선으로, 가짜 사테라의 가슴을 관통하려 하는 칼날. 무심코 소리를 지르려 하는 스바루.

하지만——

"정령술 쓰는 사람을 얕보지 말 것. 적으로 돌리면, 무섭거든."

가슴 앞에서 손을 마주치는 가짜 사테라. 그 정면에 다중 전개된 얼음의 방패가 엘자의 칼날을 쉽사리 막아내고 있었다. 일격이 막힌 엘자는 즉각 백 텀블링해 뒤로 회피.

엘자를 쫓듯이 지면에 꽂힌 것은 살짝 사이즈가 작아진 고드름의 연격.

추가공격은 은발의 바로 옆, 지휘자처럼 팔을 휘두르는 팩이 쏜 것이다.

"공격과 방어의 역할 분담——실질적으로 2 대 1의 상황이야."

"저게 정령사의 까다로운 점인 게야. 한쪽이 공격하고, 한쪽이 방어. 경우에 따라선 한쪽이 간단한 마법으로 시간을 벌고 다른 한쪽이 큰 기술을 터트린다…… 같은 짓도 가능하다. '정령사와 만났으면 무기와 지갑을 던지고 도망쳐라.' 라는 게 전장의 철칙이지."

감탄하는 스바루 옆에서 곤봉을 부여잡은 롬 영감이 묵직하게 중얼거린다.

그 의견에 순순히 끄덕인다. 말마따나 정령술사의 연계는 그리 쉽게 무너뜨릴 수 있는 게 아니다.

"그런데, 영감님은 뭘 하려고 하는 중이야?"

"기회를 봐서 엘프 아가씨에게 조력을 하려고. 저쪽이 그나마 말이 통할 것 같구먼."

"잠깐 잠깐 잠깐 잠깐 잠깐 잠깐 잠깐! 관두시라고! 분명히 발목만 잡을 뿐이니까! 오른팔과 목을 잘려서 당하는 결말이 뻔해. 가만히 있자고!"

"불길한 소리 하는 게 아냐! 어째선지 정말로 잘린 느낌이 들었잖느냐!"

실제로 두 번쯤 잘린 모습을 보고 있으므로 진실미가 있는 발언. 다른 차원에서 썩둑 당한 게 전해지는지 팔과 목을 잡는 롬 영감.

그런 대화 중에도 전투는 속행 중이다.

익살로 롬 영감을 말렸지만, 실상 끼어들 틈도 찾아낼 수 없는 전투가 이어지고 있었다.

——무수한 얼음덩어리가 잇달아 생겨나 실내를 종횡무진 난무하고 있다.

하지만 그런 얼음의 폭력 속에 있으면서도, 엘자의 몸놀림은 인간의 경지를 까마득히 초월해 있었다.

몸을 돌리고, 땅을 기듯 몸을 숙이며, 때로는 벽조차 발판 삼아 중력을 무시한 회피 행동을 취한다. 그런데도 미처 피할 수 없다고 판단하면 흰 칼날로 얼음을 깨 하얀 결정을 분쇄하여 무산시킨다. 물량을 압도적인 기량으로 회피하는 가공할 전투 기술이다.

"전투에 참 도가 텄네, 여자애인데."

엘자의 신기(神技)라고 표현할 수밖에 없는 센스에 공격하는 쪽인 팩마저 감탄한다.

"어머. 여자애 취급받는 건 무척 오랜만인걸."

"내 눈으로 보면 대부분의 상대는 갓난아기나 마찬가지인 셈이니까. 그건 그렇고, 넌 가엾을 만큼 강하구나."

"정령에게 칭찬받다니 황송하기도 해라."

찬사를 솔직하게 기뻐하면서, 엘자의 우짖는 칼날이 주위의 얼음덩어리를 쳐낸다.

발사된 얼음의 숫자는 이미 백에 육박할 텐데 최초의 선제공격을 빼고는 엘자의 몸에 직접 닿은 것은 하나도 없다.

"이대로 물량으로 밀어붙이면 소모전으로 이기겠다 싶지만…… 불안이 안 씻겨."

"저 검은 아가씨의 몸놀림이 예사롭지 않아. 그렇다고는 해도 2대 1이라면 진단 생각은 안 든다만……. 정령이 언제까지 현현할 수 있을지가 승부로세. 정령이 빠지면 대번에 형세가 기운다."

"으익, 그러고 보니 그렇지. ……슬슬 다섯 시를 지나가나?!"

첫 번째 세계에서 팩이 잠든 시간은 분명히 일몰로부터 조금 지났을 즈음이었다.

저녁때의 전투 개시로부터 시간은 그다지 경과하지 않았지만, 이만큼 마법전을 벌여서야 저장해 두었던 마나라는 것 또한 성대하게 쓰고 있는 판국이 아니겠는가.

"즐거워지기 시작했는데, 마음이 딴 데 팔려 있다니 매정해라."

몸을 틀어 고드름을 회피한 엘자가 중얼거린 말이 스바루의 염려를 긍정하고 있었다. 팩이 엘자의 말을 받아 자기 수염을 가볍게 손으로 튕긴다.

"인기 있는 수컷의 힘든 점이지. 여자애 쪽이 재워주지 않는다니까. 하지만 봐, 밤을 새면 피부에 좋지 않잖아."

팩은 엘자의 도발을 가볍게 받아 넘기지만 그건 부정하는 말이 아니다.

역시 한계가 가까운가 싶어 초조감이 스바루를 애태우지만, 별안간 엘자의 움직임이 멎었다. 팩은 움직임을 멈춘 엘자에게 그 검은 눈으로 요령 좋게 윙크한다.

"슬슬 막을 내리도록 할까. 같은 상연 목록도 보기 질렸지?"

"——발이."

발을 내디디려고 한 순간, 엘자가 앞으로 고꾸라지며 손을 짚었다. 엘자의 오른발이 동결된 바닥에 들러붙어 있었다.

깨진 얼음덩어리 파편이 떨어지고 쌓여, 엘자의 발을 얽어매는 쐐기의 역할을 하고 있다.

"목적 없이 뿌려댔던 건 아니야옹."

"……감쪽같이 당했다는 걸까?"

"세월의 차이라고 여기고, 순순히 칭찬해주어도 되다마다. 잘 자."

팩이 가슴을 펴고, 소녀의 어깨 위에서 팩의 작은 몸이 가늘게 흔들린다.

마치 필살기라도 쓸 것 같은 자세. 양손을 앞으로 내밀고, 그곳으로부터 여태까지 중에서 최대급의 마력이 집중——조사(照射)되는 광경이 스바루에게도 보였다.

마법력은 이미 얼음 모양을 빌리지 않고, 그저 순수한 파괴의 에너지로서 발사되었다.

푸르스름한 빛이 사선상의 모든 것을 얼리며 장물 창고를 일거에 하얗게 물들인다.

에너지는 엘자를 관통해 장물 창고의 입구에 꽂힌다. 잘 여닫히지 않던 문을 튕겨 날리고 바깥에까지 동결의 여파를 남기는, 차원이 다른 위력이다.

극광이 지나간 뒤에는 빙결만이 남아 장물이든 가재도구든 카운터든, 몽땅 한꺼번에 깡그리 동토 안으로 내던져졌다.

물론 직격을 받으면 인간조차도 얼음상이 되는 일은 면하지 못한다.

단——,

"말도, 안 돼……."

"안 될 것도 없어. 아아, 멋져. 죽어버리는 줄 알았어."

직격을 받았더라면 그렇다는 얘기다.

"……여자애니까, 난 그런 건 탐탁지 않은걸."

비장의 수단이 빗나간 꼴이 된 팩이지만, 그 말에 언외의 분노 따위는 포함되어 있지 않다. 순수하게, 엘자의 행위 자체에 불만을 품고 있는 어조다.

——피가 뚝뚝 떨어져, 동결된 바닥 위에 아련하게 수증기가 오르는 것이 스바루에게도 보였다.

피의 발생원은 엘자의 오른발이다. 빙결 마법의 사선상으로부터 살짝 떨어져서 맨발로 선 그녀의 오른발로부터는 엄청난 출혈이 보인다.

당연하리라. 어쨌든 그녀의 오른발 바닥은 뭉텅 잘려 나갔으니까.

"서두르다가 절단할 뻔했는데, 위험한 고비였지 뭐야."

"그것만으로도 상당히 아플 텐데."

"응, 그러게. 아파. 하지만 멋져. 살아 있단 느낌이 있는걸. 그리고……."

걱정하는 듯한 팩의 말에 엘자는 황홀한 눈길로 끄덕이며 그 출혈 중인 발을 주저 없이 옆의 얼음덩어리에 밀어붙인다. 대기에 금 가는 소리에 요염하게 엘자의 목이 그르렁거리고, 직후에 휘둘러진 나이프가 얼음의 표면을 깎는다. 그것만으로도 발바닥을 얼음으로 막는 난폭한 지혈은 끝이다.

"조금 움직이기 어렵지만 충분해."

딱딱한 발소리와 함께 얼음의 신발을 신은 엘자가 차라리 즐거운 듯 웃는다.

자해조차 가리지 않는 전투 중독 증상에 이미 스바루는 말도 나오지 않았지만, 더 심각한 것은 그녀와 맞서고 있는 가짜 사테라 일행 쪽이었다.

"팩, 할 수 있겠어?"

"미안, 무지 졸려. 좀 얕잡아 봤었어. 마나 다 떨어져 사라지겠다."

소녀의 중얼거림에 대답하는 팩. 그 말소리로부터 비로소 여유가 사라졌다.

은발의 옆, 어깨 위의 새끼 고양이――그 모습이 희뿌옇게 빛나며 당장에라도 사라질 것만 같이 아련하게 변색되고 있다. 마감 시간인 것이다.

"뒷일은 이쪽에서 어떻게든 할 테니, 지금은 쉬어. 고마워."

"네게 무슨 일이 있으면 난 계약에 따른다. ――여차하면 오드를 쥐어짜 내서라도 날 불러내는 거야."

충언을 남기고 팩의 몸이 불현듯 안개 모습으로 화해 사라진다.

그 이탈에 스바루는 입술을 깨문다. 하지만 스바루보다 더 어깨를 떨어뜨리며 실망한 쪽은.

"——아아, 가버리는 거야? 그건 아주 유감스러운 일인걸."

바로 생명의 쟁탈전을 연기하던 엘자였을 것이다.

엘자는 쿠크리 나이프를 다잡고 높은 구두 소리를 내며 가짜 사테라 쪽으로 간다.

마주하는 가짜 사테라의 주위에 고드름이 잇달아 생겨나지만, 고드름의 숫자는 팩이 쏜 것에 비하면 꽤 줄어 있다.

기동력이 깎인 엘자가 상대라고 하더라도 승산은 반반가량일 것이다.

"슬슬 그냥 보고만 있을 수는 없겠구먼."

상황을 불리하다고 봤는지 롬 영감이 곤봉을 틀어쥐며 무거운 엉덩이를 들었다.

"승산은 이제 몰라. 그냥 가만히 보고 있어도 때를 놓칠 뿐이야. ……알고 있겠지? 펠트."

"알고 있다니깐. 도망친다고 해도 슬슬 움직이지 않으면 안 된다는 거."

처음 엘자의 공갈 이후로 여태까지 한 마디도 입을 열지 않았던 펠트.

펠트는 롬 영감의 옆에 나란히 서더니 문득 스바루 쪽을 돌아보았다.

"아까는 그 뭐냐…… 좀, 위안이 됐어."

"——아?"

"조금뿐이지마는. 아니 그보다 누구더러 애야. 난 이래 봬도 열다섯이라고. 오빠랑 거의 다를 바 없잖아."

"……난 올해로 열여덟이야. 차에 탈 수 있거니와 결혼도 할 수 있어."

"안 그래 보여—! 얼굴이 너무 애다. 상판에다 좀만 더 인생 새겨 두셔."

——평범한 일상을 슬로건 삼아 치안이 좋은 일본에서 뺀질뺀질 살아왔었습니다.

그 모자란 각오를 비웃는 것 같아서, 스바루는 한심스러운 마음에 고개를 숙인다.

이 자리에서 가장 약한 사람이 자신이다. 그리고 결여된 게 전투력뿐이라면 또 몰라도.

"다리가 떨려서 움직이지도 못해. ……각오도 딸리신다 이거지."

참가 자격 이전의 문제로 스바루는 이 전투에 개입할 수가 없다.

롬 영감은 완력으로, 펠트는 각력으로, 그리고 가짜 사테라는 그 마법력으로 전투에 임할 수 있다. 하지만 엘자의 이상성(異常性)은 그것들을 능가하고도 남는 것이다. 실제로.

"밀리기 시작했구먼."

롬 영감의 단적인 감상이 전부 나타내고 있었다.

얼음의 탄막은 끊임없이 발사되고 있지만 엘자의 검무 앞에 깨져나가 닿질 않는다. 가짜 사테라는 춤추는 듯한 엘자의 참격을 얼음 방패로 막으며 잇따르는 연격에 발밑을 얼려 활주, 종이 한 장 차로 회피한다. 다시 고드름의 탄막으로 거리를 벌리지만 열세는 부정할 수 없다.

상황을 바꾸려면 가세가 필요 불가결하다.

"간다——!"

스바루와 같은 상상을 한 것이리라. 우렁찬 외침을 지르며 롬 영감이 전선에 참가한다.

치켜 든 곤봉이 강풍을 휘감으며 뻗어나가 몸을 굽혀 피하는 엘자의 뒷머리를 살짝 말려들게 한다.

"어머, 댄스에 끼어들다니 정취가 없지 않을까."

"그렇게 춤추고 싶으면 최고의 댄스를 추게 해주마! 예끼, 어여어여 춤춰!"

가시 박힌 곤봉을 지르며 선에서 점으로 공격 범위를 변경. 의표를 찌른 순간적인 공격은 엘자의 목덜미를 노리고 나아가다——그 결과에 롬 영감의 목이 얼어붙는다.

"이기, 뭐여어어!"

"당신이 장사라서 이런 짓도 가능한 거야."

내지른 곤봉 끝 부분, 그곳에 가볍게 발끝을 얹은 엘자의 모습이 있다.

신들린 밸런스 감각이 있어서야 비로소 성립되는 곡예다. 그 절묘한 균형이 무너지기도 전에 엘자의 칼날이 바로 옆으로 휘둘러진다.

위치는 롬 영감의 관자놀이 높이. 직격하면 그대로 머리 부분이 날아갈 기세다.

"냅둘까 보냐—!"

까랑, 소형 나이프가 날아와 가로 한 일(一)자로 휘둘러진 칼날을 때린다.

수직에서 온 충격에 엘자의 칼날 움직임은 살짝 흐트러져, 도신 옆 부분이 속도를 늦추지 않은 채 거체의 머리통을 때린다. 강철이 뼈를 가격하는 둔탁한 소리가 울리고 롬 영감의 몸은 튕겨나듯 옆으로 쓰러졌다.

"못된 아이."

"——아으."

엘자가 사뿐히 착지해 시선만으로 펠트를 돌아보았다.

롬 영감을 치명적인 칼날로부터 구한 것은 펠트가 들고 있던 소형 나이프다. 본래는 엘자의 팔을 노렸던 것이겠지만, 순간적인 일이라 조준이 애매했던 모양이다.

이번 경우에는 그게 오히려 가까스로 롬 영감의 목숨을 구했다고도 할 수 있지만.

"각오도 싸울 힘도 없어. 그렇다면 적어도 방구석에서 웅송그리고 있어야 했건만."

높은 발소리를 내며 거리를 좁혀오는 엘자의 검은 그림자는 일순간에 미끄러지듯 펠트의 눈앞까지.

롬 영감은 머리를 맞아 기절했으며 가짜 사테라는 거리를 벌리고 있던 게 역효과가 나서 사정거리가 멀다. 그리고 펠트는 뱀 앞의 개구리 상태라 움직이지 못해——

"흐르아아아아아아압——!!"

순간적으로 그 몸을 옆에서 덮친 사람은 가장자리에서 움츠리고 있던 겁쟁이였다.

3

펠트의 허리춤에 달려들어 가벼운 몸을 끌어안으면서 지면을 구른다.

바닥에 부딪히기 직전에, 강철이 뒤통수를 스치는 감촉을 느껴 솜털이 곤두선다. 하지만 팔 안의 무게를 생각하고 억지로 기분 탓으로 돌리며 구르는 채로 거리를 벌렸다.

한쪽 무릎을 세우고 돌아보는 스바루를 놀란 얼굴의 엘자가 응시하고 있다. 엘자로부터 한 판 땄다는 기분이 들어, 어떠냐는 듯 뻣뻣한 웃음과 함께 승리를 뽐낸다.

"괜찮냐?! 필사적이었으니까 이상한 데 만졌어도 너그럽게 넘어가라?!"

"그 말 안 했으면 순순히 감사했었는데. ——그보다, 왜."

"내가 아냐! 몸이 저절로 움직이더라! 굳이 말하면 너야 모르겠지만, 이걸로 대차 관계는 없거든! 기억해둬!"

스바루는 펠트를 해방하고 주먹을 틀어쥔다.

두 번째 세계에서 엘자의 흉인으로부터 스바루를 지켜준 펠트. 이 세계에서는 의미가 없는 기억이지만 그 빚을 갚을 수 있었다.

——입은 은의는 없어지지 않는다. 그리고 해야 할 일 또한.

"잘 들어. 알겠냐, 펠트. 난 지금부터 전사한 롬 영감이랑 비숫하게 시간을 번다. 어떻게든 빈틈 하나라도 만들어 보일 테니 넌 그 틈타서 온힘을 다해 도망쳐. 알았지?"

"——! 알긴 뭘! 그게 뭐야, 나더러 꽁지 빠져라 도망치란 거야?!"

노려보듯 올려다보는 붉은 두 눈에 스바루는 얼굴을 들이밀어 응수한다.

그리고 한순간, 스바루의 기개에 주눅 든 펠트의 얼굴을 놓치지 않는다.

"그래, 꼬리 말고 꽁지 빠져라 도망가 버려. 사실은 내가 그걸 하고 싶다고. 이런 폭력 공간에 1초라도 오래 있고 싶지 않아."

스바루는 눈앞에 있는 소녀의 금발을 힘껏 매만지며, "하지만." 하고 한숨 돌린 다음 말을 이었다.

"넌 열다섯이고 난 열여덟. 아마 네가 이 중에서 제일 어릴 거다. 그렇담 네가 살 확률이 가장 높은 방법을 고르는 게 당연하지. 당연한 거라고."

"그, 게 뭐야……. 웃기지 마, 좀 전까지 떨고 있던 주제에!"

"좀 전은 좀 전! 지금은 지금! 지금 안 떨고 있으니까 그걸로 됐고! 그보다 생각나는 바람에 못 움직이게 되기 전에 할 거야. 그런 이유로, 냉큼 도망치셔."

스바루는 아직도 반론하고 싶어 하는 펠트의 이마를 밀어 입을 다물게 하고, 팔다리를 굽혔다 폈다 하면서 일어선다. 발밑에 굴러다니는 건 롬 영감의 손에서 벗어난 곤봉이다. 되게 무겁지만 못 휘두를 것도 없다.

정면. 가짜 사테라의 얼음 탄막 속에서 춤추는 엘자의 움직임에 막힘은 없다. 애당초 실전 경험 전무한 스바루가 초인의 빈틈이 있는지 없는지 여부 따위 알 수도 없다. 가능한 일은 의식이 이쪽에서 멀어졌다고 확신할 수 있는 타이밍에, 목소리도 내지 않으며 기습을 먹여주는 것뿐.

한층 커다란 고드름을 내리 베고 엘자의 시야가 스바루를 완전히 사각에 넣은 순간, 호흡마저 잊으며 뛰어들어 곤봉을 내리치고 있었다.

위급 상황이라 잠재력이 다 끌려나왔는지, 곤봉의 속도는 상상 이상. 곧게 엘자의 뒤통수를 노리고 바람을 가르며——

"——노림수는 최고. 하지만 살기가 너무나 빤해서 유감이야."

"살기 말이냐! 그거 집어넣는 법은 모르제!"

바로 뒤에서 날아온 타격에 엘자는 칼등으로 곤봉을 때려 궤도를 비껴서 회피를 실행. 그 순간, 스바루는 이빨을 드러내며 부르짖는다.

"지금이다! 가, 펠트——!!"

"——윽!!"

튕겨지듯, 펠트의 왜소한 몸이 바람을 타고 뛰기 시작한다.

그야말로 눈에도 잡히지 않을 빠르기로 실내를 가로질러, 바람이 된 소녀는 출구로 돌진한다.

"가게 두리라 생각해?"

펠트의 질주를 바로 옆에서 막는 것은 엘자가 품속에서 뽑아 던진 투척 나이프.

조금 전의 펠트에 대한 앙갚음인지 심플한 장식의 나이프는 곧게 펠트의 등을 노리며 날아간다. 하지만.

"가게 두길 원한다는 게 이쪽 마음이다!"

스바루가 바로 옆에 있던 테이블을 차 올렸다. 날아가던 나이프는 튀어 오른 고물 책상에 튕겨나가 일제히 역할을 팽개친다.

"나 끝내준다! 그런데 예상 외로 발끝이 아프…… 푸가갑?!"

위급 상황의 잠재력인가, 혹은 세 번 죽어도 눈뜨지 않았던 각성의 때가 찾아왔는가.

하지만 훤칠한 다리에 머리 옆을 걷어차여 자기찬미의 말이 중단. 벽에 격돌해버린다.

지나친 위력에 눈이 핑 돌아 고통과 피 맛이 뒤늦게 찾아오고, 스바루는 이를 뱉어 낸다.

"웬일로 다소 화가 치밀더라."

"버럭버럭 좋을시고! 하항, 꼴좋다! 감쪽같이 한 명 놓쳤군!"

일어난 스바루는 엘자의 주의를 끌고자 당차게 약을 올리며 도발한다.

엘자는 스바루의 의도를 눈치챈 것처럼 미소 짓고 도망치는 펠트를 완전히 의식에서 비웠다.

"좋아, 받아줄게. 그 대신에 댄스를 지루하게 하지 말아야 해."

"말해두지만, 나랑 춤출 거면 각오하라고. 교양 없으니까 발 펙펙 밟아대거든."

스바루는 대담한 소리를 내뱉은 입에서 피를 토해내고서 손에서 놓지 않았던 곤봉을 고쳐 잡는다.

몇 번씩이고 찬스가 오지는 않을 것이다. 접근해오는 엘자를 받아치는 데에만 심혈을 쏟을 뿐이다.

"이쪽 상대도, 잊지 말아주지그래!"

등 뒤에서 급습하는 얼음의 팔매질.

뒤를 돌아보지도 않고 칼날을 휘둘러 돌팔매를 모조리 격추하는 엘자. 엘자의 인지(人智)를 넘은 초감각에 어지간한 스바루도 넉살을 마저 부리지 못 한다.

"그 놈이도 슬슬 보다 질렸는데…… 아직 내게 즐거움을 줄 수 있을 것 같니?"

묻는 목소리는 낮으며, 미소는 핏빛을 띠고 있었다. 등줄기에 한기가 싸악 뻗칠 듯한 엘자의 웃음을 보고 스바루는 흘끔 가짜 사테라와 아이콘택트.

"감추고 있는 진짜 힘 같은 게 있으면 지금 내놓는 편이 나을 거라 생각한다."

"……비장의 수는 있지만, 쓰면 나 말고는 아무도 남지 않아."

"자폭기는 봐주셔. 알았어, 빌어먹을. 부탁이니까 성급하게 굴지 말아주라?"

겁 많은 자기 자신을 떨쳐낼 작정으로 말한 스바루의 농담에, 매우 성실한 가짜 사테라의 대답. 스바루가 깊이 숨을 내뱉으며 각오를 하는 모습을 보고, 가짜 사테라는 아주 약간 입술의 힘을 빼며 입을 연다.

"쓰지 않아. 아직 당신이 이렇게나 열심히 힘내고 있는데. 발버둥 치고 발버둥 쳐서 끝까지 발버둥 칠 거야. ——부모님 신세 지는 건 마지막 수단이니까."

어쩔 수 없다는 듯이, 그렇게 얘기하는 가짜 사테라. 그 표정을 보고 스바루 속내에 불현듯 불이 붙었다.

포기할 것만 같은 얼굴이었다. 약한 마음을 받아들일 것만 같은 얼굴이었다.

스바루 안에서 가짜 사테라는 자신이 어떤 곤경에 처하든지 고개를 숙이지 않는 소녀였다. 그런 소녀이므로 스바루는 그 미소 짓는 얼굴이 보고 싶다는 생각에 노력해 왔던 것이다.

몇 번이나 목숨을 잃고서, 그러고도 스바루는 가짜 사테라를 구하기 위해서 여기까지 왔다. 여기까지 거쳐 온 길은 소녀의 이런 나약한 얼굴을 보기 위한 게 아니다.

"지금, 난 아무것도 못 봤어."

"――응?"

"지금 한 대화는 전부 취소야. 전부 취소! 왜 내가 이곳에 있는지 겨우 생각났어. 해 주겠다고, 떠그랄! 비장의 수 따위 절대로 못 뽑게 할 거다!!"

손가락을 내지르며 가짜 사테라와 엘자 쌍방에게 선언한다. 발을 구르고, 침을 튀기며, 감정이 동하는 대로, 영혼이 울부짖는 대로.

"널 날려버리고 해피 엔딩이다. 볼일 없어, 냉큼 집에나 가!"

"……기운이 넘쳐 나나 봐."

"의욕도 끓어오르기 시작한 판이지. 이번의 난 클라이맥스야. 기세가 다르거든."

가볍게 몸을 앞으로 기울이는 엘자에게 홈런 예고처럼 곤봉을 들이민다.

살포시 웃는 엘자의 미소가 어둠에 녹았다. 기는 듯한 낮은 자세로부터 미끄러지는 듯한 움직임으로 엘자가 짓쳐든다. 희미하게 번뜩이는 나이프를 시야에 넣으며 스바루는 온힘으로 곤봉을 휘두른다.

봐주기 일절 없는 풀 스윙. 때려죽일 각오를 다진 혼신의 한 방.

그러나 엘자는 도가 튼 움직임으로 더욱 자세를 낮추어, 그야말로 땅바닥을 핥는 듯한 이동으로 이를 회피했다.

"거미녀가——!"

"당신이 실에 묶이는 건 틀림없긴 하겠어."

뻗어 오르는 칼날이 보여 스바루는 순간적으로 몸을 뒤로 쓰러뜨린다. 하지만 짓쳐오는 칼날의 공격 범위로부터는 벗어날 수 없다. 등줄기에 공포가 내달려 오른다. 아무 생각도 없이 무릎을 튕겨 올렸다.

겨냥도 하지 않고 내지른 무릎이 바로 정면에 있던 엘자의 몸통을 가격한다. 칼날의 진로가 살짝 흔들렸다. 그곳에 파고드는 푸르스름한 빛. 날카로운 소리가 울린다.

"얼음 방패! 나이스 커버!"

"노린 곳에다 만드는 건 특기가 아냐! 하마터면 얼음 상을 만들 뻔했어!"

"내 게 아니라 저 녀석 거 맞지?!"

답례와 넉살을 주워섬기며 펄쩍 물러나는 스바루. 가짜 사테라는 얼음의 탄막으로 다시 엘자의 견제를 개시한다.

"날파리가 슬슬 눈에 거슬리기 시작했어. ——잡을 때일까."

"어허, 버러지 얕보지 마셔. 물려서 부어도 모른다고!"

"안전지대에서 무지 엄—청 거들먹거리네."

탄막 회피에 집중하는 엘자, 그 집중을 어지럽혀 주려고 도발하는 스바루.

본래라면 탄막에 끼어서 엘자의 등을 노리고 싶지만, 섣불리 공격에 끼어들었다간 아군 손에 오발 사격이 날 것 같아서 좀체 나설 수 없다.

가짜 사테라의 원호가 스바루의 공세일 때에 적어지는 까닭 또한 그게 원인일 것이다. 이른바 즉석 팀에 발생하기 마련인 문제다.

스바루는 얼음덩어리를 걷어내는 움직임을 눈으로 좇아 가끔 파고들어 일격이탈을 반복하면서, 점차 악화되는 상황에 이를 간다. 그러나 엘자가 마음만 먹으면 스바루 또한 롬 영감처럼 싱겁게 격침될 것은 불을 보기보다 훤하다.

이렇게 얼마간 '주고받을 수 있는' 것처럼 보이는 이유는 엘자의 의식이 스바루에게 완전히 집중되지 않았기 때문이다. 엘자의 주의는 자취를 감춘 정령의 재출현에 쏠려 있다. 그쪽에 할당한 경계의 영향이 꽤 크기 때문이다.

말을 더 보태면 겁 많은 스바루가 앞으로 한 발짝 더, 치명적인 범위로 파고들기를 피하고 있는 것도 요인 중 하나로 꼽을 수 있으리라.

만약 스바루가 용맹과감한 생초짜였다면 이 균형은 단칼에 끝났었을 것이다. 그렇다지만 그 소심성이 유효하게 작용하는 시간도 그리 오래 가지는 않는다.

차츰차츰 참격이 더욱더 가열해지고, 스바루의 긴급 회피 또한 때를 못 맞춰 생채기가 는다.

상박, 종아리, 겨드랑이, 가까스로 뒷목 등, 얕은 상처가 늘기 시작해 회색 체육복에도 혈흔이 두드러지기 시작한다.

"아파, 제길! ——어디 그래, 이러면 어떠냐!!"

아픔에 울상을 지으면서도 욕설을 외친 직후에 돌려차기를 넣는다. 여태껏 가하던 곤봉 패턴에서 일전, 의표를 찌르는 것을 노린 격투기. 하지만.

"그래, 잡았다."

"익."

찬 다리가 가뿐하게 회피되고 덤으로 엘자 손에 가볍게 잡힌다. 쳐든 쿠크리 나이프는 스바루의 다리죽지를 노리고 있다.

다리를 썩둑 잘라내고도 남을 속도와 예리함을 띤 기세다.

대퇴부 절단에 따른 출혈과 고통의 쇼크사——BAD END 4의 글자가 보인다.

——판단 실수했다!

순간적으로 곤봉을 가드로 돌리지만 한 발로 선 자세의 핸디캡 때문에 때를 맞출 수 없다.

말로 표현하지 못하는 가짜 사테라의 비명이 퍼지고, 참격이 가차 없이 스바루의 다리에 도달. 격통을 부르는 선혈의 예감에

글자 그대로 피를 토하는 듯한 절규가 오르며——,
"——거기서 끝이다."
——지붕을 뚫고, 장물 창고의 중앙에 타오르는 불꽃이 강림한다.
화염은 가공할 귀기로 실내를 석권해 엘자마저도 그 만행을 멈췄다.
발이 해방되어 외다리를 짚으며 물러선 스바루는 무심코 엉덩방아를 찧는다.
눈앞, 자욱하게 휘날리는 연기 안에서 붉게 타오르는 빛을 보았다.
"위험한 순간이었던 모양이지만, 늦지 않아서 천만다행이야. 자——."
"너, 너는……."
불꽃이 일렁이며 발을 앞으로 내디딘다.
스바루도, 가짜 사테라도, 엘자마저도 표정이 얼어붙는 존재감.
실내의 눈길을 일신에 모으고도 한 조각의 흔들림도 없이 확립된 절대적인 의지.
오로지 순수한 '정의감'을 하늘색 눈동자에 드리운 청년이 희미하게 미소 지으며 입을 연다.
"무대의 막을 내리도록 할까——!"
붉은 머리카락을 쓸어 올리며 한 명의 영웅이 드높게 선언했다.

4

입구를 바람이 되어 달려 나간 순간, 펠트는 절망으로부터 해방되었음을 느꼈다.

등 뒤에서는 대기가 얼어붙는 소리가, 강철이 부딪는 소리가 사방에 퍼지고 있다. 둔기가 공기를 후려갈기며, 이따금 "호잇." 이니 "흐악." 이니 꼴사나운 회피음도 들리고 있었다.

싸움은 여전히 지속되고 있는 것이다.

도망치는 발이 휘청거리려 해 펠트는 고개를 저어 자기 머릿속의 혼란을 부정한다.

저곳에 있었으면 내가 목숨을 잃었을 것은 명백하다.

롬 영감조차 일격으로 거꾸러뜨린 상대에게 펠트가 앙갚음할 찬스 따위 있을 턱이 없다. 그건 은발의 하프엘프도 마찬가지. 정령의 원호 없이 대적할 수가 있겠는가.

스바루 따위, 더 알기 쉽게 글러먹었다.

겉만 봐도 분명하게 생초짜로, 현장에 익숙한 낌새 역시 눈곱만큼도 없다. 손가락이 여리여리해 무기라곤 잡아본 적도 없어 보이는데다가, 고운 흑발과 피부는 상처 입은 경험도 없을 것이리라.

즉, 규중에 계신 몸이다. 싸움판에 나서겠다고 생각할 필요도 없는 신분이다.

무식하게 비싼 '미티어' 를 들고 올 수 있던 까닭도 그렇게 생각하면 앞뒤가 맞는 것이다.

고소하다고 여기면 된다. 물정 모르는 철부지가 좁쌀만 한 의

협심으로 제 분수도 모르는 짓거리를 저질렀다고, 만용을 코웃음쳐주면 그만이다.

스바루 또한 제 맘대로 겉멋 잡고 나를 도망쳐 보냈으니, 싹 도망가 주는 편이 당연히 체면이 설 거다. 당연히 그럴 텐데——.

"——누구, 누구 없는 거냐!"

뇌가 좁은 길을 선택하면 된다며 호소하고 있었는데, 펠트의 다리가 내달리는 곳은 큰 길거리로 이어지는 빈민가의 큰길이다. 다급한 얼굴로 숨을 헐떡이는 펠트의 시선은 오락가락하고 있다.

이상한 감정이었다. 펠트는 울먹이려는 제 눈꺼풀을 필사적으로 문지른다. 롬 영감이라면 또 몰라도, 그런 막 만났을 뿐인 소년이 죽는다고 한들 뭐가 어떤가.

하지만 그는 펠트 대신에 엘자의 말에 화내 주었고, 지금도 이렇게 자신을 살리기 위해서 버림돌이 되어주었다.

뭐가 뭔지 모를 감각이다. 그러나 펠트의 마음은 그 뭔가가 있기 때문에 달리는 것을 추구한다.

소년의 행동에 뭔가를 느껴버린 자기 자신이 있는 것이다. 그 뭔가가 있기에, 그 뭔가가 한량없이 열을 갈구하고 있기 때문에, 소리쳐 부르고 싶은 격정을 품은 채로 펠트는 달렸다.

그리고 거리를 몇 군데나 내달린 끝에서 그녀는——.

"——부탁이야, 도와줘."

"알았어. 돕지."

붉은 불꽃 같은 청년과 만나—— 세계의 운명을 바꾸었다.

5

"……라인하르트……냐?"

"맞아, 스바루. 금방 다시 보는걸. 늦어서 미안하다."

허릿심이 쑥 빠져버린 상태의 스바루를 돌아보며, 붉은 머리의 미청년——라인하르트가 면목 없다는 듯이 옅게 미소 짓는다.

먼지를 터는 한 동작조차도 세련된 느낌을 받아 스바루는 뒷골목에서의 띵똥땡을 대할 때와는 사뭇 다른, 그의 본질 중 한 부분에 닿았다는 생각이 들었다.

라인하르트는 방심 없는 거동으로 시선을 돌려 자신에게 적의를 발산하는 검은 옷의 미인을 바라본다. 무엇인가 생각난 듯이 그 파란 눈이 갑자기 가늘어진다.

"흑발에 검은 옷차림. 그리고 기역 자로 구부러진 북쪽 나라 특유의 도검——그만큼 특징이 있으면 잘못 보진 않지. 당신은 '창자 사냥꾼' 이군."

"뭐야, 그 무진장 살 떨리는 이명(異名)……."

"그 살해 방식이 특징적이라는 점에서 붙은 이명이야. 위험인물로서, 왕도에서도 이름이 거론되고 있는 유명인이지. 실제로는 단순한 용병이라고 하지만."

라인하르트는 스바루의 중얼거림에 성실하게 응답하고, 푸른색의 맑은 두 눈으로 엘자를 응시한다.

"라인하르트——그래, 기사 중의 기사, '검성' 의 계보라. 굉장해, 이렇게 즐거운 상대뿐이라니. 고용주에게는 감사해야만 하겠어.”

“여러 가지로 듣고 싶은 사항도 있는 바. 투항하기를 권하겠습니다만.”

“피가 뚝뚝 떨어지는 극상의 사냥감을 앞에 두고, 굶주린 육식동물이 참기라도 할 줄 아시나 봐?”

엘자가 엷은 입술을 붉은 혀로 요염하게 핥으며 황홀한 눈길로 라인하르트를 주시한다. 라인하르트는 엘자의 눈초리를 받으며 “그렇습니까.” 하고 난감한 투로 뺨을 긁는다.

“스바루, 조금 떨어져 있어. 그리고 저 노인을 안전지대로. 그 다음엔 저 분 옆에 있어주면 고맙겠어.”

“알아들었소이다. ……괴물 같은 여자니까, 방심하지 말고?”

“다행스럽게도 괴물 사냥은 내 전매특허이기도 해.”

라인하르트는 듬직하게 말을 남기고 부담 가진 낌새도 없이 걷기 시작한다.

허리에 찬 검에는 손도 대지 않으며 빈손 그대로 나아가는 전진이다.

“——쉭.”

날카로운 호흡을 토한 엘자가 손에 든 쿠크리 나이프를 목을 노리고 번뜩인다.

내달리는 은색에 스바루를 상대할 때의 가감은 없다. 공기마저 죽이고 라인하르트의 호리호리한 목에 덮쳐든다. 맞서는 라인하르트는 완전히 무방비로, 방어는커녕 회피 자세조차 잡지 않았다.

스바루는 아차 하고 라인하르트의 목이 고스란히 날아가는 광경을 환시했다. 그러나.

"여성을 상대로 그다지 난폭한 짓은 하고 싶지 않습니다만……."

라인하르트는 기분 탓인지 낮아진 억양으로, 신사적인 서두를 깔며 말한다.

"——실례."

파고드는 걸음만으로도 바닥이 파열하고, 충격파가 발생할 정도의 발차기가 엘자를 날려 버리고 있었다.

폭풍의 여파가 스바루에게까지 덮쳐들었다. 스바루는 말문을 잃는다.

별 특출 난 것도 없는 앞차기가 가옥을 뒤흔드는 바람을 낳은 것이다. 직격을 받은 엘자는 나뭇잎처럼 날아가면서도 벽을 발판으로 기세를 죽인다. 그렇게 낙법을 취한 엘자의 얼굴에도 경악이 들러붙어 있었다.

"아니아니아니아니, 진짜냐. ……이기 뭐여."

차원이 다르다는 표현을 여태까지도 몇 번이나 써왔지만, 스바루는 지금 여기서 처음으로 그 말의 정의가 완전히 그릇됐었다고 확신한다.

차원이 다르다는 표현은 틀림없이 이 눈앞의 영웅을 위해 있는 것이다.

그의 존재 앞에서는 여태껏 이 다른 세계에서 목격한 온갖 현상 전부가 희미해진다.

"소문대로…… 아니, 소문 이상의 존재구나, 당신은."

"기대에 부응했는지 모르겠군요."

"허리의 그 검은 쓰지 않나 봐? 전설의 칼 맛을 맛보고 싶은데."

엘자는 라인하르트의 검을 가리키며 진짜 실력을 내는 그와 대면하기를 바란다. 그러나 라인하르트는 엘자의 그 희망에 고개를 가로젓는다.

"이 검은 뽑아야 할 때 외에는 뽑히지 않게 되어 있는 것. 칼집에서 날이 나오지 않는다면, 그때가 아니라는 뜻입니다."

"호락호락하게 보이고 있나보네."

"나 개인으로서는 난처해지는 판단이지요. 그러니――."

라인하르트가 문득 눈길을 돌려 장물 창고 안을 둘러본다. 그러다 그는 벽 옆에 걸쳐 세워져 있던 낡은 양손검에 주목했다. 라인하르트는 칼자루를 발로 차 올려 회전하는 검을 가볍게 잡더니, 확인해 보듯이 가볍게 휘둘렀다.

"이쪽으로 상대해드리겠습니다. 불만이신지?"

"――아니야. 아아, 멋지네. 멋져. 즐거워하게 해, 줘!"

무기를 잡은 라인하르트에게 선제공격한 것은 몸을 옆으로 튼 엘자다.

참격에 도약의 속도를 싣는 엘자. 받아치는 라인하르트는 검을 바로 밑에서 위로 올려치는 자세다. 스바루는 그 찰나의 공방을 똑똑히 포착할 수 있었다.

신성함까지 느껴지는, 마성의 기술 같아 보이는 라인하르트의 세련된 참격.

그의 손 안에 있다면, 골방 창고 안에 잠들어 있던 조악한 검조차도 마치 전설로 구전되는 보검 같은 광채를 발해 보인다.
그야말로 그 검에 담긴 성능을 남김없이 쥐어짜는 검술.
라인하르트의 칼은 노린 바대로 쿠크리 나이프의 칼날 뿌리에 명중——강철 사이의 충돌임에도 있을 수 없는 절단력으로 엘자의 손에서 도신을 스치듯 빼앗아갔다.
손 안의 무기가 이른 말로에 엘자는 말도 잇지 못하고 있다.
도신이 잘려나간 나이프는 자루만이 남았고, 잘려나간 도신은.
"무기를 잃었으면 투항을 권합니다."
돌아서는 라인하르트의 한 손이 낚아채고 있었다.
잡은 도신을 손목 스냅으로 던져 예리한 소리와 함께 벽에 꽂는 라인하르트. 엘자의 목이 꿀꺽 숨을 삼키는 소리가 스바루에게도 들렸다.
"보통이, 아니구만. 나도 농담할 기력조차 솟질 않아."
스바루는 짜내듯이 감상을 읊고 부리나케 전장으로부터 거리를 벌린다.
이어서 쓰러져 있는 롬 영감 옆으로 다가가, 거체를 질질 끌어 어떻게든 벽 옆으로.
"롬 영감, 롬 영감, 어이, 대머리. 야, 살아 있냐?"
"으으…… 누가…… 대머리……."
"당연히 영감님이지, 달리 누가 있어. 난 대머리와 뚱보가 되지 않는 것만이 인생의 목표란 말이다. 영감님은 내게 있어서 반면교사 그 첫째야."
스바루는 허약하게나마 대답을 하는 이마를 두드리며 안도의 한숨을 내쉰다.

약간 세게 머리를 맞은 것 외에 롬 영감의 몸에 문제는 없는 것 같다. 기억은 조금쯤 딱한 꼴이 됐을지 모르지만, 목숨이 붙어 있으면 사소한 문제라고 넘어갈 수 있다.

"그 사람 괜찮을 것 같아?"

스바루에게 달려온 가짜 사테라가 말을 걸어온다.

가짜 사테라는 긴 은발을 등에 사라락 흘리며 혼절한 롬 영감의 부상 현황을 확인하더니, "이건 치료해야겠어."라고 중얼거리며 희미한 푸른색 빛을 손바닥에 두르기 시작했다.

"이보셔. 말해두지만 이 영감님, 네 휘장을 훔친 일당이거든?"

"그래서 그래. 무사히 낫게 하고 그 은혜를 역으로 이용해 정보를 알아낼 거야. 생명의 은인 상대라면 분명 거짓말 안 해. 이것도 날 위한 행위야."

그렇게 일일이 변명하지 않으면 자기 행위를 정당화할 수 없는 것일까.

스바루는 정말이지 멀리도 돌아가는 가짜 사테라에게 쓰게 웃으면서 전투 상황 쪽에 시선을 보낸다.

무릎을 굽히고 있는 엘자의 표정은 보이지 않는다. 라인하르트는 전의를 빼앗았다고 판단했는지 고물 검을 든 손을 늘어뜨린 채로 무방비하게 엘자에게 걸어간다.

기량 차이에 자신감이 있기 때문에 나온 행동이겠지만 자만심이 낳는 건 항상 최악의 결과다. 스바루 안에서 모종의 경종이 울린다.

"라인하르트, 한 자루 더 있다!"

엘자의 허리에서 뽑힌 두 자루째 쿠크리 나이프가 몸을 뒤로 젖힌 라인하르트의 붉은 앞머리를 살짝 자른다. 기습이 빗나간 엘자는 그 검은 눈으로 스바루를 보았다.

"용케 알았네."

"겪은 바가 있어서 말이지!"

중지를 세우고 자랑이 되지 않는 자랑. 엘자는 그것을 흰소리라 판단했는지 듣고 흘려버리며 입을 연다.

"단, 이빨은 두 자루뿐만이 아니야. ……태세 다시 잡으려는데 맞춰주겠어?"

"모든 무기를 쳐내면 만족해 주겠나."

"이빨이 없어지면 발톱으로. 발톱이 없어지면 뼈로. 뼈가 없어졌다면 목숨으로. ──그게 '창자 사냥꾼'의 방식이야."

"그렇다면 그 간판을 부러뜨리도록 하지."

허리에서 세 자루째 나이프를 뽑아 쌍칼을 겨눈 엘자가 다시 도약. 거미녀라고 욕한 대로, 엘자는 중력을 무시한 기동으로 실내를 종횡무진하게 날아다닌다.

흰 칼과 칼이 교차하며 강철 사이의 격돌에 불똥이 튀었다. 벽을 차고, 천정을 차며, 엘자는 일격이탈 전법을 반복한다. 그 공격을 받아치는 라인하르트.

일진일퇴의 공방이 눈앞에서 펼쳐진다. 스바루는 숨을 집어삼키며 지켜볼 도리밖에 없다.

"설마 라인하르트조차, 결정타로 모자라단 건 아니겠지……."

엘자의 기량은 비인간의 영역에 발을 들이고 있어 이미 눈으로 좇기조차 곤란할 지경. 단, 맞서는 라인하르트는 그 실력이 근본부터 전설급의 것이다.

하늘나라 사람들끼리의 격돌임에야 차이 없지만, 그래도 스바루는 라인하르트 쪽이 실력적으로 우세하다고 보고 있다. 그런 만큼 라인하르트의 현 상황에는 미심쩍은 기분이지만.

"……우리를 배려해주고 있는 거야, 라인하르트는."

스바루의 의문에 대답하듯이 롬 영감을 치료하고 있는 가짜 사테라가 중얼거린다. "뭐?" 하고 스바루가 소리를 높이자 가짜 사테라는 곁눈질로 보며 분한 듯 입술을 깨문다.

"내가 정령술을 쓰고 있어서 진짜 실력을 낼 수 없는 거야. 적어도 치료가 끝날 때까지는."

"무슨 인과관계로?"

"라인하르트가 정말로 싸울 마음을 먹으면 온 대기 중의 마나는 나를 외면하는걸. ――슬슬 치료가 끝나. 신호하면, 그에게 말을 붙여줘."

"어, 어어."

도통 갈피를 잡을 수 없는 설명이었지만, 부탁받은 스바루는 당혹스러워 하면서도 승낙한다.

파란 빛이 롬 영감의 머리 부분에 떠올라 있던 타박상과 작은 출혈이 있던 상처를 계속 아물게 하고 있다. 차츰차츰 핏자국과 상처 자국이 사라져 감탄하는 스바루 앞에서 가짜 사테라가 깊은 숨결을 내뱉었다.

"부탁해."

"맡기시라. ——라인하르트! 뭔지 모르겠지만, 해치워 버려!"

스바루가 방어전 일변도였던 라인하르트에게 치료 완료의 보고를 던진다.

흘끔 시선만으로 돌아본 라인하르트. 스바루와 시선을 마주치자 희미하게 주억거리며 응답한다.

"——뭘 보여주려고?"

"아스트레아 가문의 검격을——."

뛰어오른 엘자의 물음에 라인하르트가 짧고 엄중하게 응답했다.

——직후, 스바루는 장물 창고 안의 공기가 잡아 뒤틀리는 감각을 느꼈다.

6

"허?"

시야에 들어오는 대기가 뒤틀려, 기분 탓인지 방의 밝기가 한 단계 떨어진 것처럼 느껴진다.

그 정도가 아니라 연속된 빙결 마법으로 저하했던 기온이 더욱더 떨어진다. 무심코 몸서리가 일어 스바루는 자기 어깨를 껴안았다.

"엥, 어라, 야."

"미안해……. 잠깐, 어깨 좀 빌려줘."

은발 소녀가 기대와 스바루는 우왕좌왕 당황하면서 받친다.

가녀린 몸은 매우 뜨거워서 스바루는 심장이 여태까지와는 다른 원인으로 고동치는 것을 자각한다. 그러나 가짜 사테라의 표정을 보고 그런 사내아이로서의 감개도 단번에 날아갔다.

가늘고 얕은 숨을 반복하며 괴로워하는 소녀. 완전히 고열이 도진 환자다.

"왜 그래? 갑자기 컨디션이라도 나빠진……."

"아니야. 마나가…… 알 거 아냐?"

——통 모르겠다.

팔짱 끼고 단언해주고 싶은 바였으나, 그럴 분위기도 아니었다.

무엇보다 스바루의 말을 틀어막은 것은 어깨에 얹힌 무게가 아니라, 변모한 실내의 분위기——그 근원에 해당하는 존재다.

방 중앙에서 라인하르트가 양손검을 낮은 자세로 겨누었다.

아니, 검 자체는 전투가 시작한 뒤로 줄곧 겨누고 있었을 터다. 그럴진대 스바루는 그 광경이야말로 '처음으로 검을 겨누었다' 고 부르기에 합당하다고 피부로 느꼈다.

" '창자 사냥꾼' 엘자 그란힐테."

"—— '검성' 의 계보, 라인하르트 반 아스트레아."

가공할 검기(劍氣)가 실내를 에워싸며 마주 보는 두 사람의 전의에 대기가 떨린다.

엘자가 입술을 핥으며 당당히 이름을 밝히고 라인하르트 역시 엄숙하게 끄덕여 이에 응수했다.

거의 폐허로 탈바꿈한 이 장소에서 검은 옷의 살인자와 가벼운 차림새의 영웅이 마주 본다. 치고받는 강철은 피에 젖은 단

도와 녹까지 슬어버린 낡은 양손검——그런데도 불구하고 스바루는 숨을 삼킨다.

서로 이름을 대고서 지금부터 단독 대결에 임하려는 두 사람.

그 모습이 마치 영웅담의 한 구절처럼 빛나 보이기까지 했기 때문이다.

"————흡."

숨죽인 외침. 그것이 엘자의 것인지, 라인하르트의 것인지, 행여 스바루의 것이었는지는 분명치 않다.

극광(極光)이 지붕을 잃은 장물 창고를 공간째 두 동강으로 찢어발겼다.

세계가 어그러졌다고밖에 여겨지지 않는 광경. 터진 극광은 한순간 실내를 하얗게 채색했지만, 빛이 개인 직후에 세계가 격변한다. 어그러진 공간이 원래대로 돌아오려고 모여들기 시작해, 엄청난 위력의 여파로 왜곡되었던 대기가 폭풍이 되어 온 방 안에 사납게 날뛴다.

솟구치는 돌개바람이 장물을, 가재도구를, 나무토막을 말아 올리며 사방에 날뛰었다. 스바루는 그 2차 재해로부터 필사적으로 가짜 사테라와 롬 영감의 거체를 지켜낸다.

"무슨——?! 어이, 어이, 어이——!!"

폭풍의 의미는 모른다. 모르지만 원인은 안다.

'검성' 이 딱 한 번 전력으로 검을 휘둘렀다. ——그것만으로 이 참상이다.

소리 지르며 아픔과 바람을 참고 버텨낸다. 맹렬하던 위세가 줄어들고, 사방에 날아가던 나무토막과 장물이 바닥에 떨어지는 소리, 가옥이 삐걱대는 둔중한 소리 등이 연쇄적으로 종언을 고한다.

스바루는 머리에 떨어진 족자 비슷한 잔해를 내던지며 몸 바쳐 지킨 두 사람이 무사한 것을 확인. 커버가 부족했었는지 롬 영감이 우유나 뭐로 다소 더럽혀진 것 같지만, 그 부분은 봐달라고 하자.

"뭐가 괴물 사냥은 지 영역이야. 네 쪽이 족히 더 괴물이잖아!"

"그렇게 말하면 아무리 나라도 상처받아, 스바루."

파괴의 원인, 라인하르트가 쓴웃음과 함께 돌아보며 말했다.

타오르는 듯한 붉은 머리칼은 폭풍으로 말미암아 흐트러지고 태연한 얼굴에도 역시나 땀이 솟아 있다. 그리고 그의 손 안에 있는 양손검은――.

"무리를 시켜버렸구나. 편히 자거라."

손 안에서 붕괴해가는 양손검. 그 조잡한 완성도로는 라인하르트의 일격에 버티기 불가능했던 것이다. 강철 칼날이 부스러질 정도의 일격. 그것을 정통으로 받은 엘자는,

"시체는커녕 그림자도 안 남았어……. 이게 칼만 휘두른 현장이야?"

세계마저 통째로 찢어발길 듯한 참격 뒤에는, 진정한 의미로 아무것도 남지 않았다.

파괴는 장물 창고의 입구 부근을 카운터 석까지 통째로 날려버렸고, 여파는 창고 앞의 광장에도 미치고 있다. 불어 닥치는

폭풍은 건축자재를 족족 붕괴시켜 당장에라도 건물이 무너질 성싶다.

엘자가 서 있었을 장소는 당연히 참격의 범위 내이며, 검은 옷을 입은 장신의 모습은 아무데도 없다.

"하지만 이걸로……."

스바루는 긴장으로 뻣뻣하게 굳은 몸을 쭉 펴며 크게 숨을 내뱉었다.

그리고 도무지 실감이 나지 않던 사실을 확인하는 것처럼 옆에 있는 존재를 생각한다.

스바루에게 어깨를 맡긴 은색의 소녀——가짜 사테라는 아직 조금 얕은 호흡을 반복하면서도, 스바루의 눈길을 눈치채자 남보랏빛 눈동자를 이쪽에 맞추었다.

"무사하게, 끝났어?"

"그래. 진짜로, 겨우겨우 말이지."

스바루는 가냘픈 물음에 대답하고 일어서려는 소녀를 부축한다. 일어난 소녀는 자기의 은발을 빗으며 아직 불안정한 다리로 스바루의 비호에서 떨어졌다.

스바루는 자기 손에서 떨어지는 가짜 사테라를 찬찬히 바라본다.

"왜 빤히 보고 그래? 엄—청 실례라고 생각하는데."

"손발은 물론, 목도 제대로 붙어있군."

"……당연하잖아? 무서운 말 하지 말아줄래?"

스바루의 감상은 가짜 사테라에게는 의미를 알 수 없는 것이었으리라.

스바루는 게슴츠레한 눈으로 이쪽을 노려보는 가짜 사테라에게 엄지를 세우며 이를 빛낸다.

"그렇지, 당연한 거지. 물론 내 손발도 붙어있고, 등에 나이프가 돋아나지도 않았거니와, 배에 큼직한 바람구멍이 뚫려 있지도 않다고!"

"돋았다 뚫렸다 한 시기가 있는 것 같은 말투를 다 하네."

——그런 시기가 있었답니다.

스바루가 무용지물이었던 탓에, 가짜 사테라도 목숨을 날려 먹었다가 롬 영감도 팔과 목이 날아갔다가 펠트도 썩둑 당했다가 이만저만 엉망이 아니었다.

"그러고 보니 라인하르트. 아직 인사를 하지 않았었지. 진짜 살았어. 아까 그 골목 때도 그렇고 내 마음의 외침이 들렸던 거냐, 벗이여."

"그게 가능했더라면 나도 자랑스럽겠지만, 친구님."

어깨를 으쓱인 라인하르트는 아릿한 얼굴로 턱짓을 통해 한쪽을 가리킨다.

그의 몸짓을 따라 그쪽을 보자.

"오."

스바루는 그곳에 있던 인물의 모습을 보고 자기 입이 뜻밖의 미소를 띠는 것을 느꼈다.

장물 창고의, 지금은 이미 없어져버린 입구. 가까스로 남은 기둥 그늘로부터 쭈뼛쭈뼛 이쪽을 보고 있는 사람은 덧니가 눈에 띄는 금발의 소녀다.

"저 소녀가 필사적으로 골목을 뛰어다니고 있었지. 그리고 내게 도움을 요청했어. 내가 이곳에 올 수 있던 건 저 소녀 덕분이야. 그다음은 기사의 책무를 다했을 뿐이고."

"기사의 책무라니, 구질구질한 폐옥을 납작하게 하는 거 말이냐?"

"그 말은 너무 짓궂지 않나, 스바루."

아픈 데를 찔렸다고 가슴을 움켜잡는 라인하르트. 이만한 참상을 낳고도 변함없는 그 붙임성은 어쩐지 두렵기도 하다.

"저 아이는……."

가짜 사테라 또한 비틀대는 발걸음 와중에 펠트의 모습을 눈치챘다.

스바루는 펠트를 지키려고 가짜 사테라 앞으로 돌아간다.

"잠깐잠깐. 재가 라인하르트를 불러주지 않았으면 우리는 분명히 전멸했을걸? 내 얼굴을 봐서 이 자리에선 얼음 조각상 형을 보류해줘."

"그런 생각 없는 짓 안 해! 아니 그보다 당신 얼굴을 보라니……."

지친 듯이 미간을 주무르는 가짜 사테라.

그런 동작 하나조차 스바루에게는 왠지 반갑게 느껴진다.

이렇게 서로가 살아 있는 상태에서 넉살을 부릴 수 있는 것이다.

"나머지는 내 교섭술에 달렸나……. 그게 제일 신용이 안 가!"

"아까부터 왜 그러는 거야? 안절부절못하고, 엄—청 볼썽사나운데."

폭 꽂히는 한마디. 스바루 또한 가슴을 움켜쥐며 라인하르트와 같은 포즈. 다만 그곳에는 익살만이 있을 뿐이지, 라인하르트와 같은 늠름한 면모는 티끌만큼도 없다.

라인하르트는 그런 이쪽의 대화를 보고 싫은 감정 없이 작게 웃는다. 그다음 가만히 이쪽 눈치를 보고 있는 펠트 쪽에 한 손을 올리며 맞이하러 갔다.

상쾌한 뒷모습에는 질투심조차 솟지 않아 스바루는 어깨를 떨굴 수밖에 없다. 이것이 가진 자와 가지지 못한 자의 차이인가. 펠트는 경계하면서도 도와달라는 말에 응해준 데에 대한 은의를 느끼고 있는지 걸어오는 라인하르트로부터 달아나려고 하지는 않는다.

스바루는 그런 두 사람을 약간 흐뭇한 눈치로 지켜보다가——

"——스바루!"

별안간 이쪽을 돌아본 라인하르트의 외침에 궁지에서 벗어나지 못했음을 깨닫는다.

"————큭!!"

나무토막들이 튀어 오르며 그 밑에서 검은 그림자가 출현한다.

흑발을 휘날리는 그림자는 피를 뚝뚝 흘리면서도 힘주어 발을 내디뎌 가속한다.

우그러진 쿠크리 나이프를 틀어쥐고 말없이 질주하는 그림자. 유혈 속의 엘자였다.

"너어——!"

그 사나운 참격에서 교묘하게 빠져나와 목숨을 건진 살인자의 눈에는 칠흑이 맺혀 있다.

등골에 얼음이 부어진 듯한, 스바루가 여태껏 상대해온 중에서도 최고의 살기를 뿜고 있었다.

접촉까지 불과 몇 초, 그 사이에 스바루의 사고는 어지럽게 회전한다.

한 순간의 해후. 단 한 방에 걸고 있다. 라인하르트는 제때 댈 수 없다. 일격만 버텨내면 라인하르트가 무슨 수를 낸다. 가짜 사테라는 돌아볼 여유도 없다. 노린다면 어딜까. 두 번의 경험. 두 번의 죽음. 공포. 아픔. 세 번째에는, 그녀를 지킨다.

——그녀를, 지켜라!!

"노리는 데는 배애애애애앳!!"

가짜 사테라를 떠밀듯이 감싸며 팔 안에 남아 있던 곤봉을 끌어올려 순간적으로 배 위쪽을 가드——충격.

옆으로 후린 한 방의 위력은 참격이라기보다 중후한 둔기로 치는 타격에 가까웠다.

스바루는 배때기로 받은 충격에 땅에서 발이 떨어져 세계가 180도 회전하는 감각을, 피를 토하면서 맛봤다. 빙글빙글 시야가 돈다. 실제로 몸이 회전하며 날아가는 중인 것이다.

얼마나 날려갔는지도 모르고 몸을 웅크리지도 못한 채로 벽에 충돌한다.

"이 아이는 또 훼방을——."

날아간 스바루를 보면서 엘자가 분하게 혀를 찬다.

"거기서 끝이다, 엘자!"

달려서 돌아오는 라인하르트를 앞에 두고 전투 속행이 무의미함을 깨닫는다.

엘자는 손 안에 있는, 스바루를 친 마지막 일격으로 완전히 찌그러진 쿠크리 나이프를 라인하르트에게 투척한다. 크게 겨냥이 빗나간다.

"가까운 날에 이 자리에 있는 전원의 배를 절개해줄게. 그때까지는 정성껏 창자를 귀여워해 둬."

그러나 견제의 역할만은 똑바로 달성해 나무토막을 발판으로 엘자가 도약할 시간을 버는 데에는 충분했다.

지붕을 밟으며 사뿐하게 건물을 뛰어넘는 마른 몸을 쫓기란 보통 일이 아니다. 더 이상의 전투를 바라지 않는 라인하르트는 엘자의 등을 쫓지 않았다.

라인하르트는 멀어지는 등을 지켜보다가, 은발 소녀에게 달려온다.

"무사하십니까――."

"난 아무래도 상관없잖아?! 그보다……."

가짜 사테라는 비틀거리는 발을 질타해 벽 옆――뒤집혀서 쓰러져 있는 스바루 쪽으로 간다.

"얘 괜찮아?! 너무 무모했어!"

"오, 오오오…… 가뿐해, 가뿐. 그땐 무모하게 굴 장면이잖아? 움직일 수 있는 게 나뿐이고, 그 녀석이 순간적으로 노릴 데도 슬쩍 짚이는 데가 있었으니."

스바루는 걱정스러운 얼굴로 다가오는 가짜 사테라에게 손을 들어 주고 일격을 받은 배를 가볍게 어루만진다. 심상치 않은 타박상에 웃을 걷으니 푸르죽죽한 살갗이 보였다.

'으에엑' 하고 그 불편한 겉모습에 혀를 내민 다음 스바루는 거꾸로 처박힌 몸을 뒤집으며 그 기세로 일어선다.

"이번엔 진짜, 완벽하게 없어진 거 맞지?"

"미안하다, 스바루. 좀 전에는 내 방심이었어. 네가 없었으면 위험한 상황이었다. 이분에게 해가 갔다간 크게 사달이……."

"그만 그만 그만 그만, 말하지 마 말하지 마 말하지 마 말하지 마! 그 다음부터는 발언 금지다. 이만큼 여러모로 뜸들여놨는데 네 입으로 들었다간 내가 보답 못 받아."

스바루는 사과의 말을 주워섬기려는 라인하르트를 제지하고, 입을 다문 그에게 웃음을 던진다. 그 뒤에 느릿한 움직임으로 돌아서서, 자신을 쳐다보는 은발 소녀와 시선을 맞추었다.

그녀는 부스럭거리다가 그 뒤에 일어났다. 두 사람 사이의 거리는 두 발짝 간격, 손만 뻗으면 닿는 위치다. 퍽이나 멀리도 돌아왔다고, 여기까지 오는 길을 감개무량하게 떠올린다.

갑자기 스바루가 눈을 감으며 입을 다물어 소녀는 무언가 말하고 싶은 표정을 지었다.

그러나 소녀가 입을 벌리기보다 스바루가 손가락으로 하늘을 찌르는 쪽이 더 빨랐다.

스바루는 왼손을 허리에 대고, 오른손을 하늘로 향해 뻗으며, 놀라는 주위의 시선을 의식으로부터 완전히 제외한 다음, 드높이 소리를 지른다.

"내 이름은 나츠키 스바루! 하고 싶은 말도 듣고 싶은 말도 이것저것 산더미처럼 있는 거야 알지만, 그것들은 일단 제쳐두고 먼저 묻겠다!"

"뭐, 뭔데……."

"나란 놈은 지금 막 너를 흉인으로부터 지켜낸 생명의 은인! 여기까지 오케이?!"

"오우케이?"

"'괜찮겠습니까' 라는 뜻. 그런 이유로, 오케이?!"

스바루가 O와 K를 상반신의 움직임으로 표현하자 은발 소녀는 움찔거리면서도, "오, 오우케이." 하고 응답한다.

"생명의 은인, 구조대원 나. 그리고 구함을 받은 히로인이 너. 그렇담 마땅한 답례가 있어도 되지 않겠나? 않겠어?!"

"……알고 있어. 내가 할 수 있는 일이어야 한다는 조건이 붙지만."

"그으러엄, 내 소원은 온리 원, 단 하나뿐이다."

손가락을 딱 하나 세우고 들이밀며 지겨울 정도로 그 말을 강조.

스바루의 말에 소녀가 불안으로 눈을 일렁이면서도, 결의를 눈에 머금고서 끄덕였다.

"그래, 내 소원은――."

"응."

이를 빛내고, 손가락을 튕기며, 엄지를 세우고서 멋진 얼굴을 꾸미고 선언한다.

"——네 이름을 가르쳐줬으면 해."

소녀는 넋이 나간 듯한 얼굴로 남보랏빛 눈을 크게 떴다.

잠시 침묵이 두 사람 사이에 내려앉는다. 스바루의 시선은 꼿꼿하다. 그저 올곧게, 눈앞에 선 은색의 소녀만을 주시하고 있다. 그리고.

"후훗."

소녀가 입가에 손을 대고, 하얀 뺨을 발그레 물들이고 은발을 찰랑이면서 웃었다.

그것은 포기한 웃음도 아니고, 덧없는 미소도 아니며, 각오를 굳혀 비통하게 만들어낸 것 또한 아니다. 그저 순수하게, 즐거우니 웃었다. 그뿐인 미소다.

"——에밀리아."

"어……."

웃음소리에 이어 전해진 단어에 스바루는 작은 숨결만을 내쉰다.

그녀는 그런 스바루의 반응에 자세를 바로잡고, 입술에 손가락을 대고 장난스럽게 웃으며 다시 말했다.

"내 이름은 에밀리아. 그냥 에밀리아야. 고마워, 스바루."

"나를 구해줘서."라고 말하며 그녀는 손을 내밀었다.

그녀가 내민 하얀 손을 내려다보다가 쭈뼛쭈뼛 그 손을 건드린다. 가느다란 손가락에 작은 손바닥, 가녀리고도 매우 따뜻한, 피가 흐르는 여자애의 손이었다.

——구해줘서 고마워.

그렇게 말하고 싶은 사람은 그녀보다도 스바루 쪽이었다. 스바루 쪽이 먼저 그녀에게 은혜를 입었던 것이다. 이 일은 그것을 간신히 갚은 것에 불과하다.

통산해서 3회, 칼부림 사태에서 목숨을 잃고 도착한 결말.

그토록 상처받고서, 그토록 한탄하고서, 그토록 아픈 경험을 겪고서, 그토록 목숨 걸고 싸워내고서, 그 보수가 그녀의 이름과 미소 하나.

아아, 어쩜 이리도——.

"아아, 참 내, 수지 안 맞아."

말과 함께 스바루 또한 웃으며 소녀——에밀리아의 손을 단단히 맞잡은 것이었다.

7

——이렇게, 여기서 끝났으면 좋은 이야기로 마무리됐겠지만.

"그건 그렇고 스바루, 용케 무사했어."

일단 에밀리아와의 대화를 끝마칠 타이밍을 기다리고 있던 것이리라.

강제적으로 정숙 상태가 되었던 라인하르트가 스바루의 무사에 짧은 말로 놀란다. 그와 같은 수준의 고수가 봐도 엘자의 마지막 일격은 어지간한 것이었다는 뜻일까.

스바루는 아픈 복부를 가볍게 움켜잡으며 바닥에 구르는 곤봉을 가리킨다.

가시 박힌 곤봉은 그 굵고 듬직한 외양대로 훌륭한 방패로서 분발해주었다. 본래의 용도와는 다르긴 하지만 그 부분은 이해해주길 원하는 바다.

"저거 가지고 순간적으로 가드했거든. 그게 없었으면 지금쯤 몸통 두 동강 났지."

"그러겠어. 이게 없었으면——."

BAD END 4는 회피할 수 없었다고 스바루가 속 편하게 웃는다. 라인하르트는 그에 뒤따르듯이 웃으면서 아무 생각 없이 떨어져 있던 곤봉을 줍는다.

"어라."

그리고 그 손 안에서 곤봉은 매끄러운 절단면을 드러내며 둔탁한 소리와 함께 땅바닥에 떨어졌다.

딱 한 중간에서 동강난 그것은, 그 역할을 완전히 마쳤다.

천천히, 라인하르트가 스바루 쪽을 어색한 얼굴로 바라보았다.

싫은 예감이 든 스바루도 그 눈길을 따라 체육복 자락을 들친다. 몸통은 조금 전과 똑같이 타박상으로 푸르죽죽한 것이 죽은 몰골이지만, 그곳에 변화가 생겼다.

——별안간, 가로 한 줄기로 붉은 선이 그어진 것이다.

"아, 일났다. 이거, 나도 앞이 내다보였어."

실없는 소리 직후, 날카로운 고통이 선봉으로서 찾아온다.

그리고 다음 순간—— 스바루의 복부가 가로 한 일자로 갈라지며 대량의 선혈이 분출됐다.

"——얘, 스바루?!"

바로 옆에서 에밀리아의 다급한 목소리가 들린다.

아아, 겨우 진짜 이름을 들었는데, 까닥했다간 또 끝장인가.

시야가 크게 기운다. 몸이 쓰러진 것일지도 모른다.

——설사 그렇게 되더라도, 나는 또 이곳에 오겠지.

라인하르트가 초조를 띠고, 바로 가까이에서 얼굴을 들여다보는 에밀리아가 그 고운 얼굴에 비통한 표정을 드러내고 있다.

——아아, 초조해하는 티도 진짜 귀엽다, 이세계 판타지.

언젠가와 비슷한 그 감상을 마지막으로, 격통과 쇼크가 스바루의 의식을 파도와 같이 휩쓸어갔다.

에필로그 『달님이 보고 계신다』

희미하게 빛나는 푸른 빛——치유를 관장하는 물의 파동을 멀찍이서 보면서, 라인하르트는 주위가 눈치채지 못할 만큼 자그마한 한숨을 흘렸다.

잘생긴 옆모습에는 우려가 드러나 있으며 차림새에도 전투의 자취가 희미하게 남아 있다. 폐허를 앞에 두고 선 그 모습을 오려내면, 그저 그것만으로도 명화 한 장이 완성될 듯한 품이다.

그러나 라인하르트 본인은 온갖 말을 다하더라도 부족하리만큼 분한 마음이 있었다.

"——좋아, 이걸로 됐어."

눈을 감고 자신을 책망하는 라인하르트의 고막에 은방울 같은 목소리가 닿는다.

자기 이마를 닦고, 벽에 기대놓은 스바루의 앞머리를 가볍게 걷는다. 스바루의 얼굴에 혈색이 도는 것을 확인. 일어난 에밀리아는 "응." 하고 납득하듯 고개를 끄덕이고는 라인하르트에게 시선을 돌렸다.

"치료는 완료. ——그럭저럭 고비는 넘겼겠지."

"그건 천만다행입니다. 하옵고, 에밀리아 님……."

라인하르트는 만족스러워 하는 에밀리아에게 빠르게 걸어가 그 발밑에 무릎을 꿇고 머리를 조아린다. 행위 하나하나에 막힘이 없는, 완벽하게 예식에 준한 자세다.

"이번엔 제가 미욱하여 에밀리아 님께 크나큰 심로를 끼쳐드렸습니다. 이 실태에 대한 벌은 무엇이라도 받겠습니다."

라인하르트는 세운 무릎 앞에 허리에 차고 있던 검을 놓고 자기 자신의 실태를 사죄한다.

기사로서 가장 큰 사죄의 뜻을 표시하는 방식이다. 라인하르트에겐 이다음에 어떠한 처분이 떨어질지언정 달게 받아들일 각오가 있었다.

하지만 은발 소녀는 세운 손가락을 흔들며 왠지 불만스럽게 입술을 삐죽인다.

"그런 면을 잘 모르겠더라, 당신들."

"예?"

"위험한 순간에 구하러 와줘서 이렇게 모두가 무사하게 극복해냈어. 그런데도 그 사이의 수고와 아픔의 책임까지 전부 떠안으려고 하는걸."

에밀리아는 세운 손가락을 편안하게 자는 얼굴을 드러내고 있는 스바루 쪽으로 돌린다.

"저 애 쪽이 훨씬 솔직하잖아. 구해줬으니까 답례를 내놓으라고 말을 꺼냈을 정도니까. 도통 욕심 부리지 않은 답례였지마는."

이름을 가르쳐줬으면 한다고 스바루가 폼 잡으며 말하던 광경은 라인하르트도 보고 있었다. 에밀리아가 그 생각에 혼자 웃으니 무심결에 라인하르트의 입술도 그에 따른다.

"그러니까, 구해줘서 고마워. ――내가 당신에게 할 말은 그 뿐이야. 죄가 눈에 띄지 않으니까 벌도 줄 방법이 없어. 수긍 못 하겠다면 다음에 또 누군가를 구할 때 잘 해 보고."

"――알겠습니다. 그 말씀에 감사를."

더욱 깊이 고개를 조아려 경의를 표하고 나서 라인하르트는 일어선다.

서로 마주하면 훨씬 키가 큰 라인하르트가 에밀리아를 내려다 보는 형국이 된다. 그런데도 불구하고 방금 느끼고 만 거대함은 무엇인가.

그릇의 차이리라. 라인하르트는 자신의 좁은 도량을 헤아린다.

역시 에밀리아도 '선택 받을' 만한 인물이라고 재확인했다.

"맞아. 구하러 와줬단 말 때문에 생각났는데…… 어떻게 여기 있어?"

"오늘은 휴일이라 목적도 없이 왕도를 산책하고 있었지요. 자의적으로 순찰하면 단장님께 혼나므로 정말로 산책하고 있었을 뿐이었습니다만…… 저 친구와 만났지요."

라인하르트는 에밀리아의 의문에 대답하면서 잠자는 스바루를 슬쩍 시선으로 가리켰다.

라인하르트가 이 자리에 때맞춰 온 경위는 스바루와 만난 장면까지 거슬러 올라간다.

뒷골목에서의 대화 중, 스바루가 주워섬긴 찾는 사람의 특징과 '장물 창고' 라는 명칭. 기지(旣知)와 미지(未知)의 정보가 겹쳐, 그것을 쫓는 사이에 라인하르트 또한 빈민가로 발을 들였다. 그리고.

"도중에 저 소녀와 만나 지금에 이른 참입니다."

"그래, 저 아이와."

화제 중에 거론되어 에밀리아의 눈길이 광장 구석——그곳에서 아직도 의식이 돌아오지 않는 노인을 간호하고 있는 펠트에게로 향한다.

금발 소녀는 그 눈길을 받고 돌아봤다가 거북한 듯 그 눈을 내리깔았다.

"에밀리아 님, 저 소녀와는……."

"라인하르트. 여러모로 힘이 되어주어서 고마워. 구해줘서 감사하고 있어. 하지만 그래도 부탁할게. 이다음 얘기에 끼어들지 말아줘."

강한 어조로 말을 마치는 바람에 라인하르트는 그 이상의 언급을 포기한다.

에밀리아는 펠트에게 말을 어떻게 꺼낼지 망설이듯 눈을 감고 있다. 에밀리아의 아름다운 옆모습을 보면서, 라인하르트는 자그맣게 한숨을 내쉰다.

"자세히는 묻지 않겠사오나, 중하신 몸입니다. 신변에는 모쪼록 주의하시길. ——가시는 길에는 기사를 붙이겠으니 동행시켜 주십시오."

"그렇게까지 신세를 질 수 없다고 해도 여기까지 왔으면 이미 똑같겠지. 부탁합니다."

라인하르트는 "알겠습니다."라고 대답. 소리 없이 웃는 에밀리아의 시선을 더듬으니 편안하게 잠든 얼굴을 드러내고 있는 스바루에게 도달했다.

"그 친구——스바루와는, 어떤 관계이신지요?"

"스친 사이."

지체 없이 그런 대답을 받아 라인하르트는 무심코 머쓱해한다.

주춤하는 라인하르트의 모습이 어지간히 우스웠는지 에밀리아는 입술을 벌리며 웃음을 띤다.

"왜냐면 정말 스친 사이라고밖에 표현할 수 없단 말이야. 지금까지 스바루와 만난 기억은 없어. 분명히 여기서, 바로 전에 만난 게 처음일 텐데……."

"하오나 스바루는 에밀리아 님을 찾고 있었습니다. 건네주고 싶은 것이 있다며. 실제로 이렇게 이곳에도 있을 뿐더러, 더욱이……."

몸 바쳐 에밀리아를 지켰다고 말하려다가 라인하르트는 머뭇거린다.

큰 목소리로 그렇게 주장하면 그의 고상한 행동을 깎아내리는 것처럼 여겨졌기 때문이다.

"그래서 신기한 거지. ……지금은 살짝, 그 변태가 뭔가 관련되지 않았나 의심하고 있지만."

"로즈월 변경백을 너무 나쁘게 말씀하지 마시길. 그분은 훌륭한 분이십니다. 다소 괴짜임은 사실이오나……."

"변태라는 말로 통해버린 시점에서 라인하르트가 어떻게 생각하고 있는지도 알겠는데."

"……실례했습니다. 로즈월 백작에게는 비밀로 해주십시오."

윙크하며 사의를 표명하자 에밀리아는 "네, 네." 하고 애매하게 대답. 그 뒤에 라인하르트는 다시 스바루에 관해 떠본다.

"스바루의 신병은 어쩌시겠습니까. 괜찮다면 본가에서 손님으로 돌보겠습니다만."

"……으응, 됐어. 이쪽으로 데리고 돌아갈게. 그 편이 사정도 분명해지고, 만약 변태의 관계자가 아니어도 나를 구해준 데에는 변함없는걸."

끝맺음에 "마음씀씀이는 고마워."라고 언질을 받아 라인하르트는 눈인사로 응한다.

그것으로 라인하르트와 에밀리아 사이의 대화는 거의 종료다. 나머지는 에밀리아에게 기사를 딸려서 무사히 저택까지 보내고, 이 장소의 사후처리에 임해야만 한다.

붕괴해 버린 장물 창고를 보며 라인하르트는 피해 크기에 눈을 감는다.

변함없이 자제심이 모자란 자기 자신이 한스럽다. 아주 약간 힘 조절을 그르치기만 해도 이 꼬락서니다. 까닥 잘못하면 이 지역 통째로 없앨지 모르는 힘, 자중하고 자계하라는 말 밖에 할 수 없었다.

"여기는 어떻게 처리돼?"

"이 부근은 당분간 출입 금지로 하고 당분간은 그 여인—— '창자 사냥꾼' 의 수배서를 돌립니다. 원래부터 떳떳하지 못한 소문이 끊이질 않는 인물이므로 허탕을 칠 가능성 쪽이 높습니다만."
"저 여자애랑 할아버지는?"
"……사정은 모르겠습니다만 저 소녀와 노인장이 하고 있던 일은 제 직무상 간과할 수는 없는 부류에 있다고 여겨집니다. 하오나."
라인하르트는 간격을 띄워 한숨 돌리고, 작게 어깨를 으쓱였다.
"전 오늘 비번이어서요. 덧붙여서 피해자가 피해를 호소하지 않을 경우 증거가 부족할 테니 이 또한 까다로운 노릇이군요. 하하. 아니 참, 사정은 모르겠습니다만."
"후훗. 못된 기사님이셔."
"황공하게도 이것이 기사 중의 기사라고 불리는 남자의 본성이에요."
라인하르트가 스스럼없는 태도로 그렇게 주워섬기자 에밀리아는 그 입가에 손을 대고서 웃는다. 그렇게 한바탕 웃고 그 웃음이 사라졌을 즈음, 에밀리아의 생각도 정리된 모양이다.
걷기 시작한 에밀리아가 가는 곳은 노인을 돌보는 금발 소녀 쪽이다. 에밀리아의 걸음에 접근을 알아차린 소녀도 고개를 들더니 각오를 한 듯이 돌아본다.
"그 할아버지는, 당신의 가족?"
에밀리아는 허리를 굽혀 쪼그리고 있던 펠트와 눈높이를 맞추며 묻는다.
그 물음에 놀란 펠트는 얼떨떨한 표정을 지었다. 아마 예상했었던 어떤 말과도 다른 말이 나왔기 때문이리라. 두 사람의 사정을 모르는 라인하르트여도 그녀들 사이에 있는 게 우호적으로 쌓인 친교가 아님은 짐작한다.

기선을 제압당한 꼴이 된 펠트는 마음을 다잡듯이 뺨을 긁고, 곧바로 옆에서 자고 있는 노인의 머리를 쑥스러움을 감추듯 찰싹찰싹 때린다.

"그, 그 비슷한 거야. 롬 영감은 내게, 단 한 명의…… 응, 할아버지 같은 거지."

"그래. 내 가족도 한 명뿐. 중요할 때에 내처 자질 않나, 깼을 때에는 절대로 그런 말 하지만."

"나도 깨어 있는 롬 영감에게는 이런 말 못한다고."

기분 탓인지, 노인을 때리는 타격의 위력이 찰싹찰싹에서 철썩철썩으로 올라갔다. 무의식인 것이리라. 속도도 가속, 하얀 대머리가 붉어지기 시작했다.

그 뒤에 펠트는 에밀리아를 쳐다보며 그 붉은 두 눈에 연약한 빛을 켠다.

"더, 엄청 닦달할 줄 알았어."

"음, 그러게. 아까라면 그랬을지도 모르지만. 김이 샜을지도 모르겠다. 그러니 조금이지만, 저 아이를 생각해서 한번만 봐줄게."

에밀리아는 어쩔 수 없다고 쓴웃음 지으며 어깨를 으쓱인다.

그런 에밀리아의 행동과 잠자는 스바루가 지적되어 금발 소녀는 잠시 얼굴을 내리깔다가, "미안." 하고 조그맣게 사과를 입에 담았다.

"목숨을 구해줬잖아. 배은망덕한 짓은 못 해. 훔친 건 돌려주겠어."

"응. 그래주면 고마워. 나도 이 오빠더러 덤비라고 하기엔 엄—청 마음이 꺼림칙하니까."

한쪽 눈을 감은 에밀리아가 뒤에 선 라인하르트를 손으로 가리킨다. 펠트는 그 말과 붉은 머리 청년을 비교하고 그 얼굴을 와락 찡그렸다.

"기사 중의 기사. 그런 놈과 술래잡기라니 미쳤지. 나보다 발 빠른 작자는 처음 봤다고. 깜짝 놀랐어."

그 말에 라인하르트는 말없는 미소. 펠트는 작게 혀를 차더니 일어나서 에밀리아 앞으로 간다. 똑같이 일어난 에밀리아에게 펠트는 품속을 뒤지면서 말한다.

"그럼 돌려준다. ——소중한 거라면, 다음부터 도둑맞지 않도록 단단히 숨기셔."

"당신한테 그 충고 받는 건 괴상한 기분인데. ……가능하면 이번만이 아니라 더 이상 이런 짓은 그만뒀으면 하지만."

"그건 못 들을 소리야. 말해두지만 난 이번도 네가 생명의 은인이라서 돌려주겠다고 생각했을 뿐이거든. 나쁜 짓 했단 생각도 없고 때려 칠 맘도 없어."

펠트는 에밀리아의 소원을 쌀쌀맞게 거절하고 그 표정에 당찬 웃음을 띤다.

그 나이의 소녀가 짓기에는 애처롭기까지 한 옆모습이다. 그러나 라인하르트는 그런 펠트의 주의주장을 들으면서도 묵묵히 이를 받아들인다.

직무상, 결코 풀어줘야 할 상황이 아닌 것은 알고 있다. 그러나 이런 처지의 아이들이 이밖에 어떤 식으로 살아갈 수 있다는 것인가. 대책도 마련하지 않고 정론만 내세우는 건 지나치게 제 입맛에만 맞는 얘기다.

그런 생각도 할 수 있을 만큼은 라인하르트 역시 왕도를 봐왔다.

이는 에밀리아도 깨달았으리라. 에밀리아는 아주 살짝 속절없이 눈을 내리깔고는 그 일에 관해서 언급하지 않으며 손을 내민다.

"알았어. ……고집쟁이구나."

"암것도 하지 않고 먹을 게 솟아난다면 안 할지도 모르지. 자, 그럼 옛수다."

펠트는 꺼낸 그것을 손바닥에 올려 에밀리아에게 장물이라 여겨지는 물건을 돌려준다.

순간, 붉은 빛이 라인하르트의 눈을 스쳤다. 그 눈부신 빛을 본 기억이 떠올라, 잠시 눈을 가늘게 뜬 라인하르트는 기억의 바다를 뒤진다.

곧 짚이는 기억을 발견해내고.

"——어."

"라인하르트……?"

휘장을 잡은 소녀의 손을 옆쪽에서 낚아채고 있었다.

당사자 두 명의 눈에 놀란 기색이 떠오른다. 그녀들은 동시에 라인하르트를 쳐다봤다가 그의 눈에 떠오른 진지함 앞에 말을 머뭇거린다.

"아, 아프다고……. 놔줘……."

아기의 도리질처럼 고개를 저으며 연약한 몸짓으로 저항하는 펠트. 하지만 손을 잡은 라인하르트의 힘은 느슨해질 기척이 없다. 제대로 마음먹으면 강철조차 우그러뜨릴 힘이다. 조절하고는 있어도 가녀린 소녀가 뿌리칠 수 있는 것은 아니다.

"어찌 이런……."

떨리는 중얼거림. 그 목소리는 라인하르트의 입에서 엮어 나온 것이다.

그 말에 에밀리아가 반응했다. 남보랏빛 눈에 동요를 띠며 말을 쏟아낸다.

"잠깐만, 라인하르트. 확실히 문책 없이 끝내기 어려운 일인 건 알아. 하지만 이 아이는 휘장의 가치를 몰랐었단 말이야. 그리고 도둑맞은 나 자신은 그걸 문제시하고 있지 않아. 도둑맞은 내게 잘못이 있었으니까. 그러니까."

"아닙니다, 에밀리아 님. 제가 문제시하고 있는 건 그런 게 아녜요."

강한 어조로 당돌하게 하는 말에 에밀리아는 곤혹한 얼굴로 잠잠해진다.

에밀리아에 대한 무례한 태도도 잊으며 라인하르트는 자신이 팔을 잡은 소녀를 보았다. 펠트의 붉은 두 눈동자가 같은 색의 머리칼을 지닌 청년을 쳐다보며 불안으로 일렁인다.

"……네 이름은."

"페, 펠트……야."

"가명은? 나이는 몇 살이야?"

"고, 고아야. 가명 같이 거창한 건 있지도 않아. 나이는……아마, 열다섯 정도라 그러더라. 생일을 모르니까. 그보다, 놓으라고!"

얘기하는 새에 얼마간 본색을 되찾은 펠트가 험한 어조로 날뛰었다. 하지만 라인하르트는 교묘하게 힘을 조절해 소녀를 억누르며 에밀리아를 바라보고 말했다.

"에밀리아 님, 방금 한 약속은 지키지 못하게 되었습니다. ──이 소녀의 신병은 제가 맡도록 하겠습니다."

"……이유를 물어도 돼? 휘장 도난에 따른 벌이라면……."

"그것도 결코 작지 않은 죄지만…… 지금 이렇게 눈앞의 광경을 간과하는 행위의 죄악에 비하면 사소한 일에 불과합니다."

당혹과 몰이해로 눈썹을 찡그리는 에밀리아.

라인하르트는 그런 에밀리아의 곤혹을 별 도리 없는 일이라고 이해한다. 어쨌든 그녀에게는 눈에 익은 상황에 불과한 것이다. 알아차리라는 쪽이 가혹할 터.

"따라와줬으면 좋겠군. 미안하지만 거부권은 줄 수 없어."

"까불기는…… 도와줬다고 너무 으스대면…… 으?"

펠트는 라인하르트의 말에 고약한 입으로 응전하려다가, 별안간 자세가 무너진다.

말끝도 흐리멍덩해지고 어깨 힘이 빠지는 바람에 펠트는 마지막으로 원망스럽게 라인하르트를 노려본다.

"지옥, 떨어져……. 제기랄."

입살맞은 소리를 마치고, 펠트는 고개를 푹 숙였다. 의식을 잃은 펠트의 몸을 받쳐 옆으로 안으며 들어 올리는 라인하르트.

"또 기사님답지 않은 술수……. 너무 호되게 하면 게이트에 후유증이 남을걸."

"다행히 날 때부터 부대껴 와서 가늠하는 법은 익히고 있습니다. ――에밀리아 님, 또 가까운 날에 부름이 있으리라 여겨집니다. 알아주시길."

의식이 없는 펠트의 손에서 휘장을 부드럽게 빼앗아 에밀리아에게 내민다.

용을 본뜬 휘장은 바로 '친룡왕국(親竜王國) 루그니카'의 상징 그 자체다. 라인하르트의 손 안에서 흐릿하게 탁한 빛을 내는 붉은 보주――그것이 에밀리아의 손에 넘어감과 동시에, 주인 슬하로 돌아온 것을 기뻐하듯이 눈부시게 빛난다.

"스바루를, 부디 잘 부탁드리겠습니다."

휘장을 받아들며 말없이 자신을 주시하는 에밀리아에게 라인하르트는 묵례.

팔 안에서 가벼운 소녀의 무게를 느끼면서 문득 손으로 그녀의 이마에 닿은 금발을 치운다. 천진스럽고 하얀 얼굴은 정신을 바짝 차릴 필요가 없는 무의식중이라면 또래 아이들처럼 사랑스럽다.

의복을 갈아입고 골목의 때를 씻어내면 필시 빛을 낼 것이다.

센 바람이 불어 라인하르트의 붉은 앞머리가 춤춘다.

그 틈새로 하늘을 올려다본다. 벌써 땅거미에 잠긴 왕도의 상공——달이 떠올라 있다.

희미하게 푸르스름하니 빛나는 보름달, 그 아름다움은 어딘가 요사한 매력을 품고 있다.

"차분하게 달을 볼 수 있는 날은 오늘이 마지막일지도 모르겠군——."

라인하르트의 속삭임은 그들을 굽어보는 달에게만 닿을 뿐이었다.

〈끝〉

후기

서적판부터 보시는 분은, 처음 뵙겠습니다. 나가츠키 탓페이라고 합니다.

인터넷판부터 이어서 보시는 분은, 안녕하세요. 네즈미이로 네코입니다.

어느 쪽부터 보시는 분이더라도, 우선은 이 책을 집어주셔서 감사합니다.

뭔 소리라냐 싶은 분도 계실 거라 생각하므로 설명하겠습니다.

본 작품 『Re : 제로부터 시작하는 이세계 생활』은 본래 「소설가가 되자」라는 사이트 쪽에서 연재하고 있던 작품을 서적용으로 손본 글입니다.

기본적인 흐름은 인터넷 투고판을 따라가면서, 읽기 쉽게, 이벤트를 늘리고, 히로인을 더 귀엽게 하고, 주인공에게 더 고통을 주고…… 이런 식으로 꾸며 선보이고 있습니다.

인터넷판을 아시는 분이나 그렇지 않은 분이나 표지를 비롯한 곳곳에서 미려한 일러스트에 탄성을 지르고 계실 테지만, 다름 아닌 작가가 제일 탄성 지르고 있습니다. 은발 히로인 최고.

고통 받는 주인공과 귀염성 있는 히로인을 그려주신 것은 오츠카 신이치로 선생님입니다. 작가의 머릿속에 구체적인 이미지가 없는 등장인물들을 오츠카 선생님이 넘쳐 나오는 디자인력으로 그려주셨을 때 캐릭터들이 진정한 의미로 태어났습니다.

즉, 제가 엄마고 오츠카 선생님이 아빠입니다. 공동 작업입니다.

첫 공동 작업이 앞으로도 이어질 수 있도록 여러분의 협력을 부탁드립니다.

쉽게 말해 서점에서 서서 읽고 계신 분은 사주세요. 다음 권도 연이어 나오므로 꼭(웃음).

자, 노골적인 판촉도 넣은 가운데 작품 내용을 조금 언급하고자 합니다.

이 작품은 이세계 판타지, 이른 바 '이세계 진입' 이라 하는 타입의 작품으로, 다수의 명작을 낳아온 일대 장르이기도 합니다.

검과 마법의 판타지 세계에는 남자애라면 누구나, 여자애라도 일부 발췌해서 동경한 적이 있을 거라 생각합니다. 이 작품의 주인공도 그런 평범한 일본 남아 중 한 명입니다.

검도 쓰지 못하지, 마법도 쓰지 못하지. 지혜도 돌아가지 않거니와 체력 승부로도 승산이 없지.

사면초가인 상황에서, 그저 포기를 모르고 끈덕진 것만이 무기인 주인공이 포기하지 않는 이야기입니다.

포기하지 않는 것이 무기가 된다고 하면, 그것을 어떻게 그릴까

―― 그 답 중 하나입니다.

주인공이 발버둥치고, 몸부림치며, 포기하지 않고서 무엇을 거머쥐는가. 그 답을 부디 여러분께도 전해드리고 싶습니다. 그리고 은발 히로인 최고라고 소리 높여 외쳐줬으면 합니다.

작가의 기호가 적나라하게 새고 있으므로, 감사의 말로 옮겨 입가심을 한 번.

우선 이 작품을 인터넷에서 뽑아내어 "슬쩍 한 방 터트려보자고."라며 권유해주신 담당자 이케모토 씨. 정말로 이케모토 씨 쪽에는 각골난망입니다.

다 큰 어른끼리 돈까스집에서 둘이 상대방 양배추에 소스를 뿌려대며 "히로인에게 '땅'을 붙이는 것은 옳은가 그른가."라고 견제를 주고받는 짓은 솔직히 뜨악하다 싶지만, 그 격론 또한 이렇게 책이 만들어지는 기쁨 앞에서는 좋은 추억입니다. 감사합니다.

그리고 바쁜 스케줄 중에 어마어마한 속도로 일러스트를 완성해주시는 오츠카 선생님. 한 장 한 장 일러스트가 완성될 때마다 너무 몸부림치는 바람에 발에 쥐나고 있습니다.

앞으로 캐릭터가 늘어나는 게 기대되는 형편입니다. 감사합니다.

그 밖에도 편집부의 여러분, 교열 담당님, 영업 담당님과, 관련되신 모든 분들께 인사를.

이 이야기가 이렇게 하나의 모양을 갖춘 것은 많은 분들께서

애써주셨기 때문입니다.

앞으로도 오랫동안 함께해 주시도록 노력할 생각입니다.

그럼 정말로 마지막이 됩니다만, 이 책을 집어주신 여러분, 그리고 「소설가가 되자」에서 당 작품을 계속 응원해 주신 여러분, 정말로 감사합니다.

또 다음 권, 『Re: 제로부터 시작하는 이세계 생활 2』에서 만날 수 있기를!

2013년 11월

나가츠키 탓페이

NOVEL ENGINE

나가츠키 탓페이 관련작 리스트

(2024년 11월 기준)

[Re : 제로부터 시작하는 이세계 생활 소설 시리즈]

Re:제로부터 시작하는 이세계 생활 1~36

Re:제로부터 시작하는 이세계 생활 단편집 1~9

Re:제로부터 시작하는 이세계 생활 Ex 1~5

Re:제로부터 시작하는 이세계 생활 Re:zeropedia 1~2

[Re : 제로부터 시작하는 이세계 생활 만화 시리즈 / 본편]

제1장 왕도의 하루 1~2 (완) · 만화 : 마츠세 다이치

제2장 저택의 일주일 1~5 (완) · 만화 : 후게츠 마코토

제3장 Truth of Zero 1~11 (완) · 만화 : 마츠세 다이치

제4장 성역과 탐욕의 마녀 1~4 · 만화 : 아토리 하루노

[Re : 제로부터 시작하는 이세계 생활 만화 시리즈 / 외전]

Re : 제로부터 시작하는 이세계 생활 공식 앤솔로지 코믹 1~3

· 원작 :나가츠키 탓페이/캐릭터 원안 : 오츠카 신이치로

Re : 제로부터 시작하는 이세계 생활 빙결의 인연 1~3(완)

· 만화 : 츠카하라 미노리 (원작 :나가츠키 탓페이/캐릭터 원안 : 오츠카 신이치로)

검귀연가 Re:제로부터 시작하는 이세계 생활 진명담 1~4(완)

· 만화 : 노자키 츠바타 (원작 :나가츠키 탓페이/캐릭터 원안 : 오츠카 신이치로)

[기타 단행본 서적]

Re : 제로부터 시작하는 이세계 생활 오츠카 신이치로 Art Works Re:BOX

· 오츠카 신이치로 (원작 :나가츠키 탓페이 / KADOKAWA)

Re : 제로부터 시작하는 이세계 생활 오츠카 신이치로 Art Works Re:BOX 2nd

· 오츠카 신이치로 (원작 :나가츠키 탓페이 / KADOKAWA)

청춘의 상상, 시동을 걸어라!

「Re : 제로」 발매 기념
공개
초기안 대회!
S·M·O
바루 군 무지 올드함)
음.
대의 얼굴이 아니네요.
상 나쁘지, 덩치도 좋으니
스바루 군이라면
세계에서도 무난하게
울 수 있을 것 같아.
コンビニ
E·M·J
(에밀리아땅 무지 짐짐)
복장이 짐짐.
무지 짐짐.
이 디자인으로
결정 나지 않아서
정말 다행이었어요.
다음 권은
O & × 의 초기안도
예정하고 있습니다.
그럼!

"언니, 언니, 큰일이에요. 다음『Re: 제로』제2권의 예고를 분부 받고 말았어요."

"그래, 마침내 2권…… 이 작품의 메인 히로인이 등장하는 기념비적인 이야기구나."

"네, 언니라는 주연배우 등장에 독자 여러분께서도 기뻐하실 거예요. 3개월 연속 출간으로 언니를 즉각 등장시키는 편집부님의 영단에는 렘도 감복했어요."

"발매일은 2월 25일이라고 들었지만, 기왕이면 동시에 세 권 냈으면 좋았을 걸 말이야."

"언니, 실은 렘이 들은 얘기로는 월간 코믹 얼라이브 쪽에서도 특집이 있다나 봐요."

"어머, 람은 못 들었어. 하지만 그거랑 3개월 연속 출간이 무슨 관계가……."

"네. 그 월간 코믹 얼라이브의 3월호, 1월 27일 발매호로부터 이쪽도 3개월 연속으로『Re: 제로』의 부록 첨부로 특집이 이어진다고. 3호 연속으로 오츠카 신이치로 선생님 신작 W표지라는 파격적인 조건이에요. 서적과 코믹 얼라이브로, 동시 발매네요."

"흐응. 3개월 연속에는 그만한 의미가 있구나. 부록이라는 건 뭐고?"

『리제로 비주얼 컴플리트』라는 이름을 내걸고, 오츠카 선생님의 일러스트로 캐릭터 소개
신작 SS가 따른다고 해요. 에밀리아 님하고, 언니와 렘의 이야기래요."
주인공의 스 자도 없구나. 하긴 로즈월 님 외의 남자 이야기 따위 아무도 좋아하지 않을 테
, 그것도 편집부의 영단이지. 뭘 하면 될지 잘 알고 있잖니."
네. 언니에게 그런 말씀을 들어 편집부님도 노력한 보람이 있었다고 기뻐하세요."
폼 잡았는데 지독한 추태를 부린 주인공이 귀족의 저택이라는 새로운 무대에서 어떤 식으
꼴사납게 발버둥 치는가, 바루스가 활약할 데는 그 정도밖에 없는걸."
무슨 이유로 쫓기며, 내몰리고, 목숨을 노림 받는가. 스바루 군만큼 경솔하게 지내고 있으
짚이는 데가 너무 많을 것 같아서 다음 이야기에서도 고생이 끊이질 않겠죠."
『Re: 제로부터 시작하는 이세계 생활 제2권』은 2월 25일 발매야. 서점으로 서둘러."
마지막까지 꼬박꼬박 역할을 잊지 않는 언니는 근사하세요."

Re:제로부터 시작하는 이세계 생활 1

2014년 07월 25일 제1판 인쇄
2024년 11월 27일 제21쇄 발행

지음 나가츠키 탓페이 | **일러스트** 오츠카 신이치로

옮김 정홍식

발행 데이즈엔터(주)
등록번호 제 2023-000035호
주소 07551 서울특별시 강서구 양천로 570 NH서울타워 19층
대표전화 02-2013-5665

ISBN 979-11-319-0098-7
ISBN 979-11-319-0097-0 (세트)

Re : ZERO KARA HAJIMERU ISEKAI SEIKATSU volume 1

구매 시 파손된 도서는 구매처에서 교환하실 수 있습니다.
기타 불편사항, 문의사항이 있으신 독자님께서는 노블엔진 홈페이지 [http://novelengine.com] 에서
Q&A 게시판을 이용해 주시기 바랍니다.